大城貞俊作品集【下】

樹響

でいご村から

大城貞俊

Liberal Arts Publishing House

人文書館

大城貞俊作品集（下）

樹響

でいご村から

目次

樹響

大城貞俊

樹の声を
閉ざしてはならない
夢見る日々も
辛い日々も
天に向かっていのちを放ち
生きることの潔《いさぎよ》さを刻む
年輪こそが
最も美しい

かつて
オモロの時代に

巻頭詩

太陽も王も
鳴響《とよ》む島と歌われた
琉球の歴史は
風紋のように
樹々に宿る

こずえを渡る風の音を拾い
文字を刻み
夢の宿る樹を植えよう
生きるということは
生きるということ以外にない
それでもなお
それだからなおと
いのちの鼓動を聴きながら

沖縄島と慶良間列島

N
沖縄島
国頭山地
国頭村
今帰仁村
大宜味村
本部半島
東シナ海
名護
沖縄海岸国定公園
恩納村
うるま
嘉手納町
慶良間列島
宜野湾
浦添
座間味島
阿嘉島
那覇
首里
渡嘉敷島
慶良間島
糸満
太平洋

鎮魂　別れてぃどぃちゅる

I

「別れてぃどいちゅる、ぬぬ情けかきゆんが。歌に声かけてぃ、うりどう情け……」
正夫《まさお》は、くぐもるような声で小さくつぶやくと、意を決して歩き出した。涙を溜め、声を押し殺して泣いている遺族の間を、すり抜けるようにして棺に近づく。
遺体は、還暦を過ぎたばかりの男の人だ。出来るだけ顔を上げずに足早に歩く。線香の匂いが辺り一面に立ち込めている。香炉の前で立ち止まり、合掌をし黙礼をした後、香炉を置いたテーブルを素早く片づけて、棺に手をかける。
正夫のこの所作を合図に、遺族の泣き声が一斉に狭いフロアに充満する。棺にすがりついて泣き出す者もいる。正夫は、一切かまわず見ぬ振りをして腕に力を入れて、棺を窯《かま》の中へ押し込む。
それから、もう一度呪文のように心の中でつぶやく。
　別れてぃどいちゅる（人にはみな死別がある）
　ぬぬ情けかきゆんが（どうして泣いてなどおられようか）
　歌に声かけてぃ（歌声をかけて送り出してやろう）
　うりどう情け……（これこそが、情けなんだ……）
正夫は、一気に棺を窯の中へ押し込み、その棺を置いていた滑車を引きずり出す。二重になった奥の扉の電動スイッチを押すと、熱を遮断するシャッターが、小さな音を軋《きし》ませながら、ゆっくりと降りてくる。それを確認した後、今度は入口の扉を閉める。扉は観音開きになっている。

その扉を中央で合わせ、思い切りハンドルを右に回して強く締める。それから足早に喪主を引き連れて、窯の裏手に回る。まず、排風機のスイッチを押し、続いて送風機と油圧ポンプのスイッチを押す。点火スイッチは喪主に押してもらう。今日の喪主は、四十歳代に手が届こうかという長男だ。たぶん、大丈夫だろう。喪主の手が点火スイッチを押す。ゴーッという地鳴りのような音が火葬場全体を振動させ、やがて鎮まる。これで一つ目の山は越えた。さすがにホッとする。

遺体は、火が入ってから約二時間ほどで白い骨になる。子供の遺体や痩せた遺体ほど短時間で済む。二次焼却装置を取り付けたお陰で、煙は随分と減った。臭いも減じている。かつては、どんなに煙突を高くしても臭いを消すことが出来ずに、付近の住民から苦情が絶えなかった。今では、そっと遺体を焼却し、小さく煙を吐き出してすべてが終わる。

遺族は、遺体と一緒にあの世への土産物として故人の愛用した品々を、棺の中にたくさん入れる。それを「グソーヌナギムン（あの世への土産物）」と称している。ウチカビ（紙銭）、タオル、石鹸、団扇《うちわ》、煙草、草履、衣服などが主な品々である。子供の場合は、玩具や菓子などを入れることもある。あの世で不自由のない暮らしが、すぐに始められるようにとの配慮からだ。

棺の中には、家族だけでなく、親族までもが、亡くなった先祖への土産物を届けてもらうためにと、様々な品々を押し込む。押し込められた品々の中には、燃えにくい磁器の碗や皿、あるいは酒瓶や化粧スプレー、はては金属製のステッキなどもある。葬儀屋には、燃えにくい物は絶対に入れないでくれと強く念を押しているのだが、葬儀屋自身が、慌ただしさに紛れてドライアイスを入れたままで出棺してくることもある。そのままだと、焼却時間が長くなり、また、ガラスの器具やスプレーなどが入っていると、破片が飛び散ったり、爆発したりして遺骨に損傷を与えることもある。

二つ目の山は白い骨を窯の前に引き出すときにやってくる。遺族は納骨のために再び窯の前に集まるのだが、変わり果てた姿を目にして卒倒する者も出る。骨上《こつあ》げまでの時間を過ごしてもらおうと設けられた小さな待合室が、気分の優れない遺族で溢れることもある。

骨上げは、まず喪主たちの「ハシワタシ（箸《はし》渡し）」の儀式から始まる。最も故人に近い遺族の代表者が三人、遺骨の前に進み出て竹の箸を持つ。一人が拾った骨を、もう一人が箸を添えて挟み、さらに次の一人が受け取って骨壺に入れる。それを三度繰り返した後、親族たちが一斉に骨を拾う。骨は、下半身から順に拾い、最後に頭蓋骨を入れる。壺から溢れ出そうになった骨は、箸でつついて砕きながら入れる。サク、サク、サクと、骨は音を立てて骨壺に収まる……。

「アイエナー（ああ）、きれいな骨になって……」

「上等、焼キトオーッサヤー（よく焼き上がっているよ）……」

遺族の呻くような、あるいは囁くような声を聞くと、正夫はようやくほっとする。どんな遺体でも丁寧に扱い、丁寧に送り出す。これが正夫の仕事だ。

2

正夫は、葬儀の予定のない日には、よく川魚を釣りに行く。釣りを覚えたのは、ツルおばあの家に住んでいた小学生のころだ。近くに住んでいた一夫兄ィ《かずおニ》に教えてもらった。一夫兄ィは、もう亡くなっている。住んでいた小さな家も樹木に覆われて朽ちている。

一夫兄ィは、沖縄本島から南に十数キロ離れたN島の出身だ。戦争で家族を喪い、傷ついた脚を引きずるようにして、正夫たちの村に移り住んできた。当時三十歳ぐらいではなかったかと思う。定職に就くこともなく、庭に小さな菜園を作り、身を隠すように一人で暮らしていた。正夫は、時々、仲間たちと連れだって、一人住まいの一夫兄ィを覗きに行くこともあった。一夫兄ィは、そんな幼少の正夫たちの無礼な仕種に、嫌がる様子も見せなかった。正夫は近くに住んでいたこともあって、いつの間にか部屋まで上がるようになっていた。そして、小学校に入学するころには、すっかり一夫兄ィと仲良しになっていた。正夫の学校での友達は、そんな正夫を非難するように忠告した。

「正夫、あんまり一夫兄ィの家に行くと、変人が移るよ」

「変人になったら、独りぼっちになるよ。それでもいいのか」

仲間たちは、そんなふうに言って、正夫をからかった。村人たちは、戦争で傷ついた一夫兄ィに同情していたが、同時にいつまでも一人暮らしを続け、村人と交わろうとしない一夫兄ィを変人扱いしていたのだ。子供たちも、そんな大人たちの態度を真似ていた。しかし、正夫は一向に気にならなかった。

一夫兄ィは、戦争のことは、何も話さなかった。脚だけでなく、明らかに戦場で受けたと思われる傷が、一夫兄ィの身体には、至る所に残っていた。暑い夏など、正夫の前でランニング姿になることがあったが、その傷が露わになると、正夫は思わず目を逸らした。とりわけ、首筋や胸には、大きな傷跡が細身の肉体に食い込むように残っていた。

もちろん、一夫兄ィは、その傷がなぜ出来たかについて、正夫に語ることはなかった。黙った

まま で、正夫の前で竹を削り、竹トンボや鳥籠を作ってみせた。正夫もまた、その傷跡について、様々な想像を巡らせたが、尋ねることはしなかった。一夫兄ィを真似て鳥籠を作り、メジロを飼った。

「マサ坊、お前は、小鳥は好きか」

「うん、大好きだよ」

「そうか、それはいいことだ。……俺は、死んだら、何に生まれ変わるのかなあ」

一夫兄ィは、正夫のことをマサ坊と呼んだ。そして、時々、正夫の前で訳の分からないことを言った。正夫が傍らにいないときは、壁や、庭に植えたセンダンの樹に向かって、ぶつぶつと長い時間つぶやいていることもあった。そんな一夫兄ィの姿が、村人たちにとっては変人扱いをする理由の一つにもなっていたようだ。実際、正夫も、そんなときの一夫兄ィは、村人たちが言うように変人かな、と思うこともあった。

一夫兄ィの最大の楽しみは、川魚のミチュー(ユゴイ)を釣りに行くことであった。正夫も、よくついて行った。村の北側を寄り添うように流れる福地川には、川エビやウナギだけでなく、大きなボラやテラピアなどの魚もいた。しかし、一夫兄ィは、村人や子供たちが釣り上げるこれらの魚は狙わなかった。猜疑心が強く、行動の素早いミチューだけを狙った。

なぜ一夫兄ィがそうしたかは分からない。しかし、正夫も、いつしかそれを真似るようになっていた。そして、大人になった今でも、正夫にとってミチューを釣ることは、唯一の楽しみになっている。

正夫は、自分で作ってきたおにぎりを、ツルおばあと一緒に食べながら、一夫兄ィのことを思い出していた。

「おばあ、一夫兄ィが亡くなってから、もう何年になるかなあ」

「三十三年は過ぎたと思うよ。オワリスーコー（最後の法事・三十三回忌）も、やったと聞いたからねえ、もう、グソー（あの世）の人になっているよ」

「そうだなあ……」

「なんでまた、急に一夫兄ィのことを訊くんだよ」

ツルおばあが不思議そうな表情で正夫に尋ねる。

「うん……、俺はなあ、ミチューの釣り方は、一夫兄ィに習ったからな、ここに来る度に一夫兄ィのこと思い出すんだよ」

「ああ、そうかい……。そうだねえ、あんたは一夫兄ィになついていたからねえ。あれも、可哀想なことだったが……、でも、グソーで、きっと幸せになっているよ」

「うん、そうだね、そうだと、いいね」

おばあは、笑顔を浮かべながら、おじいと一緒に暮らした家を、くるくると頭を巡らしながら眺め始めた。この家には、正夫も三歳から十三歳まで住んでいたのだ。

「ええ、正夫、あんたは、ミチューとばかり遊ばないで、アギの魚とも遊んだらどうねえ」

「アギの魚？」

「陸の魚さ。嫁さんを、早く捕まえなさいということよ」

「あれ、また、おばあのユンタク（おしゃべり）が始まったよ」

正夫は、ツルおばあの言葉を遮るように、釣り竿を持って立ち上がった。

「それでは、行くからな」

「アリィ（あれ）、逃げるんだね」

ツルおばあは、正夫の機嫌や素振りなど意に介さないように、笑顔を浮かべて言う。

「帰りにも、寄ってよ。お土産、準備しておくからね」

「うん」

「アリィ、元気がないけれど、必ず寄ってよ。分かったね」

「はい。分かりました」

正夫の気のない返事に、ツルおばあが重ねて返事を促す。

正夫は苦笑しながら、歩き出した。振り返ると、ツルおばあも立ち上がっていた。裏の畑に、野菜を収穫しに行くのだろう。おばあの土産物は、丹精込めて作った野菜が定番だ。

ツルおばあが、腰を曲げたままで顔を上げ、正夫に手を振る。正夫も思わず手を振った。

福地川の水は、気持ちよい冷たさで正夫の足を濡らした。川岸にはハゼの大木や、ミーフッカーギーと呼んでいるオキナワキョウチクトウの木が枝を広げ川面を覆っている。

正夫は、釣り竿を茶色い布のケースから取り出した。浮き玉を付け、針先にミミズを付ける。これからミチューとの騙し合いが始まるのだ。正夫は、程良いポイントを見つけると、静かに竿先をしならせて釣り針を投げ込んだ。

ポチャン、と音立てて水紋が広がった。アメンボが数匹、驚いたように川面で弾け散る。爽やかな風が、川面を光らせてさわさわと蛇のように走り抜けた。

一夫兄ィが死んだのは、正夫が村を離れてから二年後のことだ。自宅の梁《はり》に縄を掛け、首を括《くく》って死んでいるのを最初に見つけたのは、ツルおばあだった……。

3

葬儀屋の古田《ふるた》からの電話は、いつも突然やってくる。もっとも、正夫には町の人々の死を予知する能力などないのだから、当然と言えば当然だ。

火葬場は町営の施設である。正夫の身分は町役場職員だが、採用の際に条例で定められた三十五歳の年齢を上回っていたために、形式的には町役場からの委託業務を預かる業者の代表者として契約が交わされている。火葬場の隣には、町営の墓園もあるが、そこの管理も仕事の一部だ。もっとも担当の職員には、不良少年たちの溜まり場にならないように気を配ればよいとだけ言われている。

火葬場を利用する人々は、町内だけでなく近隣の市町村からもやってくる。一年間で、およそ百人ほどを火葬に付す。三日に一人の割合だが、死者は暑い夏と寒い師走の月に多い。昨年の師走には、ひと月で二十人の遺体を焼いた。

古田の、慇懃《いんぎん》なほど丁寧な物言いにはもう慣れた。町に唯一ある葬儀屋の二代目だが、職業柄そのような言い廻しが身に付いたという。正夫より一回りほど年下だ。正夫のことを正《まさ》さんと呼ぶ。柔らかい物腰で、眼鏡の縁を小指を立てた右手で摑む癖がある。

「正さん、お仕事が入りました。明日の朝十時でございます。よろしくお願い致します」

頼まれなくたって、正夫にはそれが仕事だ。

「分かったよ。準備をして待っておくから、いつものとおり火葬許可証はしっかり持たせてくれよ。それに、燃えにくい金属類やガラスは棺に入れないようにな。ヘアスプレーなどは絶対に駄目だよ。知っていると思うが、色づきの骨になって出てくるぞ」

「ええ、分かっております。遺族の方には、その旨を、しっかりと伝えたいと思います」

「よろしく頼むよ。こちらでは、棺を開けて点検するわけには、いかないんだからな」

「ええ、ええ、承知しております。必ず棺の中を点検致しますので、どうぞ、ご安心ください。それから、今回は骨上げが済みましたら、告別式も、そちらで執り行う予定でございます。準備のために社の者が伺いますので、よろしくお願い致します」

正夫は、古田の願いを聞きながら、なんだか奇異な感じがした。死者とは直接縁のない二人が、交互に頼み事を交わしている。彼岸への案内役を買って出ているような気がして、思わず苦笑した。

正夫が火夫をしている火葬場は、米軍基地が存在する本島中部のY町の外れにある。中心地の喧噪を離れ、海岸線へ抜ける道沿いの一角にある。火葬場からは、沖縄戦で米軍が上陸した白い砂浜と青い海が見渡せる。時々、若い米兵たちが、もの珍しげに火葬場を覗きに来ることもある。

正夫は、受話器を置いた後、すぐに準備に取りかかった。ボイラーを点検し、窯の中の灰を拾い集めて布袋に入れる。それを、裏庭の倉庫の奥に重ねておく。この灰を回収にくる業者がいるのだ。

骨粉混じりの細かな人灰は、野菜や果樹の収穫にはとても効果があるという。戦場となった沖縄の地では、終戦直後、時々お化けのような大きなカボチャが収穫出来たというが、その際は、根っこに遺骨が絡まっていたことが多かったという。正夫は複雑な気持ちになるが、前任者からの契約を引き継いでいる。業者が、どのように骨粉を扱うかは知らないし、正夫も尋ねない。

　古田からの依頼のように、時々、この火葬場で告別式を執り行う家族もいる。そんな時は、待合室を告別式の会場にする。まず、祭壇の準備が必要になる。遺族の座る畳の上には、長時間の正座を補助する尻当てを置く。さらに十畳ほどのコンクリートのフロアには、親族が腰掛ける折り畳み式の椅子を並べる。

　玄関の正面に聳《そび》えている二本の松のうち、一本の松の枝先が赤くなっている。マツクイムシが巣くったのではないかと気になって二週間ほど前に町役場へ電話をした。しかし、まだ連絡がない。松が枯れると、辺りの精気をも一緒に持ち去られてしまいそうで、嫌な気分になる。松の枝を見ながら、ふと、骨上げの時間が過ぎてもやって来なかった遺族のことを思い出した。あのときは本当に困った。遺体を火葬に付したままで、遺骨を拾いに来ないのだ。葬儀は遺骨なしで執り行われたが、会葬者たちは気づいていただろうか……。

　九年余も火夫をしていると、様々な死と遭遇する。様々な生に直面して戸惑うことが多いと言い直してもいい。驚くことは、たくさんある。しかし、最も大きな驚きは、人の一生は、どれ一つとして同じではないということだ。それぞれにかけがえのない人生が、この場所で閉じられる。

4

「正夫！　読んだわよ、新聞。おめでとうねえ。あんたも、なかなかやるじゃない。入選だよ、入選。選者も褒めていたじゃない。やっぱり才能があるんだね。うん、なかなか、よかったわよ。今晩は、店においでね。乾杯しよう。もちろん私のおごりよ。いい？」

「うーん……」

「何、迷っているのよ。与儀《よぎ》正男。夫の字を、男に変えて、あんたが新聞に短歌を投稿していたことぐらい知っているわよ。楽しみに読んでいたのよ。ちょっと待ってよ。今、新聞広げるから……。えーっと、あったわ、いい？　読むわよ……。『目覚ましを枕にして寝る心地する胸の鼓動が闇夜に響き』。『窓の戸に額を寄せて仰ぎ見る我がふるさとはあの山裾に』。これ、心臓病の手術で入院していたときの歌でしょう。分かるわよ。なーんか、こう、じーんとくるのよね……」

正夫は、短歌を作り始めて十年近くになる。心臓病の手術で入院していたとき、退屈しのぎに病院の売店で大学ノートを買い、それに短歌を書きつけたのがきっかけだ。それ以来、時々作っている。その短歌を、数年前から地元新聞の投稿欄に応募していたのだ。その楽しみに、光《みつ》ちゃんが気づいていたとは知らなかった。光ちゃんの声は明るく弾んでいる。

「いいね、今日は、お祝いよ。店においでよ」

「うーん、でもね……」

「でもね、あのねも、ないでしょう。家にいたって退屈でしょうが。いいね、待っているわよ」

「分かったよ……」

「分かればいいのよ分かれば。必ず寄ってよ、いいね」

光ちゃんには、まいってしまう。いつもこんな調子だ。本名は喜屋武《きゃん》光子と言うのだが、正夫がツルおばあの元へ預けられていたころ、小学校を一緒に出た幼なじみだ。今は、正夫の住む町にやって来て、飲食店街で飲み屋を構え、「スナック光ちゃん」と看板を掲げてママさんに収まっている。

「スナック光ちゃん」は、町の中心からやや離れた新開地にある。正夫にとっては、そこで一杯のビールを飲み、カラオケを歌うことが、唯一の楽しみにもなっている。

しかし、店は、あまり繁盛しているとは言えなかった。正夫だって、心臓病のためにコップ一杯分のビールが限度だが、光ちゃんは気にしていない。座っているだけでいいという。まるで、「スナック光ちゃん」のサクラのようだと思うこともある。でも、正夫はその役割を不愉快に思っているわけではない。

正夫が店に着くと、光ちゃんは忙しそうだった。どのシートにも客が座っていて笑顔を振りまいていた。手を上げて合図をしてカウンターに座った。

「いらっしゃい」

正夫は、すぐに背後から声を掛けられて、光ちゃんに抱きすくめられた。久し振りに温かい女の体温を感じて少し動揺した。その動揺を隠すように光ちゃんに言った。

「お客さん、今日は、いっぱい入っているんだね」

「そうなのよ。毎日こうだといいんだがねえ。正夫は福の神だね」

「ええっ？　どういうこと？」

正夫の問いに、光ちゃんは笑顔を浮かべるだけで、答えようとはしない。笑ってカウンターの中へ入っていった。

「さあ、堅いことは言わないで、乾杯しましょう」

光ちゃんは、冷蔵庫からビールを取り出して栓を抜き、コップを二つ正夫の目前に置いた。

「やっぱり来てくれたんだね。嬉しいわ。だから正夫が好きなんだ」

光ちゃんは甘えるような声を出して、正夫を見つめた。もちろん、正夫が、それほどビールを飲めないことは知っている。それでも、二つのコップにビールを満たして、声を上げた。

「はい、正夫、おめでとう！　乾杯！」

光ちゃんは、笑みを浮かべて、おいしそうにビールを飲んだ。

正夫は、ビールが流れ落ちていく光ちゃんの喉元《のど》をじーっと見つめた。金色の産毛がかすかに光って震えている。

「どうしたの？　あたしの喉に何か付いているの？」

光ちゃんが、怪訝そうな顔をして尋ねる。

「いや、別に、なんでもないよ……」

「変な人ね。じーっと見つめられると、女は弱いのよ。うるうるしてくるの。身体中が火照ってくるのよ。正夫に分かるかな……」

光ちゃんが、嬉しそうに微笑みながら、正夫をからかう。正夫は笑って、目を逸らす。

「そうそう、シートに座っているあの子ね、アキちゃんと言うのよ。先週から手伝ってもらっているんだけど、いい子でねえ。あんたが新聞に出ていることも、嬉しくって、あの子に自慢したのよ」

正夫は、ちらっと、女の子のいる方へ目をやった。なんだか、この店には若過ぎるような気がして、痛々しい。

「何も、自慢することではないよ。大げさにしないでくれよ。それに、もう投稿することはやめようと思っているんだ」

「あら、どうして？　なんでやめるの？」

「あんまり……、いいことではないような気がするんだ」

「どうして？　どうしていいことじゃないの？」

「だから……、こんな仕事もしているし、そーっと一人で楽しむものだってことが分かったんだ」

アキちゃんを見たからだろうか。変に気持ちがいじけている。

「私が一緒に楽しんだことが、いけなかったの？」

「そうじゃないよ……」

正夫は、うまく説明出来ない。とっさに出てきた言葉だからだろうか。

「そうなのね、それが嫌なのね」

「そんな子供みたいなことを言って困らせないでくれよ。そんなことでは、ないって」

正夫は、少し自分の言っていることに矛盾を感じ始めていた。しかし、投稿をやめることは、急に決めたことだったが、そうしたいと思った。

「ママーっ。ビールのお代わりっ！」

突然、シートに座っているアキちゃんから、元気のいい声が飛んできた。

「はーいっ！」

光ちゃんが、慌てて正夫の傍らから離れていく。

正夫は、せっかく呼んでもらったのに、つまらないことを言って、気分を害してしまったかなと後悔した。素直に一緒に喜べば良かったのだ。光ちゃんの前だと、幼なじみの気安さからか、正夫にも理解出来ない感情の高ぶりがある。意地悪もしたくなる。

正夫は、そんな思いを反省しながら、コップを摑み、ビールに口をつけた。心臓に埋め込んだ人工弁のカチ、カチッという音が大きく聞こえてくる。光ちゃんが押し当てた乳房の感触がまだ背中に残っている。振り返って光ちゃんを見ると、光ちゃんは客の傍らに身体を寄せて座っている。酔った客の手が、光ちゃんの膝に乗っている。正夫は、光ちゃんが来たら、すぐに謝ろうと思って、コップの中で泡立っているビールを見た。

5

光ちゃんの父親は、光ちゃんが小学校三年生のときに亡くなった。正夫がツルおばあの元で暮らしていたときだ。父親の葬儀のとき、遺体を乗せた朱塗りの「龕《がん》」が、学校の前を通ったので、よく覚えている。

光ちゃんの父親は、腕のいい漁師だった。でも、光ちゃんが小学校に上がるころから病に臥すようになり、漁に出ることも出来なくなった。愛用のサバニ（小舟）も浜辺のアダンの木の下で干上がったままで朽ち、父親も、痩せ細って咳込みながら亡くなった。

光ちゃんはそれ以来、五歳年上のお姉ちゃんと一緒に、母親の手で育てられた。しかし、光ちゃんは、寂しさにも貧しさにも負けなかった。父親が亡くなってからも、勝ち気で男勝りの性格は変わらなかった。少しだけ以前よりも寡黙になったが、このことは、かえって光ちゃんを大人びた雰囲気を持った少女に作り変えていた。

放課後になると、正夫たちは、クラスのみんなと示し合わせて、校庭の片隅で、ドッジボールや三角ベースボールに興ずることがあった。そんなときは、男の子も女の子もみんな入り交じってチームを作ったが、光ちゃんは、女側のボスだった。当時は身体も大きかったし、腕力も男まさりだった。

学校の北側を迂回して流れる福地川の川原にカバンを置いて、川遊びをするのも楽しかった。仲間たちと一緒のことが多かったが、一度だけ光ちゃんと二人きりになったことがある。なぜ二人きりになったのか、理由は思い出せない。たぶん、川エビを捕って遊んでいたと思うのだが、なぜ川エビを捕って遊んでいたのか、その理由も思い出せない。しかし、そのとき、二人だけの秘密を持ったのだ。

あの日、正夫は用心深くズボンの裾を捲《まく》り、足首までを水に濡らしていた。ところが、夢中になり過ぎて、膝上のズボンまで濡らしてしまっていた。負けず嫌いの光ちゃんもスカートを結わえながら、膝頭まで浸かっていた。二人は、川辺の藻の中に手を入れたり、石をひっくり返したりしながら、川エビを捕っていた。太陽の光が、川面に弾けてまぶしかった。川辺に生えた木々の枝は、所々で川面を蔽って涼しい木陰を作っていた。その木陰に入ると、澄み切った水の流れが身体にまとわりつくようで爽やかな気分になった。

ところが、このとき、正夫は不覚にも尿意を催したのだ。でも、この時間を中断し、この場所を離れたくはなかった。水から上がると、もう二度と同じ時間に戻れないような気がした。それが嫌だった。光ちゃんに告げる訳にもいかなかった。正夫は、必死に我慢をした。それを、光ちゃんに気づかれた。

「どうしたの？」

「おしっこ」

光ちゃんの問いに、正夫は思わず答えていた。たぶん、顔を赤らめていたはずだ。

光ちゃんは辺りを見回した後、平然と言った。

「ここで、やってしまえば」

「えっ？　この川の中で、やるの？」

「ばーか。向こうの竹藪の中でだよ。隠れてやったら見えないよ。あたしが見張りをしているから、行こう」

「うん」

正夫は、またしても、とっさに返事をしていた。

光ちゃんと一緒に、水しぶきを上げながら川を出た。光ちゃんは、スカートを濡らしているだけでなく、胸の辺りまで水しぶきが跳ねかかり、白いブラウスを透かして乳房の形が見えるようだった。光ちゃんもおしっこを我慢していたのだろうか。見張りをすると言っていたのに、正夫に背中を向け、竹藪の蔭に隠れると、しゃがんで小さく脚を開いたように思えた。正夫も安心して光ちゃんに背中を向けて放尿した。川辺の砂がザーッという音を立てて、くぼみを作り、正夫のおしっこを吸い取っていった。

それから、どのくらいの時間、川辺にいたのかは覚えていない。でも、光ちゃんが言った言葉は、しっかりと覚えている。

「あたしも、正夫も、お父ちゃんは、いないんだよね。仲良くしようね」

光ちゃんと正夫は、川の中で小指を絡ませて指切りをしたのだ。

そんなことがあってから、正夫は光ちゃんをますます好きになった。ところが、逆に、光ちゃんはどんどん正夫の元から遠ざかっていった。女らしさも色っぽさも、どんどん増して一気にまぶしい大人の女になっていったのだ。それからしばらくして、正夫は光ちゃんに別れも告げずに、母親の住む町へ戻ったのだった。

6

正夫は、父の顔を写真でしか見たことがない。写真の父は、気のせいか少し窮屈そうに軍服を着ている。顎を必要以上に前に突き出して、上目遣いの緊張した表情をしている。父は、沖縄戦が間もなく終わるという六月の中旬、本島南部の摩文仁《まぶに》で戦死した。

父が徴兵されてから半年ほど経ったころ、父に一時帰省の許可が出た。父の部隊は本島中部のK飛行場近くに陣地を構えていたが、その陣地を捨てての移動だった。父はすぐに母の元へやって来た。父にも、不吉な予感があったのかもしれない。慌ただしく母へ別れを告げた後、父の部隊は南部戦線へと移っていった。そして、再び帰ることはなかった。

母は、戦中戦後の混乱の中を必死で生きた。しかし、妊娠中も出産後も十分に栄養が摂れなくて、正夫は猿のように小さく生まれ、猿のように小さく育った。このままでは生き続けることが出来ないのではないかと危ぶまれた。

母は、正夫が三歳の時に、自らの手元で育てることを諦めて、田舎に住んでいるツルおばあのもとに養子に出す決意をした。ツルおばあは戦死した夫の兄嫁である。正夫は、ツルおばあを養母にして育ったのだ。

「あんたのお母はね、あんたを私に預ける時、とっても辛かったんだろうね。涙を流して頼み込んだんだよ。私とおじいの間には二人の男の子がいたけれども、二人とも戦争で亡くなっていたからね。あんたを引き取ることには何の支障もなかったんだよ。私たちも貧しかったけれど、田舎だから食べ物はなんとかなると思ってね、おじいと相談して引き取ったんだよ」

ツルおばあは、正夫が福地川での釣果を下げて訪ねて行くと、労をねぎらった後、目を細めるようにして昔話を始めることが多い。その話を聞いてやるのも、正夫は恩返しだと思っている。ツルおばあの腰は曲がったが、目も耳も口も達者だ。

「あんたは、小さいころからジンブン（知恵）が、あったね。でも、寂しがり屋でね。あんまり寂しそうだから、おうちに帰りたいか、と尋ねたんだよ。すると、すぐに、うんと言うんだよ。もう、仕方がないと思ったさ。あんたも十三歳にもなっていたし、町に住んでいたお母も落ち着いたようだったからね。十三祝いを終えてから、すぐにあんたをお母の元へ返したんだよ。おじいには、怒られてね。おうちに帰りたいかって訊く馬鹿がいるかってね……」

正夫は、田舎で過ごした十年余の間、ツルおばあとおじいには、たくさんの愛情を注いでもらった。別れの日、おじいは辛そうな顔をして正夫に背を向けて山に入った。正夫は、ツルおばあに手を引かれて町に戻ったのだ。

母は、町で小さな飲食店に勤めながら生計を立てていた。もちろん、正夫が一緒に住むようになったことを、涙を流して喜んだ。正夫は、母の元へ戻ると、二人の姉たちと一緒に新聞配達もした。学校が終わった後は、空き瓶や空き缶を集めて回収業者に渡し、わずかばかりの金に換えて母へ渡した。貧しくても、やはり母との生活は幸せだった。

しかし、母は、まもなく心臓病を患《わずら》っていることが分かった。苦しみに胸を押さえてうずくまるようになったのである。

母の発病後、すぐに正夫も原因不明の膝痛に頻繁に悩まされるようになった。熱が数週間も続き、両脚の関節が腫れて痛み出した。母に手を引かれ、数か所の病院を訪ねた。やがて、正夫にも、母と同じように心臓に欠陥があることが分かった。母と同じ病名が告げられた。心臓の弁膜の変形によって起こる「僧帽弁狭窄症《ぞうぼうべん》」という病気だった。母は、声を上げて泣いた。正夫が母との生活を始めてから、たったの二年しか経っていなかった。

「正夫……、ごめんね。何でこんなことになったのかねえ。何でかねえ」

貧しさを恨むことをしなかった母が、不満を訴え、正夫の頭をかきむしるようにして抱きしめ、涙を流しながら死んでいった。

母の死後、正夫も、死の恐怖に怯えた。しかし、残された姉弟で何とか力を合わせて生きていかなければならなかった。次姉の和恵《かずえ》は高等学校を辞めて米軍基地で働いた。入れ替わるようにして正夫は中学を卒業して高等学校へ入学した。学費は、和恵が工面してくれた。しかし、正夫の病状は、だんだんと悪くなっていった。少しでも無理な運動をすると動悸が激しくなり、すぐに目まいがして立つことさえ困難になった。体育の時間は、すべて見学した。一年間ほど休学したが、健康は回復しなかった。当時の医療では、手術は困難で、また莫大な費用が掛かるということが分かっただけだった。運命だと思って、諦める以外になかった。

「ええ、正夫……。和恵は、元気で頑張っているかね。アメリカに渡って苦労していないだろうね。和恵がダグラス軍曹と結婚すると言った時は、おじいも、おばあも本当にびっくりしたよ。タマシヌギタサ（魂が抜けたみたいだったよ）」

正夫が高等学校を続けることが出来たのは、ダグラス軍曹と結婚した和恵のお陰だ。正夫の身体には、父や母からの命だけでなく、ツルおばあや、おじい、また姉の和恵の命も流れているのだ。正夫は挫けそうになると、何度もそんなふうに自分に言い聞かせた。

長姉の民子《たみこ》は、母の死後、すぐに家を飛び出した。母の生前にも、何度も言い争っていたのだが、正夫と和恵を残して妻子ある男と駆け落ちしたのだった。

「民子もどうしているかね……。私がグソー（あの世）に逝《い》くときは、皆揃って見送ってくれるといいがね。正夫、いいね。笑イカンティ（笑顔で）、見送ってよ」

「おばあ……、不吉なことを言うなよ」

「あれ、不吉なことではないよ。おばあは、もう年だよ。そろそろ準備をしないとね。おじいは、あの世で待《マ》チカンティしているよ（待ちかねているよ）。世の中、年寄りから順序よく死ぬのが一番いいんだよ……」

「おばあ……」

「おじいも、あんたと同じように寂ササー（寂しがり屋）だったからね。私が来るのを待チカンティしているよ。トウ（あれ）、あんたが、早く別れ歌を覚えてくれたらねえ。そしたら、おばあは、安心してグソーに逝けるがね。正夫、早く、覚えなさいよ」

ツルおばあは、死を話題にしても、いつものように屈託なく笑う。そして、いつものように手で拍子を取りながら、つぶやくように歌い始めた。目を細め、亡くなったおじいや、おばあの両親、そして親族たちの思い出をたぐるように、まなじりが優しそうに垂れ下がる。

　別れてぃどいちゅる、ぬぬ情けかきゆんが。歌に声かけてぃ、うりどう情け。

　肝心《チムグクル》優《スグ》りぃ、真心優《スグ》りぃ、情け掛けうちゃる我が愛《カナ》さ人《ピト》よ……。

ツルおばあの薄くなった唇から、ゆっくりと死者への思いが述べられる。入れ歯が、口の中でカタカタと小さく音を立てる。「別れていくけれど、どうして嘆くことがあろうか。あの世で、また会うまでの、一時的な別れなのだ。さあ、歌を歌って、見送ってあげよう。肝心《チムグクル》豊かで、真心も優れている。情けを通わせた私の愛しい人よ……」。

ツルおばあの生まれ育った南のK島で歌われていたという「別れ歌」だ。おばあの島では、死者を茶毘《だび》に付す際に、即興で死者の思い出を語り、肉親や友人たちが次々と歌詞をつけて歌い継いだという。かつては洗骨の場などでも、遺骨を囲んで輪になった一族の女たちが、泡盛を染みこませた白い布で、遺骨に付いた肉を削ぎ落としながら歌ったという。ツルおばあは、今、この歌を肉親の思い出を紡ぎだす歌にしている。浮かび上がってくるたくさんの思い出に励まされながら、今を生きているのかもしれない。

正夫は、妻の洋子が死んだときも、弔問者の途切れた通夜の枕辺で、ツルおばあが、何度も何度も、洋子の身体をさすりながら「別れ歌」を歌っていたことを思い出す。身をかがめ、洋子に語りかけるようにねぎらいの言葉を掛けていた。

「愛しい人よ、死は、恐れるものではない。あの世への旅立ちなのだから。あの世とこの世は、一本の糸で結ばれている。あの世へ逝けばきっと分かる。あの世とこの世が、強い糸で結ばれていることが……」。

そんなふうに歌っていたはずだ。あの光景を、正夫は、今でも人生における美しい光景の一つとして思い出す。海の彼方にあるニライカナイ（極楽浄土）の国から、本当に迎えがやって来るような気がするのだ……。

7

正夫がツルおばあに育てられた十年間は、ちょうど腕白盛りであっただけに、想い出はたくさんある。随分と困らせたこともあったが、ツルおばあは、いつも正夫の頭を撫でながら微笑んでいた。

夜になるとツルおばあの懐に抱かれるようにして眠った。眠る前には、子守歌のように、ツルおばあは、いろいろな話をしてくれた。正夫も、いろいろなことを尋ねた。ツルおばあの懐は、昼間に仲間たちと遊んだ樹の上のように、きっと居心地がよかったはずだ。

正夫がツルおばあに尋ねたことの多くは、お父とお母が、近くにいないことであった。お母は時々訪ねて来てくれたから、その疑問はすぐに解けたが、お父がこの世にいないということは、正夫にはなかなか理解出来なかった。

「正夫……、いいかい、人はだれでもが死んでしまうんだよ。そして、死んだら、みんなグソー（あの世）に逝《い》くんだよ。そこに逝ったらね、だれもが戻って来れないんだよ」

「だれもが、戻って来れないって……。グソーは、怖いところなの？」

「違う、違う、その逆さ。グソーはね、それはそれはいいところさ。極楽浄土さ。そこでは、だれもがなりたいものになれるんだよ。国王様にも、お金持ちにもなれるんだよ。だからね、だれもこの世に戻りたがらないんだよ。心配ないよ。お父は幸せに生きているさ」

グソーで幸せに生きている、というのも変な話だが、しかし、正夫は疑わなかった。そして、自分は、グソーに逝ったら何になろうかと考えながら、安心して眠ったのだ。

ツルおばあの二人の息子は、伊江島の飛行場作りに駆りだされて戦死した。最後まで銃の持ち方も知らない「棒《ぼう》兵隊」だった。「お父が、脚が悪くてお国のために奉公できない分、俺たちが頑張る」と言って出かけていったという。二人とも、米軍機の爆撃で、同じ日に命を落とした。

「親より先に死ぬのは、一番の親不幸者だよ。馬鹿たれが」

おじいの口癖だった。激しく罵るように言うこともあれば、消え入りそうな涙声でつぶやくこともあった。二人ともまだ二十歳にも届かない年齢だった。正夫の唯一の従兄弟である。生きていたら、どんなにか心強かっただろう。

「正夫……、骨は上等に焼けるかね？」

ツルおばあの突然の言葉に、正夫は記憶から呼び戻された。ツルおばあが淹《い》れてくれた茶を引き寄せて、慌てて返事をする。

「うん、……大丈夫だよ」

正夫の慌てぶりに、ツルおばあは、声を上げて笑う。

ツルおばあは、足腰が少し弱くなって、出歩くことが不自由になった。だから、遠出の外出が必要なときは、正夫の家に電話が掛かってくる。正夫は可能な限り、自家用車を走らせてツルおばあの願いを叶えてやる。

今日も久し振りにツルおばあから電話があり、村役場で年金の手続きを終え、帰りには村の共同売店から、ソーメンやら缶詰やらを買い込んできたところだった。そんな日には、ツルおばあは、いつもよりずっと機嫌がいい。

「正夫、私が死んだら、特別、上等に焼いてちょうだいよ。おじいに嫌われたらいかんからね。それが一番のおばあ孝行だからね」

ツルおばあは、にこにこと笑顔をこぼし、買ってきたばかりの黒砂糖を菓子箱に入れて、正夫の目の前に押しやる。

「そんなことを言わないでよ、おばあ。寂しくなるよ」

「あれ、寂しくなるも何もないさ。そろそろ、おばあの番だよ」

「俺が先に逝くかもしれないじゃないか……」

正夫は茶を飲みながら、小さくつぶやいた。つぶやいた後で、自分が死んだら、だれが看取るのだろうか。そう考えると不安になった。不安になっている自分に気づいて苦笑が漏れた。

「アリィ、正夫よ、一人で、にやにやと笑ってからに。何を笑っているの？　いいことがあったのかね」

正夫の苦笑を、ツルおばあに目ざとく見つけられて、冷やかされた。しかし、弁解はしない。ツルおばあが、正夫の前で脚を伸ばし、両手でその脚をさすり始めた。

「正夫……、だあ、おばあは、脚が弱くなって、だんだん歩けなくなってきたさ」

そう言って、また菓子箱を、正夫の方へ押し出す。

「おじいも、脚が悪くて戦争に行けなかったんだよ。グソー（あの世）でも苦労してないかねえ。早くおじいの所に行って世話をしてあげないといけないのに、どうしておじいは、私を呼んでくれないのかねえ。亡くなってからもう二十年にもなるんだよ。長いよねえ。そろそろ迎えがあってもいいころだがねえ。あっちで子どもたちと一緒になって、いい思いをして、私を忘れてはいないだろうねえ。おじいは、忘れっぽかったからねえ」

ツルおばあは、そう言って、途中で大声で笑い出した。口から入れ歯が飛び出しそうになったのを、手で押さえて笑っている。

「どうしたんだよ、おばあ……」

正夫も、つい、つられて笑みを浮かべながら尋ねたが、ツルおばあは、なかなか笑いをとめない。何を思い出したのだろう。やっと笑いをこらえて話し出した。目には涙さえにじませている。

「正夫は覚えているかねえ」

「何のこと？」

「おじいはね、あんたと私を、山の中の畑に忘れて、一人で帰ったことがあったんだよ。本当に慌て者だったねえ」

「あれ、そうだったの？　そんなことがあったかなあ」

正夫は、思い出せなかった。

「あったさ。そうそう、ジュウロクニチ（十六日）を一週間も早く行おうとして、私を、怒ったこともあったんだよ」

「えっ？　怒られたの？」

「うん、怒られたよ。おかしかったねえ。ジュウロクニチは、グソーの人たちの正月さね。それも旧暦の一月十六日に行われるさね。おじいは張り切り過ぎて、日を間違えたんだね。朝、起きてからに、なんでご馳走の準備はしないのかって、私を叱りつけるわけさ。私はなんで叱られるのか、最初は分からなかったけどね。子供たちにいっぱいお土産を持たさないといけないだろうって言うんで、やっとジュウロクニチのことだと分かったんだよ。分かってからは、大笑いさ。おじいは、正夫には言うなよ、内緒だよって、照れくさそうに畑に出て行くわけよ。おかしかったねえ……」

「へえ、そんなことがあったの。知らなかったよ」

「知らなかったはずさ。おじいとの約束を守って、あんたには何も言わなかったんだから……。おじいは、ジュウロクニチも間違うぐらいの慌て者だから、グソーにも早く逝ったはずだよ」

「そう……、かもねえ」

　正夫も、思わず声を上げて笑った。

「墓の前での、おじいのあいさつが、また、おかしくてねえ。あんたも聞いたことがあったんじゃないかねえ。おじいはね、毎年、同じことを墓の前で言うんだよ。グソーのみなさん、私も後から逝きますから、よろしくお願いしますって。あんたのお父にも、寂しくしないで待っておけよ、おばあと一緒にすぐ逝くからねって言うんだよ。あんまりしつこく言うもんだから、私は冗談で言ったんだよ。アリ、おじい、何言っているの、私はすぐには逝かないよって。そうしたら、おじいは怒ってね……。おかしかったさ。でも、おじいだけでなく、グソーの人たちも気を悪くして、それで私を、なかなか迎えにきてくれないのかねって思うさ。困ったもんだねえ」

ツルおばあは、笑いながら涙をこぼしている。

「正夫……。墓の中では、先に死んだ人の骨の上に、後で死んだ人の骨をこぼすでしょう。何でそうするか分かるねえ」

「いや……」

「あれはね、グソーのみんなと仲良くさせるためだよ。寂しくさせないためなんだよ」

「そうなのか……」

「私が死んだらね、私の骨を、おじいの骨の上に、いっぱいこぼすんだよ。いいね。覚えておいてよ、独りぼっちにさせないでよ、分かったね……」

正夫は、ツルおばあの言葉に、素直にうなずいた。

ツルおばあは、目に溜まった涙を両手でふいて、再び「別れ歌」を口ずさんだ。

8

正夫の家から仕事場の火葬場までは、自家用車を運転して十分ほどである。朝の八時に家を出て、五時過ぎに帰る。これが正夫の日課だ。

正夫は、火葬場に居る時間を、畳間の待合室に座って竹細工をしながら過ごすことが多い。遺体は、毎日、毎日、規則正しく運び込まれるわけではないのだ。

竹細工では、自分で考えた工夫を凝らして、籠《かご》や、ざるや、玩具などを作る。少年のころ、目前で見続けた一夫兄ィの竹を削る手つきが、ずいぶんと役に立っている。もちろん、商売のためではないから、出来上がった籠などは自宅の軒下や台所の隅に、吊り下げておく。今は、横笛を作るのに夢中になっている。

横笛は、穴の大きさで微妙に音が変化する。竹を寸断し、指の幅を測りながら錐《きり》を当て、用心深く小さな穴を七つ開ける。それから、小刀の切っ先を、錐で開けた小さな穴に差し込んで、ひねるように廻しながら徐々に穴を大きくする。ぎちっ、ぎちっと、虫の鳴くような音が待合室に響き渡る。最後に、唇を当てる大きめの穴を一つ掘る。

正夫は、出来上がった笛に、時々不思議なほどの強い愛着を覚えることがある。笛は、唇を当てて小さく息を入れると、ヒューっと美しい音を出す。それぞれの形状が微妙に違うように、それぞれの音も微妙に違う。正夫には、その音が、時には悲しげな人間の泣き声にも思えてくる。また、時には、笑い声のようにも思えてくるのだ……。

正夫が妻の洋子と出会ったのは、高校を卒業して米軍基地で働き始めたころだった。心臓病を隠してガードマンの仕事を二年余り続けていたが、やがて、長く立っていることが辛くなり、目まいや立ちくらみを起こして、しゃがみ込む回数が増えていった。しかし、病が発覚した後も、米軍は正夫を解雇することなく、食料品等の管理をする部署へ配置換えをして働かせてくれた。有り難いことだったが、来る日も来る日も大きなダンボールを開け、取り出した缶詰の前に座り、小さな箱に詰め換え、荷造りをするだけの仕事だった。

配置換えになって一年ぐらい経ったころ、帰宅途中で、パス（通行許可証）をなくしていることに気がついた。ゲートの前で、ポケットに手を突っ込み、戸惑っているところへ、拾ったばかりのパスを持って現れたのが洋子だった。その翌日、偶然にもまたゲート前で洋子と鉢合わせた。正夫は、思い切って洋子を話題になっている映画に誘った。お礼の意味も込めてのことだった。「奇跡の人」という映画だった。それから何度かデートを重ねた。洋子は、正夫より三歳も年上で、基地内のレストランで働いているということだった。デートの時にも、心臓の悪い正夫を励まし気遣ってくれた。五年足らずの結婚生活だったが、正夫は幸せだった。

正夫と洋子との間で、心臓手術の話が交わされた。洋子は、心臓に人工弁を取り付ける手術が出来るようになった医学の進歩を語り、何度も正夫に手術を勧めた。しかし、正夫は手術に必要な莫大な費用と、同時にそのような異物を肉体に埋めてまで生きることに抵抗を覚えた。自然に任せたまま死を待つ。死が訪れれば、その時が自分の寿命だと思った。同じ病で母は死に、自分だけが手術をして生き延びることにも抵抗があった。

洋子は、結婚して四年目の冬から、急に寝込むようになった。仕事を休みがちになり、四六時中、身体のだるさを訴え続けた。笑顔の絶えなかった洋子が、目の周りに隈を作って痩せ衰えていった。高熱を出し、肺炎になってあっけなく死んだ。正夫には、信じられない出来事だった。米軍の職場での仕事を長く続けたことに何か原因があるのだろうかと疑ったが、想像の域を出なかった。

ちょうどそのころ、正夫の身体も規則的な勤務には耐えられないほどに蝕まれていた。突然、胸の痛みに襲われ、動悸が激しくなり息切れがして、何度も意識を失いそうになった。正夫は、洋子の遺言を実行することにした。洋子が残してくれた預金通帳には意外なほど多くの金額が記されていた。あるいは洋子はこのためにこそ寿命を縮めたのではないかと思うと心が痛んだ。是が非でも病を治したかった。

正夫は思い切って人工弁の置換手術を受けた。アメリカに住む姉の和恵からも多額の仕送りがあり、その場をしのぐことが出来た。ツルおばあが、時々、杖を突き、腰を曲げて見舞いに来た。このことが嬉しくもあり、申し訳なくもあったが、闘病生活の何よりの励みになった。

手術は成功したが、退院後は無理な仕事が出来なくなった。心臓に急激な負担がかからないように、身体のリズムを一定に保つ必要があったからだ。手術前のように、気力で身体の動きを補うことは出来なかった。

四週に一度は、病院へ通わなければならなかった。担当医の診察を受け、血液検査などを行って、薬の処方箋を受け取る。血液の凝固を防ぐワーファリン、ジゴシノン、硫酸キニジンなどが主な服用薬だった。さらに、手術後は風邪を引きやすくなり、うがい薬も手放せなくなった。身体にむくみが出るのを防ぐため、利尿剤をも処方してもらった。命は長らえたが、不便さは増していた。

町役場の職員がやって来て、火葬夫として働かないかと勧められたのはそんな時だった。前任者が辞めた後、公募をしたが、なかなか応募者がいないということだった。正夫は、この身体では、この仕事しか出来ないかも知れないと心を決め、お礼を言って承諾したのだった。

9

「あの時も辛かったが、今度も辛いですねえ……」

葬儀屋の古田が、正夫に身体を寄せるようにしてつぶやいた。

「どんなことがあったんでしょうねえ。葬儀屋は、遺族のことを詮索してはいけないと言われていますが、やはり気になりますね」

古田が、もう一度、正夫に小声で話しかけた。しかし、視線は先ほどから、ずーっと窯の前に座り続けている喪服姿の若い女に注がれていた。

窯の中には、シーツにくるまれた赤ちゃんが入っていた。赤ちゃんは、今はシーツの中ではなく炎の中だ。このことを想像してはならない。これが死なのだ。

古田の話によると、女は、何かの事情があるらしく、一人で子供を生む決意をして、本土から身を隠すようにこの沖縄の地までやって来たという。数か月間、見知らぬこの土地で暮らした後、子供を生んだが、すぐにその子と別れなければならない運命を余儀なくされたという。女は三十歳を過ぎているように思われたが、あるいは身体に蓄積された疲労が、そのように見せているのかもしれない。怒りや悲しみを抑えながら涙を流し続けている表情は、まるで、萎《しな》びた瓜《うり》のようにも見えた。

「あの時って、どの時だ?」

正夫は、女からもっと遠くへ意識を移すために、古田に視線を移して尋ねた。

「あの時って、ほら、父親の火葬に間に合わなくて、窯の前で大声で泣いていた二十歳ぐらいの若者がいたでしょう。本土へ就職していたとか言って……」

「ああ、あの時か……」

「ああ、あの時かって……、正さんは、別の時を考えていたんですか?」

「いや……、その……、なんでもないよ」

正夫は、言葉を濁した。しかし、古田は、正夫の言葉をそれ以上詮索しなかった。右手の小指を立てて眼鏡を摑んだ後、その手で選り分けた髪を何度か撫でた。それが古田の癖だ。それから、すぐにまた、じっと女の方へ視線をやった。

正夫は、古田の指摘どおり別の時を思い出していた。それは、日が暮れて七時過ぎに遺体が届いて火葬を始めた時だ。遺族は、約束の時間を二時間以上も遅れて、どっとやって来た。遺体は自殺をした四十代の女性で、警察の検死が長引いたためだと遺族は説明した。他にも複雑な事情があるようだった。

遺体が窯に入り、点火されると、疲れ切った表情をした伯父と名乗る男がやって来て、骨上げは翌日にしたいと言う。無理もないことだ。正夫が承諾すると、遺族の皆は、群れていたメジロが木の枝から飛び去るように、さあっと消え去った。

正夫は、一度点火した火を落とすわけにはいかないので、一人で遺体が焼けるのを見守った。夜の火葬は初めてで、辺りの闇の中で、ボイラーの音だけが、うなり声を上げ続けた。覗き穴から炎に包まれた遺体を見たのも、その時が初めてだ。

耳を澄ますと、ボイラーの音が響いているにも拘わらず、あちらこちらから虫の鳴き声が聞こえてきた。小さな虫たちが、部屋の中の灯火の周りを飛び交っていた。灯りの下では、小刻みに身体を震わせ死に瀕している虫たちもいた。

十数年前、医者は、正夫の不安を取り除くように、笑みを浮かべながら、ゆっくりと手術の説明をした。

「手術は、心臓外科医、麻酔科医、人工心肺係、看護婦など十人ほどのスタッフになる。大手術になるが、心配せんでもいいぞ」

正夫は覚悟していたとはいえ、たぶん多くは聞きとれなかったように思う。

「僧帽弁《ぞうぼうべん》の置換手術は、約八時間ほどかかる。全身麻酔をして、胸の真ん中にある胸骨を縦に切開し、大動脈と右心房に人工心肺を取り付ける管を挿入する。人工心肺を動かした後、大動脈に遮断鉗子《かんし》をかけて心停止液を注入して心臓を停止させる。左心房を開き、悪くなっている弁を切除して人工弁を取り付ける。その後、切開した大動脈や心房を縫合して閉鎖する。大動脈の遮断鉗子をとり除くと再び心臓が動き始める。これで手術は成功というわけだ……」

一匹の蛾が、灯火の下でぎゅっと身体を丸め、それから手足を伸ばし痙攣して息絶えた。正夫は、机の引き出しから、興味を持ち始めたばかりの『般若心経《はんにゃしんぎょう》』を取り出して窯の前に立ち、声を出して読んだ。

自殺をしたこの女の人には、どんな苦しみがあったのだろう。なぜ死を選んだのだろう。なぜ、生き続けようとしなかったのだろう……。正夫は、途中で訳の分からない怒りのような悲しみが込み上げてきて、たくさんの線香を束ねて一度に火を点けた。もうもうと煙が立ち込めて、部屋一杯に充満した。

正夫はその日、初めて光ちゃんを抱いた。寂しさとも怒りとも悲しみともつかぬ不思議な感情が正夫を駆り立てていた。「スナック光ちゃん」へ行き、客が途絶えたのを見計らって、光ちゃんを強引にソファーに押し倒した……。

「いろいろありますねえ、私などには、想像も出来ない」

古田が感慨深そうにつぶやいた。古田の視線は、まだじーっと女の方に向けられていた。女は、泣きやんでいたが、うつろな目で、ぼーっと外の景色を眺めていた。女の手に握られた白いハンカチが、窓からの光に照らされて、胸の前できらきらと輝いている。なんだか、消えていく幼子の無垢な魂のようにも思われて見ているのが辛かった。

正夫は、ためらった後、立ち上がってコンクリートの床の間へ降りた。それから意を決して、女に向かって歩き出した。

10

夕日が、水平線の彼方にゆっくりと沈んでいく。クワディーサー（モモタマナ）の大きな樹が、夕凪の中で不気味なほど静まり返っている。太平洋と反対側の海を眺めるこの町では、太陽は背後の東の山から昇り、西の海に消えていく。

数時間前に、遺骨を抱いて帰っていった女の悲しみに直接触れたからだろうか。正夫は、昂揚した自分の気持ちを持て余した。だれかと向かい合っていたかった。正夫の頭に浮かんだのは、光ちゃんだ。すぐに光ちゃんの店に行くことに決めた。

光ちゃんは一人だった。開店後、間もない時間ではあったが、アキちゃんの姿はなかった。アキちゃんに逃げられたのかなと思ったが、尋ねることはよした。

正夫の話を聞き終えた光ちゃんが、ため息まじりにつぶやいた。

「チムグリサヌやあ（可哀想にねえ）……。よっぽどの事情があったんだろうねえ」

「うん……、なんとか子供を生みたかったと言っていた。家族も、しがらみも、みんな振り捨てて、一人でこの地にやって来たとも言っていた」

「よっぽどの決意よね……」

「うん、そうだね……」

正夫も、そう思った。そう思って悲しくなった。悲しくなったから、光ちゃんの店へ来たのだ。

「光ちゃんは、結婚が早かったんだよね」

「あれ、早いどころか、高校を卒業してすぐに結婚したさ。働くよりも結婚が先だよ」

しかし、子供と死別し、夫とも離婚したのだった。

「……ごめんね、辛いことを、思い出させたね」

「ううん、気にすること、ないさ」

光ちゃんは、小さく声を上げて笑った。

「でも、これも人生よね」

「そうだよ、当たり前さ……」

「だけど、考えてみると、最初の結婚の失敗、ここから私の人生は狂い始めるのよね」

「狂ってなんかいないよ」

正夫は、すぐに言い返した。光ちゃんのことは、いろいろと噂を聞いていたが、どこまでが本当か、どこからが嘘か、確かめたわけではない。また、噂の多くは芳しいものではなかったが、狂った人生なんかあるわけがない。

「子供が死んでからはねえ、何もかも、うまくいかなくなってね……。夫はヤマトへ逃げるし、私も水商売を始めたんだよ。それからは、もう、男を、とっかえひっかえさ。それに、二度目の結婚もしたけれど、すぐに男に死なれてしまうしさ。もう、どうしようもなかったね。私には疫病神でも憑いているのかって思ったよ」

「そんなことないよ」

「うん、有り難う。そう言ってくれるのは、正夫、あんただけだよ」

「俺だけではないよ。みんな、そう思っているさ」

「そうかねえ。でもね、正夫、私の頭には次々と男たちの亡霊が現れては消えていくのよ」

「えっ？　次々となの」

「そう、次々とよ」

「そんなにたくさん男がいたの？」

「そうだよ。私は、独りぼっちでは生きていけないのよ。でも……、結婚したのは、三回だけどね。ごめん、今の男は、結婚じゃなくて同棲中だね」

「訂正しなくてもいいよ」

「私を、愛してくれたのは……、いや、私が愛したって、言い直してもいいんだけど……。その男は二度目に結婚した男だけだね。でも病気で死んじゃった。あっけないよね。死んだら何もかも、おしまい」

「そうだね……。今の男とは、どこで知り合ったんだっけ」

「パチンコ店」

「パチンコ店？」

「そうなのよ。二度目の夫に死なれてからは、さすがにヤケになってね。パチンコにも、はまってさ。この町に来る前の話だけれどね……。で、パチンコ店で知り合った今の男と、いつの間にか同棲生活を始めていたというわけよ」

正夫には、初めて聞く話だった。光ちゃんのことを、分かっているようで、あるいは何も知らないのかもしれない。困ったときにはいつも助けてもらっているのに、知ろうともしなかったのではないかと思われて、少し恥ずかしくなった。

「ところがねえ正夫、この男は、ろくに働きもしないくせに、私が浮気をしているんじゃないかって、いつも疑っているんだよ。それなら、自分で働いて、私を楽にさせてごらんなさい、っていうことよね」

「うん、そうだね」

「あれ、何だか愚痴っぽくなっているね」

「いいよ、今日は、いっぱい愚痴を聞かせてもらうよ。俺、一度も、光ちゃんの愚痴なんか聞いて上げられなかったからさ……」

「あら、そう？ 私は、正夫にだけは、愚痴をこぼしてきたような気もするんだけど」

「そうかなあ。でも、さっきまでは、聞き役に回ってもらっていたから、今度は俺が聞く番だよ」

「そう、そうだねえ、今日は、何だか人生相談会だね」

光ちゃんはそう言って、照れたような笑いを浮かべた。

光ちゃんが、冷蔵庫からビールを一本取り出して、グラスを二つ並べた。

「愚痴をこぼせる相手がいるということは、幸せなんだよね」

光ちゃんは、そう言うと、正夫に構うことなく、ビールの栓を抜き、グラスを握って、一人で持ち上げた。

「我が人生に、乾杯！」

一気にビールを飲み干すと、奇妙な笑みを浮かべ、もう一度、空になった自分のグラスにビールを注いだ。それから、じいっとグラスを見つめたまま黙りこんだ。

なんだか、そんな仕種を見ていると、正夫は悲しくなった。先ほども、死んだ子供のことを思い出させたようで、自分勝手な話を持ち込んだかなと、半分ぐらいは後悔した。

「正夫……」

光ちゃんが、正夫を見た。笑顔を浮かべている。正夫は、ほっとして、思わずビールの入ったグラスを持ち上げた。

「光ちゃんと、俺の人生に、乾杯！」

正夫の掛け声に、光ちゃんがグラスを持ち上げてビールを飲んだ。

「有り難うね、正夫。でもね、私はね……」

光ちゃんが、少し沈んだ声で、言葉を飲み込んでいる。

「私はね、正夫……。今の男と何度も別れようと思ったのよ。でも、いざとなると踏ん切りがつかないのよ。もちろん、籍なんか入っていないんだから、別れるなんていう、かっこいい話でもないけどね」

光ちゃんは、先ほどとは違い、笑顔はない。やはり辛い出来事や思い出したくないことも、たくさんあるのだろう。

「この男はね……、一度、傷害事件を起こしているんだよ。母親を刺したんだよ。だから、親族から、つまはじきにされているんだ。もうだいぶ前のことなんだけどね、母親を刺すぐらいだから、よっぽどの事情があったと思うんだけど、その訳は話してくれないのよ」

正夫は、この男に会ったことは一度もない。

「この男も、それ以来、歯車が狂ったんだね。私と同じだよ」

光ちゃんは、そう言って、もう一度勢いよくビールを飲んだ。

「この男は、暴力を振るう野蛮人なくせに、泣き上戸でね。酒を飲むと、お母、ごめんな、ごめんなって、大の男が声を上げて泣くんだよ。それを見ていると、別れられないのよ。不思議なもんだね。男と女の糸は一度絡まったら、なかなかほぐせないんだよね。でもね、私はね、この男から母親を刺した理由を聞き出せたら、なんだか別れられるような気がするの。男も、このことをうすうす感じていて、ムキになって言わないんだと思う」

光ちゃんは、そう言って正夫を見つめた。光ちゃんの目が赤くなって潤んでいる。

光ちゃんが、手を伸ばして正夫の手を握った。正夫は、光ちゃんを見て、しばらくそのままにしていた。

「光ちゃんは、優しすぎるんだよ……」

正夫は、やがて、もう一方の手を光ちゃんの手の上に重ねると、絞り出すように言った。

「優しい人間ほど、苦労を多くするんだってよ」

そう言わねば、ならないような気がして、正夫は、思い切ってそう言った。照れくささが全身を駆け巡ったが、光ちゃんが正夫を見て微笑んだ。それを見て、正夫は言ってよかったと思った。そして、光ちゃんを強く抱き締めたいと思った。その衝動は、なんだか今までとは違う新しい感情のような気がしていた。

11

正夫は、主治医から厳重注意を受けた。身体に埋め込んだ人工弁は、急激な運動には、十分な対応が困難だと言われていたのに、呼吸を乱したからだ。もちろん、正夫から手を出したわけではない。昼間から酒を飲み、墓園で火を燃やし煙草を吸っている若者たちへ注意を喚起しに近づいただけだ。いきなり股間に足蹴りを食らった。うずくまった姿勢のまま、さらに腹部も強く蹴られてひっくり返った。這うような姿勢で、火葬場の事務室までたどり着き、救急車を呼んだ。これで、死ぬと思った。死は、こんなふうに突然やってくるのだ。そう思って、受話器を置き、肩で息をしながらうずくまった。やがて、すーっと目の前が暗くなって意識を失った。気がついたときは、病院のベッドの上だった。

「馬鹿だね、正夫は……」

光ちゃんが、正夫の入院を聞きつけて見舞いに来てくれた。ベッドの傍らに椅子を引き寄せ、自分で持ってきたリンゴをむいている。光ちゃんは、スナックで見るときよりも、幾分老《ふ》けて見える。果物ナイフを握った手の甲には、小さな老斑さえ見える。長い苦労が光ちゃんを疲れさせているのかもしれない。それでも明るい口調はいつものとおりだ。

正夫は、光ちゃんがむいてくれたリンゴを食べながら、そんな感慨を隠して軽口を叩き合った。病院の様子や看護師の振る舞いなど、たわいもないことを大げさに語った。正夫は、いつの間にか心が和んでいた。

「ところで、お前の男が、店に怒鳴り込んで来たんだってね」

「あたしの男なんかじゃないって……。でも、なんで、あんたが知っているんだよ」

「世間の噂さ……」

「世間の噂は、火葬場まで届くのね」

光ちゃんは、そう言った後で、しまったというような表情を作った。それを見て、正夫は気にすることはないと言おうとしたが、少し照れくさくなって無言で頭を横に振った。光ちゃんもそれを見て、小さく苦笑を浮かべてうなずいた。

しばらくして、光ちゃんが、ふふふっと笑いながら、正夫に訊く。

「正夫……、あんたね、大切なトコロを蹴られたんだってね？」

正夫は、目を伏せて頭を垂れ、黙ってうなずいた。

「そりゃ、したたかに痛かったでしょうね」

光ちゃんは、やがてたまらないというように身体を揺すって笑い出した。なんだか、痛みの感覚が蘇ってくるようだ。

「正夫、あんたのモノ、大丈夫？　まだ使える？」

光ちゃんは、そう言って、さらに大声で笑った。正夫が、どぎまぎしていると、入り口のカーテンが大きく揺れた。その傍らに古田が立っていた。光ちゃんが、慌てて笑いをこらえて立ち上がった。入れ替わるように古田が心配顔でベッドににじり寄った。

「正《まさ》さんが火葬場にいらっしゃらないと思うと、なんだか落ち着かなくて……」

「えーっ、どういうことなんだよ」

正夫は苦笑した。いつのまにか、人の死を待つ場所に、自分の存在場所が出来ていることに苦笑せざるを得なかった。変なことになったと思った。光ちゃんが、座っていた椅子を古田に勧めたが、古田は、手を横に振って、すぐに立ち去るからと断った。

「正さん、早く良くなって、戻って来てくださいよ」

正夫は、古田の励ましの言葉に、曖昧にうなずいて再び苦笑した。

古田に拝み倒されるようにして、正夫は、一週間の入院の予定を四日で切り上げて退院した。足首の捻挫も骨折までにはいたらなかった。内臓からの出血も心配されたが、大事にはいたらなかった。町からも、一日も早い復帰が望まれていた。

火葬場の周りに植えられたクワディーサーの大きな葉が、かさかさと音立てて風に舞っている。枝を張ったクワディーサーの樹は、夏には大きな緑の陰を作るのだが、冬になると葉を錆《さび》色に染めて、ばさっ、ばさっと、音立てて落ちる。

正夫は、数年前、自動車の運転をしながら急に目の前が真っ暗になってガードレールにぶつかったことがある。幸い軽傷で済んだが、あのときも、いつ自分に死が訪れるか分からないということを実感した。

しかし、それを機に、意識を失う瞬間もまた分かってきた。一瞬の間ではあるが、意識を失う直前には、脈拍が途絶え、すーっと血の気が引いていくような瞬間がある。そんなときには大きく息を吸い込み、直立して、空手の型を真似る。ゆっくりと呼吸を整え身体を落ち着かせる。すると、不思議なことだが、また血液が全身を巡りだし、つま先まで行き渡るような感覚が蘇ってくるのだ。

心臓は一分間に七〇回ほどの収縮を繰り返すという。送り出される血液は一日で約十トン、一生を七〇年とすると、血液は大型タンカーの一杯分にも達するという。

正夫には、胸の中で、カチッ、カチッと音立てている人工弁は、生を刻んでいるのか、死へのカウントダウンなのか、よく分からない。分からないのだが、そんなときは、目を閉じて、椅子に腰掛け、上体をゆっくりと前後に揺らす。それだけで十分だ。生きている実感が戻ってくる。

今、生きているこの瞬間を、素直に感謝したい気持ちになる。

今度のことで、自分の身体のことをさらに不甲斐なく思うようになった。しかし、この身体で生き続けていかなければならないのだ。

正夫は、滅入りそうになる気分をリフレッシュしようと、立ち上がって箒《ほうき》を持ち、コンクリートの床を掃いた。それから、久し振りに焼却炉の扉を開け、窯の中の掃除をした。ここで働き始めたころ、炉の扉を開けた途端に、中から身体を刺すように臭ってくる異臭に悩まされた。思い切って雨合羽を着け、手袋を嵌《は》め、ヘラを持って炉に入った。窯の周りや炉台には、数十年の間で付着したと思われる黒い塊《かたまり》が層を成していた。明らかに人間の骨片や脂肪が炭化したものだ。さらに、ガラスの瓶が何度も溶けては固まったと思われる飴《あめ》状の残骸や、様々なグソーヌナギムン（あの世への土産物）の焼け焦げた黒い塊が、周り一面に付着していた。息を止め、それらを丹念に、削ぎ落とした。その日以来、時々炉の中へ入っている。

待合室を掃除したり、場内を掃き清めたりしていると、突然、火葬許可証を持って現れた遺族に、「人が死ぬのを待っているのか」と嫌みを言われることもある。でも、ここが自分の仕事場なのだ。この仕事に、誇りを持ちたいと思う……。

遺族の多くは、遺体を窯に入れると、骨上げまでの時間を自宅へ戻って過ごすが、その時間を待合室で過ごす人々もいる。そんな人々の中には、死者を慰めるためだと称して、酒を飲み、カラオケまで持ち込んで、宴会さながらに大声で騒ぎ出す者もいる。若い娘たちも平気で携帯電話を取り出し、軒下でゲラゲラと笑っている。

ツルおばあは、自分の死の際には、痛みや悲しみの表情を作らない方が旅立ちやすいと言っているが、このことと目の前の光景は、どこか違うような気がする……。

「正夫、大変よ。聞いているかね？　正夫？」

光ちゃんからの電話だ。息を弾ませている。

「あのね正夫、民子姉ぇ《ネ》がね、民子姉ぇが、那覇にいたってよ。那覇の辻町の特飲街で見たという人が、私の店に来てね、話をしてくれたのよ」

姉の民子は、駆け落ちした男と大阪で暮らしているはずだ。どうして那覇なんかに現れたのだろう。光ちゃんは、民子のことをよく知っている。正夫がツルおばあの所に住んでいたころ、民子は、時々正夫の元へ訪ねてきていた。

「えーっ、正夫、民子姉ぇはね、あんたに謝りたいって、泣いていたってよ……。詳しい話をしてあげるから、私の店に来なさい。いいね。正夫、聞いている？」

「……うん、聞いている」

正夫は、民子のことは、光ちゃんが自分を誘い出すための口実かもしれないと思ったが、行く約束をして受話器を置いた。

12

光ちゃんの店に着いて、正夫は驚いた。光ちゃんが目の周りに痣《あざ》を作っていた。明らかに殴られた跡だ。

「どうしたの、光ちゃん？　何があったの？」

光ちゃんは、正夫の問いに顔を伏せて答えようとしない。やがて観念したように顔を上げた。

「まだ分かるの？」

「そりゃ、分かるさ」

「しょうがないわねえ……」

光ちゃんは、そう言いながら手鏡を取り出して覗いている。

「店の中は暗いから、気づかれないで済むと思ったんだけどね、やはり無理か……。でも、店を休む訳にもいかないしねえ」

「本当に、どうしたんだよ」

「あの男は……、嫉妬深いからね」

「あの男って、今の亭主のこと？」

「そうよ、それ以外にだれがいるっていうのよ」

光ちゃんの返事に、正夫は意を決して尋ねる。

「まさか、俺のことが原因で殴られたんではないだろうね」

「まさか……」

光ちゃんは、嘘をついているかもしれない。光ちゃんは、時々、正夫のところに手作りの弁当を持って届けてくれる。二人が食事をしている光景は、人目を忍んで逢い引きをしている恋人同士に見えなくもない。そんなことが噂になって、あの男の耳に入ったのではないだろうか。

「男って、本当に勝手よね。あの男は、悲しみを鎮めるために酒を飲み、暴力を振るい、私を抱くんじゃないかって、時々、思うことがあるのよ」

光ちゃんが、いつになく怒ったような口調で言う。

「正夫、あんたも、そうなの？」

「えーっ？」

「私のことを、どう思っているのよ？」

「それは……」

「いいわよ、無理して、答えなくても」

光ちゃんが、奇妙な笑顔を浮かべる。

正夫は、光ちゃんのその笑顔を見ながら、口ごもった理由を考える。自分も、あの男と同じなのだろうか。自分も、何かを鎮めるために、光ちゃんを利用しているのだろうか。

正夫の脳裏を、様々の思いが駆け巡った。光ちゃんへの気持ちを、しっかりと整理すべきではないか。しかし、どのように整理すればいいのだろう。正夫は、曖昧なままに光ちゃんの方へ向き直った。間髪をいれずに光ちゃんが言う。

「ねえ、正夫、いいでしょう。一緒に民子姉ェ《ネ》を捜しに行こうよ。あんたに会いたいけれど、会えないって……、泣きながら言っていたってよ」

「……」

「民子姉ェ、とっても痩せていたって。大阪で、だれにも言えないほどの辛いことが、きっとあったんだよ」

正夫は、光ちゃんに向かってつぶやくように答える。

「でもね、今さら、そんなことを言われてもね」

「何を、迷っているのよ。一緒に行きましょう。ぐずぐずしていると、民子姉ェは、どこかへ消えてしまうかもしれないわよ」

光ちゃんは、明らかにあの男の話題を逸らしている。だが、それをなじるわけにもいかない。

「私はね、民子姉ェが、あんたに会いたがっているのが、よく分かるのよ。我慢している気持ちが分かるのよ」

光ちゃんが、いつもより強引に話題を引っ張っていく。もちろん、民子のことは大切なことだ。しかし、目に痣が出来たのが自分のせいなら、民子の話だけを続けさせるわけにもいかないだろう。何か解決策を見つけなければ。どうすればいいのだろう……。

正夫は適当な切り口が見出せないまま、光ちゃんの言葉にうなずきながらついていく。

「民子姉ェはね、大阪から、独りで帰ってきたんだって。私も、そうだったのよ。私はね、正夫、いつも独りぼっちだった……。お父ちゃんが死んだ後、お母ちゃんは再婚してしまうし、お姉ちゃんも、アメリカ兵の愛人になってしまうし……。私は、どこにも行けなかったの。どこへ行っていいかも、分からなかったの……」

「そうか……、それは、ちょっと、辛かったね」

「うん、辛かった」

光ちゃんが、いつになく、弱気になって返事をする。

「だからね、民子姉ェには、そうなって欲しくないのよ。みんなで力を合わせて生きていくのが一番いいんだから」

「そうだね」

「そうだよ、姉弟、力を合わせて頑張らなけりゃ」

「うん……」

しかし、そうは言ったものの、正夫や和恵を足蹴にするように出ていった民子のことを簡単に許す訳にもいかない。謝りたいからといって、ハイ、そうですか、という訳にもいかなかった。民子と音信が途絶えてから、もう二十年余になる。二十年余の苦労は、民子にもあっただろうが、正夫の側にもある。

「生きていくってことは、大変なことだよな……」

正夫は、ぽつりとつぶやいた。光ちゃんが、素早く反応する。

「そりゃあ、そうだよ。でも、大変なことだけど、意味のあることよ」

正夫は、予想もしなかった光ちゃんの返事に少し戸惑った。その戸惑いを隠すように、咄嗟に尋ねていた。

「どんな意味があるんだろうね」

「それは……」

光ちゃんが、肘を付き、顎に手を当てて考える。意地悪な質問になってしまった。尋ねなければよかったと後悔する。

「それはね……」

正夫は、観念して目を閉じた。どんな答えが返ってきても、うなずいて受け入れようと思った。

「それはね、正夫、あの世へ逝くための切符をもらうためさ」

正夫は、その答えに驚いた。驚いたが、ほっとして、思わず光ちゃんと顔を見合わせた。

「そうか、なるほど、切符か……」

「そう、切符よ。よく頑張りましたねっていう、三途《さんず》の川を渡る切符さ」

光ちゃんも、咄嗟に答えたのだろうが、これなら大丈夫だ。光ちゃんのたくましさは、目の周りの痣なんかに負けていなかった。しかし、光ちゃんの寂しさは、正夫の内部で奇妙に攪拌《かくはん》されていたが、無くはならなかった。正夫は出来るだけ、明るく話し続けた。

「光ちゃん、あのね、ツルおばあが言っていたんだけどさ。あの世の生活は、長いんだってよ」

「えっ？　この世よりも、長いの？」

光ちゃんが、正夫の冗談に、真面目な顔で聞き返す。

「うん、そうだよ、この世よりも長いんだって」

「そう、そうなの……。それで、この世で暮らしている間に、あの世で一緒に暮らす相手を、探すわけね」

「そうなんだよ。光ちゃんには、あの世で長生きして、いっぱい幸せになって欲しいなあ」

「あれ、あの世で長生きするって、おかしいよ。私は、この世で幸せになりたいんだけど」

光ちゃんが、正夫の冗談に気づき大声で笑う。正夫も、なんだか自分で言っていることが、つじつまが合わなくなっていることに気づいて苦笑する。光ちゃんとのやりとりで心が和み、自然に笑みがこぼれた。

「正夫、何を一人で、にやにやしているのよ」

光ちゃんに気づかれて、問いただされた。

「いや、何でもないよ」

「何でもないってことはないでしょう。にやにやしているわよ。教えてよ。何があったの？」

光ちゃんは、いつになく饒舌だ。そんな光ちゃんを見ながら、正夫の記憶は、一気に幼いころの福地川に飛んでいた。予想だにしなかったことだが、正夫の頬は、さらに緩んでいた。

「ねえ、光ちゃんは、おしっこ事件のこと、覚えている？」

「えっ？　おしっこ事件？　何のことなの？」

「あれ、忘れたのかな。確か、小学校の三年生か四年生のころだったと思うけれど、福地川で一緒におしっこをしたじゃない」

「えっ？　そんなこと、しないよ。何のことよ、それ」

正夫は、懸命に否定する光ちゃんの記憶を刺激するように、少し脚色を加えながら話し出した。

光ちゃんは、すぐに思い出してくれた。思い出してお腹を抱え、大声を上げ身体をねじるようにして笑った。

「でもね、正夫、私は、本当におしっこをしなかったわよ。正夫がそう思っているのなら、それこそ濡れ衣だわ」

「本当?」

「本当だよ。可愛い少女が、川原でおしっこなんかするものですか」

「そうか、濡れ衣か」

「そう、濡れ衣って」

正夫も、光ちゃんも声を上げて笑った。笑い過ぎて声が掠《かす》れるのではないかと思ったほどだ。光ちゃんが、おしっこをしなかったとなれば、正夫の推測は逆に当たっていたことになる。おしっこをした素振りをしたのだ。光ちゃんは、あのころから優しかったのだ。正夫は、おしっこの勢いで崩れていった川原の砂の形まで目前に蘇って来るようだった。

「ところで、ねえ、正夫、あんた、田舎にいた一夫兄ィのこと、どこまで知っている?」

「えーっ?」

突然の一夫兄ィのことで、正夫は驚いた。光ちゃんの記憶も、福地川から様々な時間や場所へと飛び交っているようだ。

「何のこと?」

「一夫兄ィがさ、慶良間諸島のN島の集団自決の生き残りってこと、聞いたことがあったでしょう?」

「うん……、聞いたことがあった」

「私ねえ、一夫兄ィが可哀想で可哀想で、たまらなかったわ。一夫兄ィが自殺したって聞いたとき、私、一夫兄ィのお嫁さんになってあげればよかったたって、本当にそう思ったよ」

光ちゃんの目が涙で潤んできた。それを、ハンカチで押さえている。今日の光ちゃんは、妙に感傷的になっている。光ちゃんはだれにでも、優しくせずにはいられないのだ。これが光ちゃんの性格なのだ。

「うん、俺は、ツルおばあから聞いた……」

一夫兄ィが縊死《いし》した後、遺体を引き取りに来た親族が、ツルおばあや村人たちに礼を言いながら、途切れ途切れに語った一夫兄ィの話は、ツルおばあだけでなく、同席していた村人たちにとっても、ショッキングなことだった。

一夫兄ィの身体の傷は、米軍の砲弾で傷ついたのではなかったのだ。家族皆で、殺し合って傷つけた痕跡であった。一夫兄ィは、父親と一緒になって、暗い洞穴の中で、母親、祖母、妹、そして最愛の妻と息子を殺したのだ。沖縄本島からわずかに十数キロ離れた慶良間諸島に米軍が上陸したその日に起きた悲劇だった……。

「一夫兄ィの脚は、戦後、一夫兄ィがN島で自殺をしようとして、崖から飛び降りたときに出来たものだと言っていたよね」

「うん、俺も、そう聞いた」

「最愛の奥さんと子供の首をカマで切ったのなら、気が狂《ふ》れない方が、おかしいよねえ」

「うん、そうだねえ」

「軍隊から、自決用に手榴弾も、渡されていたってね」

「そう、その手榴弾が、爆発しなかった。それでカマや、カミソリを使って……」

「可哀想にねえ……」

「一夫兄ィの身体は、傷だらけだった。シャツを脱ぐと、首や胸にも傷があった。あの傷は、自分で切りつけたものだって分かったのは、一夫兄ィが死んでからだ。ぼくは、ずーと米軍の砲弾で傷ついたものだと、思っていた……」

「結局、一夫兄ィだけが、瀕死の重傷で米軍に助けられたんだよね」

「いや、一夫兄ィのお母ちゃんも米軍に助けられたって聞いた。でも、すぐに死んだって」

一夫兄ィは、島で生きることに耐えられなくなって、正夫たちの村に渡り着いたのだ。しかし、戦争の記憶は、一夫兄ィを生き長らえさせなかった。二度目の死を決意させたのだ。戦後の十年間余を、一夫兄ィは、どんな思いで過ごしたのだろう……。

正夫の脳裏に、様々な出来事が思い浮かぶ。自分の人生はどうなのだろう。両親を喪い、妻を喪い、心臓を患ってここまで来た。今、ここで死んだら悔いは残らないだろうか。みんなで一緒に幸せになることは出来ないのだろうか……。

「光ちゃん……」

「うん？」

「決闘だよ、決闘」

「ええっ？　何のこと？」

「新しい家族を作るんだよ」

「ねえ、どういうことなの？」

「だから、決闘することに決めたんだよ」

「だから、何のことなのよ」

光ちゃんが、身を乗り出すようにして、正夫の顔を見る。

正夫は、精一杯の笑顔を作って、光ちゃんに向き直った。

「お前の男と、決闘することにしたんだ」

正夫の言葉に、光ちゃんが驚いて、目を見開いた。

13

正夫は、事務室の椅子に腰掛けながら、何度息を吹き込んでもうまく音の出ない横笛を眺めていた。それから吹くのをやめて、小さくため息をこぼして引き出しの奥にしまった。

光ちゃんのことが思い出された。光ちゃんは、決闘を許さなかった。男とは別れないと言った。別れてしまうと、男は駄目になると言った。俺だって駄目になる、と正夫は、慌てて言い継いだのだが、光ちゃんは、寂しげな笑みを浮かべて首を横に振った。

「私は、不幸を何度も見たくないの。もう、そんなふうに歳を重ねたくないの」

光ちゃんは、正夫の顔を見ずに、しかし、はっきりと言った。正夫もはっきりと言った。新しい家族をつくることは希望になる。正夫だけでなく、光ちゃんにとってもそれはいいことになるはずだと……。しかし、光ちゃんは許してくれなかった。

「私の幸せはね、正夫、不幸を見ないことだよ。私の不幸も、周りの不幸もよ……」

「でも、だれもが、もっと幸せになりたいと思っていいし、その権利もあると思うよ」

「そうさねえ、それは当然さ。でも、私はこのままでいいの。正夫の申し出は有り難いけれど、私は、今のままでいいのよ、正夫。ごめんね」

光ちゃんはそう言って、正夫を抱き寄せ大きな胸に正夫の顔を押しつけた。光ちゃんの乳房が温かく、大きく脈打っているように思えた。正夫は諦《あきら》めた。諦めたけれど、もう一度、戦いの日が来ると思った。決闘の日がくる予感が、どんどん膨らんでいた。

光ちゃんも、悩みを抱えて生きているんだ。正夫だってそうだ。だれでもが、悩みや不安を抱えながら生きているのだ。いつの日か、あの男も、光ちゃんの理屈も、打ち負かさなければならない。でも、理屈では動かない世界が、やはりあるような気もする。光ちゃんは今、その世界で生きているような気がする。今は、戦えないと思った。そう思って、息づいている柔らかい乳房から、正夫は顔を離して、光ちゃんを見た。

光ちゃんの顔が正面にあった。正夫は、とっさに右手を伸ばし、掌を大きく広げて光ちゃんの頬に近づけた。光ちゃんが驚いたように、正夫の仕種をいぶかった。

「何？　それ……」

「おまじないだよ」

正夫は、突然思いついたことだったが、はっきりと言った。光ちゃんは、目を潤ませながらうなずき、正夫の掌を、頬に受けた。そしてそのままで正夫に尋ねた。

「なんの、おまじないなの？」

「知りたい？」

「うん、知りたい」

「光ちゃんも、俺の頬に手を当てれば分かるよ」

光ちゃんは楽しそうに、正夫と同じように右手を伸ばして正夫の頬に押しつけた。

「ねえ、分かっただろう」

正夫の言葉に、光ちゃんは大きくうなずいた。

正夫は、火葬夫の仕事に就いて十年間、知らず知らずのうちに夢を失っていた。感動する心をも失っていたのだ。大切な人と一緒に夢を見る。大切な人のために、泣いたり笑ったりする。そんななんでもない日々が、とても意義のあることのような気がする。

「有り難う、正夫。私は、正夫とのこと、夢を見ながら、生きていけるさ」

光ちゃんの言葉を、正夫は笑顔で聞いた。そして、二人一緒に涙を払って声を出して笑った。

14

庭の松の木が一本だけになった。樹木医へ診断してもらった結果、一本の松の樹には、やはりマツクイムシが巣くっていた。しかし、もう一本の松の樹には全くその兆候はないという。一本の樹が失われ、一本の樹が残った。見慣れた風景が消え、広い空間が出来た。残った松の木が、風を受けて大きく枝を揺らしていた。それを見つめていると、なんだか涙がこぼれそうになった。

正夫は、そんな思いを振り払うように、立ち上がって焼却炉を置いた部屋へ行った。二機の焼却炉のふたを開いて中を覗き込んだ。それから点火スイッチを押して、同時に作動させた。火葬場にうなり声が振動して母胎のような形をした窯が震えだした。覗き窓を開けて見ると、オレンジ色の炎が、ガスと一緒にゴーッと音立てて、大蛇の舌のように窯の内部を、なめまわしている。ふたを閉めて、しばらくぼーっとした後、二機の焼却炉の作動を止めた。ガクンという最後の音とともに、辺り一面に、しーんと静けさが戻ってきた。

前任者は、この仕事を続けて十年余でアルコール中毒になり、辞めていったという。そのことがチラッと頭をよぎった。正夫も、もうすぐ前任者と同じ年数を数えることになる。この窯の中で、正夫も灰になるのだ……。

正夫は、気を取り直すようにして、裏庭に廻り、霊柩車を納めた倉庫を開けた。水道の蛇口にホースを繋いで、栓を開いた。葬儀屋を頼むことの出来ない遺族は、この霊柩車を借りて遺体を運ぶのだ。正夫は、丁寧に水で洗い、水をふき取り、ワックスをかけた。車内をも掃き清め、雑巾をかけた。一息ついたちょうどその時、表で自分を呼ぶ声がした。光ちゃんかな、と思ったが、男の声だ。正夫は慌てて表へ回った。古田が、美しい女性を伴って事務室の前に立っていた。

「その節は、お世話になりました。どうしてもお礼を申し述べたくて……。古田さんにもご足労を願いました。本当に、有り難うございました」

そう言われなければ気づかなかったかもしれない。いや、そう言われてもすぐには気づかなかった。女性は濃紺の風呂敷に包んだ手土産の菓子を正夫の前に差し出して微笑んだ。その時、正夫はやっと気がついた。生まれてすぐに死んでしまった幼子の火葬のお願いにやって来た女性である。女性は、見違えるほどに美しかった。淡いピンクのワンピースに、小さな花柄模様が揺れている。

「お元気でしたか……」

正夫は、思わず声を上擦《うわず》らせて挨拶をした。

「ええ、おかげさまで元気になりました。今日は、古田さんのご紹介で、ヤンバルの寺を訪ねて、娘の供養をお願いしてきたところです」

「そうですか、それはよかった……」

女性の表情は、生き生きと輝いていた。白く澄んだ手は若々しく、なまめかしかった。

「古田さんには、いろいろとお世話になっていますの。また、正夫さんにもその節は、本当にお世話になりました」

「いいえ、とんでもない」

「あの日、正夫さんが、おばあちゃんのことを、話してくれましたよね」

「えっ？　そうでしたか？」

「たしかツルおばあちゃんという名前だったと思います。おばあちゃんと、『別れ歌』のこと……。

随分、慰められました。本当に有り難うございました」

「いやあ、役に立てたなら……、嬉しいです」

「大いに、役に立ちましたよ」

女性は、笑顔で正夫に礼を言う。正夫は、少し恥ずかしくなって目を逸らした。

「私、しばらくは、ここ沖縄に住んでみようかと思っていますの。古田さんには仕事も世話してもらったことですし……、沖縄が気に入りました。一からやり直してみます」

古田が、右手の小指を立てて眼鏡に手を当てる。

「一からと言うのは、無理かしら……」

女性は、すぐに自分の言ったことに照れて笑顔を浮かべた。古田も目を細めて笑っている。古田は、この女性にとって、今必要な存在になっているのだろうか。正夫は、祈るような気持ちで二人の後ろ姿を見送った。

二人の姿が視界から消えた後、正夫は庭に出て落ち葉を掃き集めた。行方不明になっている民子のことがしきりに思い出された。民子も、この女性のように、だれかを頼って生きていればいいと思った。みんなが助け合えればいいと思った。

先週の休みの日に、民子を捜しに、光ちゃんと二人で那覇に行った。辻町の特飲街はすぐに捜せたが、民子は、勤めていた店を既に辞めて姿を消していた。でも、きっと捜してみせる。捜し出せるという不思議な予感が正夫に生まれていた。二十年余も経過したが、何だか民子と心が向かい合っているような気がした。向かい合っていれば何とかなる。店主の話を聞いて、勤めていた女性が民子であることも確信した。

「死ぬときは、みんなに、『別れ歌』を歌ってもらいたいなあ」

正夫は、思わず口をついて出た言葉に苦笑し、慌てて辺りを見回した。

事務室に戻ると、すぐに電話が鳴った。受話器を取ると、先ほど立ち去った古田からだ。

「正《まさ》さん、お仕事が入りました。明日の朝十時でございます。……ええ、ええ、分かっております。遺族の方には、その旨をしっかりと伝えたいと思います。必ず棺の中を点検致しますので、どうぞ、ご安心ください」

古田は、もう仕事に戻っていた。死は、休むことはないのだ。

受話器を置くと、ふと、先ほどの女性のことが思い出された。女性は、ツルおばあの、どんな言葉に感心したのだろう。「別れ歌」を歌うツルおばあのことを話したのは思い出せたが、どのようなことを話したのかは定かでない。

正夫は、今回の遺族は、悲しみに耐えられるだろうかと、少し気になった。少年の交通事故死という古田の電話だが、十七歳ではあまりにも若すぎる。しかし、悲しみの前で、いつまでも嘆いていてはいけないのだ。素早くやり過ごさなければ潰されてしまう。それを手伝ってやるのが、正夫の仕事だ。

正夫の瞼に、ツルおばあの姿が映った。手拍子を取りながら、「別れ歌」を歌っている姿だ。姉の和恵と民子、そして光ちゃんの笑顔が、次々と浮かんできた。みんな生きている。そして、みんな、あの世で一緒になるんだ。正夫は、それぞれの人生に思いを馳せながら、ツルおばあの口調を真似て、そっと「別れ歌」を口ずさんでみた。

　別れてぃどいちゅる、ぬぬ情けかきゆんが
　歌に声かけてぃ、うりどう情け……

正夫のおぼろげな視界に、火葬場の煉瓦造りの煙突が見えた。ふーっと、白い煙が、一筋流れていったように思われた。

加世子の村

「加世子《かよこ》に子供が出来たそうだが……、お前の子ではないだろうな？」

父にそう言われた時は驚いた。父は半分冗談だったのだろうが、半分真顔で問うているようにも思われた。

「そんなことはないよ」

ぼくは、慌てて打ち消した。実際、加世子のことなど、忘れていたからだ。なんだか、加世子という名前さえ懐かしかった。

「そうか、それならいいんだ。変な噂が耳に入ったのでな」

父は、それ以上は何も言わなかった。また、その後にも、加世子のことについては、二度とぼくの前で口にしなかった。

加世子は、ぼくが大学受験のために一年間の浪人生活を送った村に住んでいた女の子だ。年齢は、ぼくと同じほどだったが、少し、知能の発達が遅れていた。

父は、半分、真顔で問うていたのだとすれば、ぼくを半分しか信じていなかったことになるのだろうか。どんなふうに噂が流れていたのか。また、父の不安がどの程度のものだったのかは、父が死んでしまった今では確かめる術はない。

加世子と一緒に遊んだバンジロウ（グァバ）の木は、今でも庭で枯れることなく枝葉を茂らせているのだろうか……。バンジロウの木は熱帯アメリカ原産の果樹で、沖縄には琉球王朝時代に導入され、現在では様々な品種が栽培されているという。バンジロウの木にまつわる加世子との思い出が鮮やかに蘇ってきた。ぼくは、思わず苦笑した。そんなことがあったことさえ、今では信じがたい。加世子とのことは、あれから、もう三十年余の歳月が流れたのだ。

ぼくは、蘇ってくる加世子との思い出に苦笑しながら、仏壇の横に掲げられている父の遺影に目をやった。父が死んでからも二十年余になる。母が死んでからも、すでに七年が過ぎた。二人合わせた法事を、兄の家で朝から執り行っているが、弔問客がひっきりなしにやって来た。

ぼくは、兄と共に仏間に座り、弔問客へ頭を垂れて丁寧に礼を述べていた。午後の三時ごろにピークを迎えた弔問客は、夕方近くになって、やっとまばらになった。そんな客を迎え、そして送り出しながら、ふと父の遺影を見上げた。そのとき、加世子のことが蘇ってきたのである。

父の遺影は、丸い眼鏡をやや重そうに右下がりに掛けている。唇はぎゅっと強く結ばれているが、眼鏡に吊り上げられるように左側が上がっている。たぶん、写真を中央から分断して右と左の顔を別々に繋ぎ合わせると、まったく別人の顔が出来上がるのではないかと思われるほどだ。しかし、大きな耳たぶは、左右どちらも同じように、正面を向いている。そして、その耳たぶの作りは、確実にぼくたちに遺伝している。

加世子のことを、父にどのように問われたのか。遺影を眺めていると、なんだか、だんだんと記憶が曖昧になってきた。あるいは、問われたことなど、一度もなかったのではないか。そんな気持ちさえ起こってきた。

しかし、その疑問とは逆に、加世子との記憶は、どんどんと膨れあがってきた。まるで、初夏の朝日を受けて熊蟬が鳴き出すように、やかましく溢れ出してきた。そして、徐々に鮮明な像をも結び始めた。加世子の丸い笑顔と豊かな乳房までもが目前に現れた。

自宅の門前から、四方に繋がっていた村の間道の美しさも懐かしい。よく散歩をしたが、土肌が剝き出しのままで、ほとんど手入れがなされていなかった。道幅は、大人が二人ほど並んで両手を広げれば、すぐに両端に届くほどの広さである。そんな道を、自然のままに生えた雑草が覆い、道端では四季折々の花々が咲いていていた。

当時は、村の道を美しいなどと思ったことはなかったが、今、脳裏に蘇る道は、とてつもなく美しい。もちろん、村の風景も、加世子との思い出もだ。二度と手に入れることの出来ない青春期のパズル画だ。

村の家々は、多くは赤瓦の屋根で出来ており、石灰岩を積み上げた垣根の中に静かに立ち並んでいた。いくつかの庭にはガジュマルの大木が、屋敷の守り神のように繋っていた。サトウキビ畑からは、葉擦れの音がさわさわと波の音のように聞こえてきた。サトウキビの白い穂先は、雨を受けると淡い紫色に変わることも初めて知った。道の勾配も、土肌の感触も、草の色や匂いも、なにもかもが優しく蘇ってくる。なんだか、すべてがかけがえのない思い出のようにいとおしい。

ぼくにとって、記憶がそのように蘇ってくることは珍しかった。青春時代の記憶は、どれもこれも、みな辛いことが多かったからだ。久し振りに、加世子の記憶に心を委ねてみたくなった。「加世子」という漢字名を充てた日のことも蘇ってくる……。

加世子が、自分の子供の誕生をどう思っていたかは分からない。しかし、加世子の両親は大いに喜び、村人を招待して盛大に祝ったという。そんなことを、風の便りに聞いたのも、三十年余も前のことだ。

2

加世子の住むK村は、沖縄本島北部の半農半漁の小さな村だった。一九六八年からの一年間、ぼくは父の転勤でその村に移り住んだのだ。

父は、教職に就いており、ほぼ五年ごとに勤務先を変わらなければならなかった。ぼくたちの家族は、その度に荷物をまとめ、トラックいっぱいの家財道具と共に転居した。まだ交通の便も悪く、現在のように、どの家庭にも自家用車があるというわけではなかった。それこそ、大移動である。

村に着いて旅装を解き、一段落したころ、最初にぼくらの家にやって来たのが加世子だった。

「兄《ニ》ィ兄《ニ》ィ……」

ぼくは、身近で聞こえた不思議な声に驚いて顔を上げ、慌てて、辺りを見回した。すると、庭先に加世子が立っていたのである。立ったままで、背を折って、ぼくに向かって呼びかけていたのだ。

加世子は、満面に笑みを浮かべていた。ふっくらとした丸い顔だ。少し汚れの付いた白いシャツに、もんぺを履き、手拭いを肩に掛けて、背中に竹籠を背負っている。まるで野良仕事にでも出掛けるような格好である。実際そうであったのだが、じーっと見ると、白いシャツのボタンは取れていて、豊かな胸の膨らみがちらちらと見えた。

ぼくは、当時、高校を卒業して、父の転勤と機を一にして大学受験のための浪人生活をスタートさせたばかりだった。漠然とした医学への道に、少しためらいを覚えて、高校卒業時にはどの大学も受験することが出来ず、浪人の道を選んだ。もっとも、受験しても合格する程の力が無かったので、浪人生活を余儀なくされたと言った方が正確だ。

いずれにしろ、日中は、ぼく一人で家に居ることが多かった。その日も、勉強の合間に縁側に寝転がり、お菓子をつまみながら新聞を読んでいた。

「兄ィ兄ィ……」

加世子は、ただその言葉だけを、笑みを浮かべながら何度も繰り返していたようだ。

ぼくだって、突然の年若い女の訪問に、慌てていた。立っている加世子に気づいたが、何を言っていいのか分からなかった。

「……どうぞ」

そう言って、とりあえず目の前のお菓子を差し出した。

加世子は、笑って、そのお菓子を手に取り、また後ずさってぼくの前に立ち続けた。もんぺ姿も珍しかった。紺地に白い絣《かすり》模様が踊っていた。

ぼくは、やはりどうしていいか分からなかった。ただ、ぼくの神経は、すべてを、突然の訪問者に向けていた。年齢は、ぼくとそれほど変わらない。あるいは、一つか二つ上かもしれない。ただ、表情や素振りにどことなく年齢とアンバランスな幼さを感じる。ぼくはそんなことを素早く感じ取っていた。そして、ぼくのことを突然「兄ィ兄ィ」と呼ぶのも、なんだか変で、可笑《おか》しかった。

しかし、それにしても肉体は豊満だった。肌着もつけていないシャツ一枚の胸元からは、相変わらず乳房が飛び出しそうだった。それを隠そうともせずに、無防備な明るい笑みを見せている。ぼくもたぶん精一杯の笑みを浮かべていたはずだ。

「こんにちは」

「……」

「家は、どこなの?」

「……」

加世子は、ぼくの問いに微笑を浮かべているだけで答えない。

ぼくも、加世子に負けないぐらい、大きな微笑を浮かべて、再び問い掛けた。

「どこから来たの?」

「ウーッ、あまからよーっ(向こうからだよ)」

ぼくの問いに、加世子は、やっと返事をして近くの家を指さした。

加世子の言葉遣いや素振りから、だんだんと言葉や知能に、少し遅れがあることが分かってきた。そして、加世子が引っ越してきたぼくにあいさつに来たことも分かってきた。

しかし、このことは、畑に行く途中で、突然思い立ったことだったのだろう。ぼくが縁側に寝転がっている姿を見つけて、気の向くままに庭先に入り込んできたに違いなかった。

「名前は、何というの?」

「……」

「名前は?」

「かよこ……」

加世子は、突っ立ったままでぼくの問いに答えた。自分の名前を言うとき、少し身体を揺すって恥ずかしそうな素振りをした。このとき、また胸の白い豊満な乳房がちらちらと見えた。

「ぼくの名前は謙太《けんた》。よろしくな」

ぼくは、手招きして近くに座るようにと言った。しかし、加世子は微笑んでいるだけで近寄ろうとはしなかった。

加世子の着けている長袖の白いシャツは、男物のシャツのように思われた。決して、真っ白で美しくはなかった。むしろ薄汚れて、黄ばんでいた。だが、そのとき、ぼくは、なんだか、無垢な美しさに出会ったような気がした。話しかける度に、ぼく自身の心が洗われるようだった。

再び手招きして近寄るように言うと、やっと、一歩、二歩と歩み寄ってきた。さらに縁側に腰掛けるようにと言うと、背負った籠を足元に置き、笑みを浮かべながら、そーっと座った。

「かよこ、って名前は、漢字でどう書くの?」

つまらない質問をしたかなと思ったが、黙っているのも変だし、他に共通の話題も思いつかなかった。

「漢字で名前は、どう書くの?」

「……」

加世子は、首を傾《かし》げるだけだった。

ぼくは、急いで勉強室から鉛筆を取ってきて、新聞の空白部に、「香代子、賀代子、佳代子……」などと思いつくままに幾つかの名前を書いた。「加世子」と書いたとき、「ウウーッ」と声を上げた。

「こう、書くんだね？」

しかし、二度と加世子は声を上げず、微笑んではいるが首を傾げたままだった。何度か尋ねたが、返事は曖昧だ。

「よーし、加世子にしよう……。いい名前だよ」

ぼくが、そう言うと、加世子は目を細めて笑った。

かよこは、その日から「加世子」になった。ぼくが名付け親だ。

加世子は、はにかみながら、「加、世、子」と声を上げ、ぼくが書いた文字を指でなぞった。

それから、ぼくが手にしている新聞を覗き込む仕種を見せた。

「新聞……、読みたいの？」

「ううん……」

「どうして？」

「……」

「どうしてなの？」

「読めない……」

「学校には？」

「行ったこと、ない……」

「一度も？」

「……」

「一度も、行ったことないの？」

「うん。一度も、行ったこと、ない……」

加世子は、ぼくの問いに、首を傾げ、考えながら何でも素直に答えた。たぶん、加世子は、すべて本当のことを答えたのだろう。ぼくは、いっぺんに加世子に興味を持った。

当時は、まだ「特別支援学校」などは、少なかったのだと思う。学校内に「〇〇教室」と呼ばれる知恵の遅れている子供たちを集めたクラスがあったが、加世子は、そんな教室にも行ったことがなかったのだろうか。

「兄ィ兄ィ……」

加世子は、しばらくすると、そわそわと落ち着かなくなり、腰を浮かしては、また座った。何度か、その行為を繰り返した。たぶん、加世子は、ぼくに別れを告げようとしているのだろうと思った。

「帰りたいの?」

加世子は、頭を横に振った。しかし、それでも、そわそわとしている。

「どうしたの?」

「おしっこ……」

「その辺にやったらいいよ」

「うん……」

加世子は、うなずくと、すたすたと歩き出して、庭のバンジロウの木の陰《かげ》にしゃがみ込んだ。

ぼくは、あっけにとられた。本当に、おしっこをするとは思わなかった。慌てて目を逸らした。

それから、そーっと加世子の後ろ姿と、バンジロウの木とを交互に見た。

バンジロウの木は、五メートルほどの高さになる果樹木で、初夏に白い花を付け、黄緑色の実を付ける。果肉は、淡黄色や薄紅色に染まり、大きなものになると大人のこぶし大になる。季節になると、甘酸っぱい匂いが辺り一面を包み込む。

加世子は、白い花の蕾が、ちらほらと見え隠れしているバンジロウの木の下で、泡立つ音を立て続けた。やがて振り返りながら、ずり下がったもんぺを引き上げ、笑顔を絶やさずにぼくの目の前にやって来た。そして、再び立ったまま笑顔を見せた。

ぼくは、思わず手を叩き、声を上げて笑い、加世子を見た。加世子も、ぼくと一緒に、はにかむような素振りを見せながらも、しかし、声を上げて笑った。ぼくは、なんだか、涙がこぼれるぐらいに嬉しかった。これがぼくと加世子との感動的な出会いだった。

3

加世子は、その日から、度々ぼくの家にやって来た。そして、ぼくの問いに、「ウーッ」とか「アーッ」とか答えながら、首を横に振ったり、縦に振ったりして笑顔を見せた。

加世子の出生は謎だった。父の仕事の都合で、漂流者のように村にやって来たぼくらには、村人のことは、よく分からなかった。もっとも、村人の人生に疑問を覚えることも、また謎を解き明かすことにも、ぼくはそれほど興味は持ち得なかった。ぼくの理解力や想像力は、他人の人生に興味を持つほどには、いまだ成熟していなかったのだろう。いやそれ以上に、ぼくは浪人生であったし、そんな余裕はなかったのだ。だが、加世子の出生には、興味を持った。なんとか、加世子の口から、その秘密を聞き出したかった。

　ぼくらが移り住んだ家は、典型的な農家の造りだった。正面には、どの農家もそうであるように、石垣を積んだヒンプン（屛風・仕切壁）が造られ目隠しをされていた。屋根は赤瓦を載せ、左右と前面を、大きな石垣で囲み、入り口の門は東側に向かって開いていた。背面は雑草の生えた土壁になっている。

　門を出て右側に折れ、数十歩進むと、T字路に突き当たる。そのT字路を左側に折れると、すぐ右手に加世子の家があった。加世子の家は雑貨店を営んでおり、その店の一人娘が加世子であった。

　しかし、雑貨店と言っても、隣近所の住人を相手にするだけの小さな店で、食糧となる缶詰や石鹸などの日用品、そして駄菓子やジュースなどを置いていた。客は、きっと一日に数人ほどを数えるだけだっただろう。

　加世子は、その店をときどき手伝っていた。ぼくが行くと、いつも笑顔を作って迎えてくれた。そして、「ウーッ」とか「アーッ」とか言った後で、奥に向かって大声で叫んだ。

「お母《かあ》ーっ、お母ーっ」

　加世子のその声に答えて、奥の方から身体を揺らせてお母が出てきた。客の差し出すお金を受け取り、品物を手渡した。後になって気づいたことだが、加世子は、だれが来ても、大声でお母を呼んでいた。どうやらお金の計算が苦手のようだった。

　加世子の出生に興味を持ったのは、加世子にお母と呼ばれる人物が、ひどく歳をとっていたこともある。ぼくには、どう見てもおばあちゃんのようにしか思えなかった。そして、お父と呼ばれている父親もまた、おじいちゃんと思える程に、年老いていた。その祖父母が、何かの不都合で不幸な出生をした孫を引き取って育てているのではないか。そんなふうに思ったのである。

加世子にお母と呼ばれているおばあちゃんは、加世子と体型がそっくりだった。太った身体に、丸い顔、同じように胸をはだけ、皺寄った乳房を、同じようにお構いなしにはみ出させながら、店の奥から、のそりのそりと出てきた。歩く姿もそっくりだった。

その姿を見ると、やはり親子かもしれないと思った。しかし、ハジチ（入れ墨）をした手の甲、真っ白になった髪、そして皺寄ったおっぱいを見ていると、ぼくの頭は混乱した。「お母」は、どう若く見積もっても、還暦の年齢はとっくに過ぎているはずだ。

ぼくの家の後方に住んでいる徳政《とくまさ》さんが、ある日、ぼくにこっそり教えてくれたことがある。

「ここのおばあはね、ドケチだよ。冷蔵庫をつけっぱなしにしておくのは、もったいないといってね。夜に、電源を抜いたんだ。そうしたらね、どうなったと思う。中に入っていたアイスクリームが、全部、溶けていたんだって。ヒッヒッヒ……」

徳政さんは、奇妙な笑い声を上げながら、銀歯を光らせて教えてくれた。徳政さんは、他にもいろいろと教えてくれた。加世子の姓が与那覇《よなは》ということも教えてくれた。

徳政さんは、よく加世子の店にやって来ているようだった。店の上がり口の狭い隙間に座って、加世子の母親と、よく世間話をしていた。

その日も、ぼくがコーラを買いに来たのを見つけて、いろいろと話しかけてきた。アイスクリームの話を再び聞かせた後、加世子の母親に向かって大声で言った。

「なあ、おばあ。そうだったよな、あのアイスクリームはどうしたんだったかな」

おばあは、聞こえないふりをしている。

「おばあのティガラ話（武勇伝）は、面白いのがたくさんあるよな。せっかくだから、この青年に、もう一つ、教えてやろうかな」

おばあは、それでも聞こえないふりをしている。

徳政さんは、ぼくのことを、いつも青年と呼んでいた。

「あのな青年、ここのおばあはな。腐っている魚を冷蔵庫に入れたら、元に戻るんじゃないかと思ってな、試してみたんだってよ。そしたら、イッヒヒ……、おばあ、魚は元に戻ったんだったかね」

「あい、元に戻ったさ。水で洗って食べたよ」

「嘘だろう……」

「あれ、本当だってば。おじいは、おいしい、おいしいと言って、食べたよ。冷蔵庫は、すごい機械だよ」

「おばあの冷蔵庫では、死んだ魚も生き返るんじゃないかね」

「あい、徳政よ、あんたはフラームニーして（馬鹿なことを言って）。死んだ魚は、元には戻らないさ」

ぼくは、その話のやりとりを、店の中で片手にコーラを持ったまま聞いたのだった。笑っていいものかどうか迷ったが、たぶん笑みがこぼれていたと思う。

話をしている徳政さんも、また、それを混《ま》ぜっ返しているおばあも、実に屈託がなかった。ぼくは、不思議な気がした。そして、また混乱した。おばあの笑顔を見ながら、やっぱり、加世子の母親かもしれないと思ったのだ。

4

ぼくは、ともかくも勉強しなければならなかった。漠然と憧れ続けてきた医学への道を目指すか。それとも父と同じように教師の道を目指すか。あるいは他の道を探すか。まだ踏ん切りはつかなかったが、浪人生活はスタートしていた。劣等感や、絶望感と闘いながらも、教科書や参考書を広げて、何時間も机の前に座り続けた。

そのころは、ちょうどグループサウンズの全盛期で、ラジオからは、タイガースやスパイダース、テンプターズやワイルドワンズなどの曲が、よく流れていた。疲れたときは、やはり縁側で寝そべりながら、ラジオのスイッチを入れ、沢田研二やショーケンの歌を聞いた。そのまま寝入ってしまうことも多かった。

ぼくらが引っ越してきた家は、数年間、無人のままであったようで、傷みがひどかった。屋根は赤瓦が禿げかかった箇所もあり、雑草さえ生えていた。庭は、とてつもなく広く、百坪ほどはゆうにあった。雑木が生い茂り、背後には、削り取られた土手が視界を遮るほどの高さで迫っていた。

「家は、人が住まないと、すぐに弱っていくんだよ……」

父は、休日の度に、一日中庭に出て、草を刈り、朽ちた灌木の枝を切り落とし、屋根にさえ登った。ぼくも、日曜日になると、そんな父を手伝った。父は、たぶん数か月間は、祭日や日曜日の度に、庭に出ていたと思う。

正面の門の傍らには、釣瓶《つるべ》の下がった井戸もあった。その井戸に接した南側には、野菜が植えられるほどの畑もあり、父は、雑草だらけのその畑を耕して野菜の種を播いた。また、台所と軒を並べるようにして、農器具を収める離れ屋があった。父は、そこをも職人を雇って改築し、大きな風呂釜を据え付けた。

庭の北側は段差になった花壇で、上の段には、数種類のクロトンの木（観葉植物。葉の形や色は様々で多くの種類がある）が、雑木の中で、頭を出していた。下段には、庭を取り巻くようにバンジロウの木が植えられていた。

バンジロウの木は自生したと思われる小さな木から、十数年も経つと思われる大木までいろいろで、正面を経て南側の庭まで、ぐるりと取り囲むように根を張り、陰を作っていた。

ぼくの部屋は、裏座の四畳ほどの部屋で、北側に面していたから、バンジロウの木がいつでも見渡せた。高窓は土手のある西側に開いていたが、降り口は北側にあり遣り戸で作られていた。

父が学校に出掛け、二人の弟たちも学校へ行くと、ぼくは母と二人きりになった。しかし、母も、本島中部に住んでいる姉の嫁ぎ先に、孫の子守と称して出掛けることが多かった。だから、ぼく一人だけで留守を預かることが多かった。

加世子は、あのおしっこの日以来、村でのぼくの唯一の友達になった。「ウーッ」とか「アーッ」とか言うだけでも、ぼくは嬉しかったし、楽しかった。

加世子は、いつも突然やって来た。そして、多くはぼくが気づくまで、じっと庭先に立っていた。ぼくが縁側に座るようにと促すと、はじめて床板に、ちょこんと腰掛けて、にこにこと微笑《ほほえ》んでいた。

ぼくは、お菓子がないときは、加世子にお金を握らせて、加世子の店に買いに行くようにと、お願いすることもあった。そんなとき、加世子は目を輝かせてそのお金を握り締め、全速力で走って行って、息を切らせて戻って来た。

加世子と二人で、そのお菓子を食べながら、時には録音をしてあるカセットテープのグループサウンズの曲を聴いた。ぼくがショーケンや加山雄三のことを話すと、身を乗り出してテープを聴き、嬉しそうにうなずいた。ぼくは、いつの間にか加世子がやって来るのを待つようにもなっていた。

加世子は、ぼくの家にやって来ると、最初の日と同じように、ときどきはバンジロウの木の下で、しゃがんでおしっこをした。最初の日と違うのは、もうぼくの承諾なんか得ることもなく、自由にバンジロウの木の下に行き、もんぺを下げ、あるいはスカートの裾を持ち上げてしゃがんだことだ。ぼくもまた、そのことが気にならなくなっていた。

ぼくが教えるグループサウンズのこと以上に、加世子は、村のことを「アーッ」とか「ウーッ」とか言いながら、たくさん教えてくれた。加世子は、ぼくが問い掛ける畑の場所や、村の地形や、村の人々のことを、声を詰まらせながらも、得意げに楽しそうに話してくれた。

ぼくは、いつの間にか加世子の話を手掛かりにして散歩に出かけるようにもなっていた。ぼくの散歩コースは、加世子の意見で作られた。加世子のアドバイスのおかげで、ぼくは家の周りだけでなく、散歩の範囲を徐々に広げていった。

ぼくは、村の西側の谷間に広がる芋畑や野菜畑をゆっくりと歩いたり、南側のサトウキビの繁る道を、手折ったキビを噛《かじ》りながら歩いた。また、浜辺に続くゆったりとした下り坂の道なども、格好の散歩道になった。

ぼくは、加世子が教えてくれたそんな道を、受験勉強で疲れた頭をリフレッシュするためだと言い聞かせながら、昼間だけでなく、時には夜にも歩いた。夜の畑道では、虫の声に混じって、どこからともなく三線《サンシン》の音が聞こえ、哀切な歌声が流れてきた。

村の小さな間道は、無造作に積んだ石垣の垣根から、いつでも花々が咲きこぼれていた。夜には、夜香花《やこうか》のかぐわしい匂いが、道を覆っていた。月下美人の白い大きな花が、人の顔のようににょっきりと道端に突き出て咲いていることもあった。いつでも、楽しい発見があり、思わず立ち止まる場所は、無数にあった。

5

村に移り住んでから、驚いたことはたくさんあったが、そのときの衝撃も大きかった。ぼくは、いきなり戦争の責任を問いつめられたのである。それも、やや支離滅裂な問い掛けでだ。そのときは、本当に面食らった。

ぼくは、縁側でうたた寝をしているところを、またしても突然襲われたのである。今度は加世子ではなかった。少し怒気を帯びた男の声が、頭上で炸裂したのである。それは本当に、おしっこの飛沫《しぶき》以上に激しい音を立ててぼくを襲った。

「貴様、なんたる無様《ぶざま》な格好を……。こら、起きろ。非常事態だぞ。寝ている場合じゃないだろうが。起きろ。だらしがないぞ」

ぼくは、その声に驚いて、慌てて身体を起こした。

ぼくの目の前には、見たこともない中年の男が、頬をぴくぴくと痙攣させながら、ぼくに向かって叫んでいた。面長の顔に、髪の毛は短く刈り込んでいる。目は、少し赤みを帯びて充血していた。

「貴様は、戦争で人間が死ぬということをどう考えているんだ。病気で死ぬことと同じだと考えているのか。馬鹿野郎、それだから日本は駄目なんだ。貴様、沖縄戦は正しい戦争だったと思っているのか。反省しても、もう遅いぞ。取り返しがつかないんだ。歴史は繰り返される。過ちは繰り返されるんだぞ。しっかりせんとな。反省するのは豚でも出来る。行動で示すんだ、行動で……。清き一票だ」

ぼくは、身繕《みづくろ》いをただし、緊張して正座した。長い髪を掻き上げながら、寝ぼけ眼《まなこ》を擦《こす》った。

「貴様の長い髪、気にくわんな。今は、非常事態だ。それでは闘えんぞ。B29が飛んで来るぞ。お前は闘うか。それとも逃げるのか。それが問題だ。尋常ではないんだぞ。戦争なんだ。俺のお父は、逃げないで死んだ。俺の女房も逃げないで死んだ。俺の子供も逃げないで死んだ。俺は、俺は……」

男は、そう言うと急に両手で顔を覆って泣き出した。

ぼくは、その男の震える肩を見て、やっと少しずつ事態を理解した。ぼく自身が置かれている状況も分かってきた。男が言っているとおり、尋常ではない状況だった。

ぼくは、男の様子を探るように、そーっと声をかけた。

「大丈夫ですか……」

　ぼくが、男に向かって発することの出来るたった一つの言葉のような気がした。今考えると、本当に情けない……。

　男は、再び顔を上げ、涙を右手で払い、今度は大げさに身振り手振りを交えながら演説した。

「大日本帝国は神の国だ。大琉球帝国も神の国だ。神と神とが結びついて大神様になるんだ。貴様、分かるか。神の国に過ちなどない。万歳。すべて万歳だ。だが、しかし、油断するなよ。敵はアメリカ兵じゃないぞ。敵は自分自身にある。沖縄戦の戦死者は二十三万人、広島の原爆は三十五万人、ユダヤ人は六百万人、スターリンは二千万人だ。いつだって、人間は人間を殺せるんだ。しかし、数じゃないぞ。人間一人の命の重さは数に還元してはならない。お前は、娘がいるか？　親は一人、子は一人、妻は一人、母一人、日本は一人、アメリカも一人……」

　何がなんだか訳が分からなくなった。男が、そこまで話しかけたとき、男の母親と思われる老母が、腰を折りながら、慌《あわ》てて走り込んで来た。

「ハンジョウ、えーっ、ハンジョウ」

　ハンジョウというのが、男の名前なんだろう。老母は、息を切らせ、しきりにぼくに謝った。それから、うつろな目を空中に泳がせている息子の肩を抱きかかえた。

　ハンジョウさんは、激しく母親の手を払いのけて、ぼくに向かって敬礼をした。いや、ぼくの近くに立っている何者かに向かっての敬礼だったのかもしれない。ハンジョウさんには、いまだ何者かが見えているのだろうか。直立不動の姿勢を数分間も取り続けた後、両手を体側に添えて深々とお辞儀をした。

「戦争で、少し頭が……。病院に通っているんですが……。ユルチトゥラシヤー（ゆるしてくださいね）、ごめんなさいや……」

老母は、ぼくに向かって、呼吸を整えながら、途切れ途切れにそう言うと、息子を慰めるように声をかけ、手を繋いで歩み去った。

そのとき、初めてハンジョウさんが、右脚を引きずっていることを知った。たぶん、戦争の後遺症だろう。戦争は、精神だけでなく、ハンジョウさんの肉体をも削《そ》いでいたのだ……。

ハンジョウさんは、やはり繁盛《はんじょう》という名前だった。戦争で妻子を失い、精神を病んで、近くの町の精神病院へ通院治療をしているということだった。本人は沖縄本島南部の摩文仁《まぶに》で頭部や脚に被弾し、意識を失ったということだった。命を長らえて帰還したが、精神に異常が見え始めたのは、戦争が終わってから四、五年余も経ってからだという。

ハンジョウさんは、その後も数回、ぼくの家に姿を現した。時々、家から姿を消すのだろう。一度だけ、老母ではなく、奥さんが、連れ戻しにやって来たことがある。

奥さんは、こちらが恐縮するほど丁寧に詫びた。

「ウチの人がご迷惑を掛けています。申し訳ありません……」

奥さんは、後妻として嫁いできた従妹《いとこ》だという。美しい女性だった。いや、正式には再婚していたかどうかは、分からない。ハンジョウさんの老母の妹の娘で、老母と一緒にハンジョウさんの世話を見ているだけに過ぎなかったのかもしれない。

ぼくは、しとやかで、上品な物腰のその奥さんを、小説に登場する薄幸のヒロインと重ね合わせた。たとえば、太宰治の小説『斜陽』に登場するかず子さんの姿とだぶらせた。そして、不幸なかず子さんに同情するぼくは、いつでも小説の主人公になれた。ぼくは空想を膨らませ、人妻との恋に陥り、心中する場面さえ描いた。

ハンジョウさんの家は、ぼくの家からは、百メートルほど隔たった斜め向かいにあった。ぼくの家の門を出て右に向かって歩き、加世子の店を左手に見て、なだらかに続く道を登り始めると、左手に、低い石垣に囲まれた赤瓦の家がある。そこがハンジョウさんの家だ。

ぼくは、ひそかに、その美しい後妻の姿を盗み見たくて、門前の道を何度か歩いた。

しかし、ぼくの空想とは違い、ときどき、畑仕事に出かける老母に出会うことはあったが、ハンジョウさんや、その奥さんに道端で出会うことは、ほとんどなかった。門構えのどっしりしたその家は、いつもひっそりと、物音立てずに静まりかえっていた。

6

「おい、青年、元気か。どこへ行くのか?」

徳政さんは、道で擦れ違うたびに、ぼくに人懐っこい笑顔を浮かべて元気な声をかけてくれた。村で擦れ違う人は、少なかったのだが、徳政さんとは、よく擦れ違った。もっとも、ぼくもまた、村の道を散歩するといっても、いつもいつも散歩をしているわけではなかった。また、多くは村外れの道を散歩していたのだ。そして、多くは、家の中に閉じこもって受験勉強をしていたのだから。

徳政さんは、ぼくの家の後方に住んでいたが、村の北側の外れに養鶏場を経営していて、そこと自宅とを往復していた。だから、ぼくが北側の畑道を散歩するときには、時々徳政さんと出会うことがあったのだ。

「青年、勉強は、はかどっているか？」

徳政さんは、白いゴム長靴を履いたまま、小さな畦道でさえ話しかけてきた。加世子の店で、何度も顔を合わせていることもあって、なんだか徳政さんは、ぼくに特別な親しみをこめて話しかけてくるような気がする。手を高く挙げて合図をし、笑顔をみせて話しかけてくる。ぼくのことも、いろいろと噂に聞いたのだろうか。ぼくが、浪人中の身であることも知っていた。

もちろん、そんな徳政さんは、ぼくにとって有り難かった。加世子と共に、村のことをいろいろと教えてくれる情報源だったし、浪人中のぼくの殺伐とした心をほぐしてくれた。

青年、という呼びかけにも、最初のころは戸惑ったが、慣れてしまうと、それほどでもなかった。

「青年、この前は、ハンジョウに捕まったんだってなあ。戦争の話を聴かされたか。説教されただろう。あの男は、だれにでも説教するからなあ……」

徳政さんは、奇妙な笑い顔を浮かべながら、面白そうに言った。

「あれからも、また、何度か来ましたよ……」

「そうか……。それは……、迷惑ではないか？」

「いえ、別に、迷惑なことなんかありません」

「そうか、あいつも戦争であんなになっちまってなあ」

「なにか、とても辛いことがあったんでしょうねえ」

「そりゃ、そうだよ。父親は戦死するし、嫁さんと子供は目の前で……」

「目の前で？」

「うん、まあ、いろいろあってな……。それよりか、あいつの奥さん、美人だろう。いいよなあ。あいつ。二人も美人の奥さん貰ってなあ。でも、ほったらかしているというからなあ。もったいないよなあ。青年、そう思わんか」

「は、はい。いえ……」

「うろたえるな、青年」

徳政さんは、今度は大声で笑いながら、ぼくを見つめた。

「青年は、色恋など考えたらだめだぞ。しっかり勉強せんとな。色恋は、俺にまかせておけ」

徳政さんは、それから、イヒヒッと笑い、肩を揺するようにして養鶏場へ去っていった。

徳政さんの、養鶏場の糞の臭いは、散歩する畑道まで、ときどき臭うこともあった。北からの風が吹くと、鼻をつく異臭が漂った。

徳政さんには、徳栄《とくえい》さんという兄さんがいた。徳栄さんは、ぼくの家の南隣りに住んでいた。徳栄さんとぼくの家の間には一軒分の空き地があったが、ぼくの家を出て右手に折れ、ハンジョウさんの家を左手前方に見て歩く緩やかな坂道の途中にあった。

徳栄さんは、徳政さんより四、五歳年上で、たぶん四十代の後半ではなかっただろうか。結婚もせずに、老いた母親と二人だけで、ひっそりと暮らしていた。

徳栄さんの家は、子供がいないせいか、閑散としていて、まるで人の気配を感じさせなかった。朝早く畑に出掛け、夕方、日が暮れるまで働いているのだろう。その姿を見ることさえ希《まれ》なことだった。

家の背後には大きな牛舎があって一頭の雄牛が飼われていた。徳栄さんは、とても大切に育てていた。加世子も、時々身を乗り出すようにして、世話をしている徳栄さんと、その牛を眺めていることがあった。

徳栄さんは、弟の徳政さんと比べると、寡黙で、話し声をほとんど聞いたことがなかった。ぼくと目が合っても、小さく微笑むだけで黙っていた。ぼくもそのようにしか接することが出来なかった。

それでも、母親と二人で牛を飼いながら、結婚もせずに暮らしている徳栄さんの生き方に、ぼくは強く惹かれるものを感じていた。ときどき、腰を折って歩く老いた母親が、一人縁側に座っているのを見ると、なんだか、感傷的にさえなった。

徳栄さんの家とは反対方向に、門前から左に折れて進むと、村の中央から海へ降りる幹道に突き当たる。その道を右に折れると海へ出る。その右へ折れる道の角には、母親と一人娘とが住んでいる女所帯の家があった。

その家もやはり赤瓦の家で、要塞のように高く積まれた石垣と、壁のように聳《そび》えているフクギに囲まれていた。夫は戦死し、寡婦となった奥さんが農業を営みながら、一人娘を手塩に掛けて育てているという。娘は、親孝行の娘だと評判の高い家だった。

7

加世子は、相変わらず、ぼくの勉強ぶりを、時々覗きに来た。多くは、畑に行く格好で竹籠を背負い、鎌《かま》や鍬《くわ》を持ってやって来た。

やって来ると、加世子は、声を出すことなく、ぼくが気づくまでいつまでも庭に立っていた。加世子の姿に気づいた時は、いつも驚いた。なんだか、じーっと何時間も見つめられていたのではないかと思うと、とても気になった。

加世子が立っていることに気づくと、ぼくは裏の勉強部屋から表座に廻り、縁側に座って一緒にお菓子を食べた。お菓子を食べながら、ぼくは、加世子にグループサウンズの話だけでなく、ぼくの高校時代の恋人の話もした。加世子に恋人のことを話しても、秘密は守られるような気がしたし、そのことによって弊害が起こるとは思えなかった。ぼくは、少し脚色しながら話した。

加世子は、ぼくがどんな話をしてもそうだったが、ただうなずくだけで、口を挟んで尋ねようとはしなかった。いつも、一方的にぼくだけが話し続けた。ぼくの恋人は、現役で信州の私立大学へ合格して、旅立っていた。

「だからさ、とても格好よかったんだよ。みんなの憧れの的だったんだ。バレーボールが、得意でね。学校では、エースアタッカーさ。キャプテンだよ。もちろん、可愛かったよ。小麦色の健康美人。背も高いし、おっぱいも大きかったんだよ。分かる？」

加世子は、瞬《まばた》きもしない。にこにこと笑みを浮かべて聞いている。分かっているのだろうか。

おぼつかないが、それでもぼくは話し続ける。

「ぼくは、有頂天になったんだ。みんなが、ぼくのことを羨ましがったよ。デートもしたんだ。二人だけで映画も見たよ。『サウンド・オブ・ミュージック』という映画だよ。ピクニックにも行ったよ。彼女がおにぎりを作ってくれてね。一緒に海辺へ行って、食べたんだ……」

ぼくは、なんだか、話す度に悲しくなっていった。恋人が信州へ旅立つ日、ぼくは見送りにも行けなかった。彼女に何度も手紙を書いたが、返事は来なかった。

彼女の唇に初めて触れた日を思い出す。彼女の胸に初めて触れた時のときめきが蘇ってくる。話す度に、ぼくはもう彼女にふさわしくないのかも知れないと思った。劣等感と絶望感に苛《さいな》まれた。涙がにじんだ。

「加世子は、チューしたことあるか?」

ぼくは、思い切って、加世子に意地悪な質問をした。加世子は、やはり笑ってばかりいた。ぼくが言っている意味が解せないのかと思った。ぼくは、両手でその仕種をして、唇をとがらせた。

「チューだよ」

「ハゴー(汚い)!」

加世子が、一瞬声を発して、両手で顔を覆った。初めて、加世子が、意思を示す言葉を発したような気がした。

「加世子……、ぼくとチューするか?」

「ハゴー」

加世子が、再び顔を押さえた後、胸の谷間を見せながら、バンジロウの木の下へ歩き出した。

ぼくは、庭にある下駄を履いて、加世子の後に続いた。今でも、なぜそうしたのかは、うまく説明できない。あるいは、加世子と一緒に、そうしたかったのだろうか。

バンジロウの木についた実は、大きく膨らみ、熟れ始めていた。饐《す》えた甘酸っぱい匂いが、辺り一面に漂っていた。

ぼくが傍らに立っていることに気づいて、加世子は怪訝そうな表情をしていたが、その傍らで、ぼくは、ズボンのジッパーを下げ、音を立てておしっこをした。

加世子は、それに気づくと安心したようにしゃがみ込んで、ぼくと並んで音を立てて、おしっこをした。ぼくは、笑顔で加世子を見た。加世子もまた、笑顔でぼくを見上げた。

ぼくは、木の下に転がっているバンジロウの実にねらいを定めて、おしっこをかけた。白黄色に変色した実は、しぶきを弾いて少し転がった。それに気づいたのか、加世子も脚の位置を少し動かしたような気がした。が、さすがに覗き見ることは出来なかった。加世子とぼくは、そんな仕種を続けながら何度も顔を見合わせて笑った。

ぼくは、その日以来、バンジロウの木を、ひそかに加世子の木と名付けた。二人の行為を、隠微な秘密の出来事として心の中に刻みこんだ。しかし、実際には、ほんの短い間に起こった瞬時の出来事で、明るく幼稚な行為だった。でも、ぼくにはそれだけで十分だった。なんだか思い出す度に、頰がゆるんだ。

ぼくはそんな楽しい気分とは裏腹に、親しさが増して来るにつれて、加世子に意地悪をしたように思う。たぶん、ぼくは病んでいたのかもしれない。

一度は、もう少しで、加世子が泣き出しそうになった。お前のお父とお母は、本当は、おじいとおばあではないかと、ぼくは言い張ったのだ。

加世子は、頑強に首を横に振った。やがて身体を揺すり、地面を踏みならして、ぼくに抗議を始めた。

「ワンの（私の）お父と、お母だよ……。ユクシ（嘘）じゃないよ。本当に、ワンのお父と、お母だよ……」

ぼくは慌てて加世子に謝った。そして、二度と加世子を傷つけるようなことはしないと、誓った。

でも、ぼくはその誓いを、長くは守れなかった。やはり、時々、意地悪をした。たとえば、並んでおしっこをしながら、ぼくは下腹部をちらちらと加世子の方に向け、わざと加世子の目に触れさせようとしたのだ。

8

母は、父の傍らで、にこっと笑っている。父の遺影の写真が白黒であるのに比して、母の写真はカラーである。父の傍らで仲良く額縁に収まっている。母は、八十五歳で亡くなったが、写真は古希の祝いに撮ったもので、額や頰に、うっすらと白粉《おしろい》が塗ってある。

母は、父が死んでから約二十年間を一人で生きた。父の死後、始めの十年間は緊張して生きたが、残りの十年間は呆けたままだった。今思うと、辛い日々をやり過ごすのに、夢を見ることが出来ないのならば、呆ける以外になかったのではないかとも思う。

母は、終生仕事に就くことがなかった。家庭の主婦として家事をこなし、ぼくらを育てた。それだけに、世間には疎《うと》く、父に追従《ついじゅう》し、父と共に歩んだ人生だった。そんな母にとって、父を喪った嘆きは、たぶんぼくらの想像以上に大きなものがあったのだろう。

加世子の村に移ってから、数か月が経ったころ、父と共に、門前のバンジロウの木に山羊を吊して殺したことがある。何かの祝いごとか、あるいは接客のためではなかったかと思うけれど、なんのためだったか、今は思い出せない。

父は、旧制の農林学校の卒業生で、教職に就く前の一時期、県の農業試験場に勤めていたこともあったようだ。それから高等学校に勤め、農業や生物学を教えていた。それだからだろうか。一人で山羊を殺して料理をしたり、死んだ鳥や亀の剝製を作ることも得意だった。

当時、家には、下の弟二人とぼくが両親と一緒に生活していた。二人の姉は嫁ぎ、兄は名古屋の大学に進学していた。

ぼくは、父に言われるままに、吊された山羊の頭を摑まえ、父が喉元に包丁を入れるのを手伝った。山羊の喉から一気に赤黒い血が噴き出して、足元のバケツに溜まった。噴き出す勢いは、だんだんと弱まり、しまいには、ぽたぽたと落ちた。悲鳴のような泣き声も、いつしか弱まり、最期の一滴までバケツに血を落として息絶えた。

ぼくは、父の山羊殺しを手伝いながら、なんだか、ぼくの家族は、隣近所の人々には、どのように映っているのだろうかと気になった。ぼくが隣近所を眺めるように、隣近所の人々もぼくらの家族を眺めているかもしれないのだ。しかし、胃の中で消化される山羊と同じように、二、三日も経つと、そんな懸念は跡形もなく消えた。

ぼくは、相変わらず勉強の合間には、村の畑道を散歩した。散歩だけでなく、ときにはスポーツウエアに着替えて汗をかきながら走った。そのせいだろうか。ぼくは毎年秋に開催される村の運動会で、各区対抗の陸上選手に選ばれた。断る理由もないので、ぼくは言われるままに百メートルと、八百メートルを走った。

隣の徳栄さんも、四十代の百メートルの選手だった。ぼくは、ゼッケンの入ったランニングシャツを区の役員から貰い、高校時代に買った陸上パンツを穿いて当日のグラウンドを走った。

徳栄さんの異装に皆が気づいたのは、徳栄さんが、百メートルを走り終えた後だった。徳栄さんは、見事に男の一物の形が分かるブリーフのパンツで走り切ったのである。

徳栄さんにとっては、真っ白いブリーフのパンツこそが新しい運動パンツであり、ユニフォームだったのだろう。村人は、皆がその姿を見て笑いこけたが、徳栄さんは、動ずることがなかった。堂々としていた。ぼくも笑いたかったが、それ以上に悲しかった。

しかし、その日以来、ぼくは徳栄さんが大好きになった。そして、同じチームの選手として顔見知りになり、親しくなったことを幸いに、ぼくは、時々、徳栄さんの牛を覗きに行くことが出来るようになった。

徳栄さんは、黙々と牛の世話をしていたが、ぼくが行くと、欠けた奥歯を覗かせながら笑みを浮かべて、ぼくを迎えてくれた。そして、牛の自慢を、はにかみながら、ぽつりぽつりと静かに語るようにもなった。

徳栄さんの老母は、腰を折りながら、ぼくに休んでいくようにと芋を勧め、茶を勧め、漬け物や、小魚などを勧めてくれた。ぼくは、礼を言いながら、それらを口に入れた。

徳栄さんの老母は、長男の徳栄さんが一緒に住んでくれていることに、とても感謝していた。嫁を貰わぬことに一抹の寂しさを感じているようでもあったが、嫁を貰って独立した徳政さんよりも、徳栄さんの話をするときに、明らかに優しい目をして微笑んだ。

「私は幸せ者だよ。イクサでお父は奪われたけれど、二人の息子は生き残ったからね。二人とも、近くに住んでくれているし、孫の顔も、いつでも見ることが出来る。可哀想なのは、お父さ……」

私は幸せ、私は幸せ、と、徳栄さんの老母は何度も何度もうなずきながら、目を潤ませた。そして、牛好きな徳栄さんのことを、自慢げに繰り返し繰り返し話し続けた。

9

「おい、青年、お前は、英語が出来るか?」

加世子の店で、コーラを買うぼくを捕まえて、徳政さんはニヤニヤと笑いながらぼくに尋ねた。徳政さんは、いつものように加世子の店の、床板に上がる狭い上り口に、窮屈そうに腰掛けながら、加世子の老母と世間話を弾ませていた。

「英語?」

ぼくは、一瞬、何のことだか分からずに聞き返した。

「そうさ、英語さ。英語が分からんと、大学に入《はい》れんだろう」

「うーん、そうですね……」

ぼくは、曖昧な返事しか出来なかった。突然のことで、なぜ徳政さんがそんなことを尋ねるのか、その真意も分からなかった。

「英語が、分かるんだったら、俺にも教えてくれないか?」

ますます、ぼくは混乱した。徳政さんは、そんなぼくを、面白そうに眺め、にやにやと笑っている。養鶏業と英語が、何か関係があるのだろうか。

傍らから、加世子の老母が、ぼくに助け船を出す。

「気にせんでもいいよ。この徳政はな。アメリカー女と、遊びたいから、英語を習いたいと言っているんだよ。冗談だからね。気にするなよ」

「あい、俺は本気だよ。女と遊ぶためではないよ。英語が出来たら、基地の兵隊たちのところへ行って、卵を売ることも出来るさ。おじいが捕ってきた魚だって、高い値段で売れるかもよ。そのために英語を習いたいんだ。商売するためだよ」

「商売するため? 本当ねえ?」

「ありぃ、商売だと言ったら、おばあの腰が浮いたよ。おばあは、銭《ジン》見シレーカラヤ、淵《ふち》ンカイ落チイクトゥヤー(銭を見せたら、淵にだって落ちるからなあ)」

「あい、イナグ見シレーカラ、淵ンカイ落チイシヨカ、マシヤサ(女を見せたら淵に落ちるよりかは、いいさ)」

老母も負けてはいない。徳政さんと一緒に、きいきい、声を上げながら愉快そうに笑っている。

「おい、青年、お前は、隣の家に、ときどきアメリカーが来るのを知っているか?」

「隣の家?」

「ほれ、目の前の、あの喜屋武《きやん》さんの家さ」

そう言われて指差す方向を見る。戦争で夫を失った奥さんと、若い娘とが二人で住んでいる家だ。確かに、喜屋武さんという名前だった。

「親孝行な娘だったんだがなあ……。イキガ（男）の味を覚えて、フリムン（気狂い）になっているさ」

徳政さんにそう言われてみると、ときどきジープが門前に止まっていることがあった。基地の兵隊のジープだったのだろうか。

「アメリカーたちは、あっちは強いらしいからな。昼から、バンナイ（何度も）やるらしいよ。今、ジープが止まっているから、若い兵隊が来ているんだ。やっているかもしれないよ。青年、一緒に覗きに行くか？」

「えーっ、徳政、止《ヤ》ミレー、フージヤネーラン（みっともない）」

「なんで、いいさ。悪いことではないんだから……。何事も、勉強、勉強。青年にも、あっちの勉強をさせんといかんさ。こっちの勉強だけすると、フラーになる（気が狂ってしまう）よ。なあ、青年」

ぼくは、自分の頭を指さしながら笑っている徳政さんの問いかけに、やはり返事が出来なかった。

喜屋武さんの娘さんは、県内の短大に進学していて、母親は、娘の成長を楽しみにして頑張ってきたと聞いていた。その娘さんに、アメリカ兵の恋人が出来たのだろうか。学校は、どうなったんだろう。アメリカ兵の恋人が出来たら、母親は喜ばないのではないか。ぼくは、少し気になったが、話をそらして、老母に尋ねた。

「加世子は？」

「浜に行ったよ。お父の船が、もうすぐ帰ってくるんでな。迎えに行ったんだ」

「青年、加世子にも、一発、やってあげなさい」

「えーっ？」

「加世子を可愛がってあげなさい。減るもんじゃないし、あれでも、なかなか可愛いんだよ」

「……」

ぼくには答えられない。でも、バンジロウの木の下で、おしっこをする加世子の仕種と白い太ももが、ちらちらと目の前に浮かんできた。

「ええっ、徳政！　昼間からフリムニーし（馬鹿なことを言って）。止ミレー、ナア……」

徳政さんは、老母に咎《とが》められながらも、驚くぼくの顔を見て、大声で笑った。それからイッヒヒと、卑猥な声を漏らして歯を剝《む》いた。ぼくは、コーラを受け取ると、徳政さんに曖昧な笑顔を向けて退散した。

それから数日間、ぼくは加世子でなく、道を隔てて向かいの家の喜屋武さんのことが気になった。気にすると、やはり徳政さんが言うように、時々ジープが門前に止まっていた。それは、昼間だけでなく、夜のこともあった。

ぼくは、ジープを見ると、徳政さんの言葉を思い出して、落ち着かなくなった。喜屋武さんの家の周りを散歩することもあった。家の中からは、ときどき大きな声がした。その声は、母娘同士のこともあったし、兵士と娘の場合もあった。罵《のの》り合っているようにも聞こえたし、笑い合っているようにも聞こえた。また泣いているようにも聞こえた。あるいは、そのいずれもの声であったかもしれない。
娘が、母親を残して家を出ていったという噂を聞いたのは、それから間もなくのことだった。

10

母が自宅に居るときに加世子が来ると、母がお菓子を勧めることもあった。浪人中のぼくの唯一の友達だという思いもあったのだろうか。しかし、加世子は、やはり、庭に黙ったままで突っ立っていた。どんなに勧めても、部屋の中に入ることはしなかった。せいぜいが、縁側に腰を降ろすまでだった。

ぼくの二人の弟は、どちらもバンジロウの実を食べようとはしなかった。いや、食べきれないほどに、多くの木にたわわに実っていたと言った方がいいだろう。季節は、徐々に移ろいで、夏から秋へと向かっていた。

ぼくの勉強も、やがて加世子のことを忘れるほどに、時間を惜しむようになっていった。立原道造や、太宰治や、椎名麟三を読んでいた時間を、学習参考書を読む時間に充てなければならなかった。

加世子にも、受験の近づいているのが理解出来たのだろうか。あれほど頻繁に訪れていたのに、いつの間にか、徐々に間遠くなっていった。

それでもぼくは、緊張感をほぐし健康を維持するために、加世子が教えてくれた村の道を、一日に一時間ほど歩き続けた。夕暮れ時が多かったが、気持ちが塞《ふさ》いだり、いらだったりした時は、時間を気にせずに、昼間だろうと、夜中だろうと歩き回った。長い髪を波打たせて、ぶつぶつと何事かをつぶやきながら歩いているぼくの姿は、あるいは村人たちには、気が触れているように映ったかもしれない。実際、ぼくは、極度の緊張感に囚《とら》われ始めていた。

加世子の店は、そんなぼくにとっては、有り難い場所だった。手っ取り早く、冷たい清涼飲料水を買えるし、すこし古くはなっているが、おやつのお菓子類も買えた。加世子が訪ねて来なくなっても、ぼくが加世子の店を訪ねることは、減ってはいても途絶えることはなかった。

加世子の店の裏庭から、突然、徳政さんが姿を現したときは、びっくりした。徳政さんは、いつものように、奇妙な笑みを浮かべてぼくと擦れ違ったが、いつものように冗談は言わなかった。ぼくは、なんだか不思議な感じがした。

ぼくは、徳政さんの後ろ姿を目で追った後、店の奥に向かって、何度も大きな声で呼び掛けた。そうすれば、加世子か、もしくは加世子の老母が出てくるのだ。出てきたところで、コーラやお菓子を注文する。それはいつものことだった。

しかし、その日は何度呼び掛けても、だれの返事もなかった。店は開いているのに、だれもいないとは変だなと思った。もっとも、いつも不用心に、店を開けたままで留守にすることもあったから、この日も、そんな日かなとも思った。諦《あきら》めて、帰ろうとしたが、やはり、喉の渇きに耐えられずに、もう一度大きな声を出して、用心深く奥の様子を窺った。

やはり、返事はなかった。しかし、かすかに人の気配がする。再び、じいっと目を凝らして奥の方を覗き見た。やはり、人がいる。背中を向けて座っているが、スカートの裾からは大きな素脚が艶めかしくはみ出ている。加世子のような気がした。

ぼくの頭の中で、猥褻な想念がぐるぐると回りだした。徳政さんは、あるいは、加世子を弄《もてあそ》んだのではないか、と疑ったのである。ぼくは、慌ててその妄想を打ち消した。そして、慌てて目を逸らし、逃げるように店を後にした。

家に戻ってからは、なんだか悪いことをしたような気持ちに囚われた。見てはいけないものを見たのではないかという後悔が、長くぼくの心に宿り続けた。しかし、同時に、それは単なる妄想でしかないとも思った。ぼくは、その妄想を打ち消すためにも、参考書を食い入るように見つめた。しかし、字面を追っているだけで、頭の中には、何も入ってこなかった。

いずれにしろ、そんなことがあってから、ぼくは加世子の店に行くことも、徐々に間遠くなっていった。ぼくの邪推したことが真実であっても、ぼくには、どうしようもないことなのだ。ぼくは、受験までの数か月間、たくさんのことを我慢した。あるいは、たくさんのやるべきことを、何一つやらなかった。ぼくは、随分とわがままな日々を過ごしたはずだ。

その春に、ぼくは県外の国立大学の医学部を受験した。同時に、地元の大学の文学部も受験した。医学部は不合格になったが、地元の大学は合格した。ぼくは、医学の道を断念し、膨らみ始めた文学への夢を抱いて、地元の大学への入学を決意した。

11

大学での新しい生活が始まると、加世子のことは、すぐに記憶から消えた。小さな田舎の村に育ち、小さな学校を転々と渡り歩いてきたぼくにとって、大学での日々は、驚く事があまりにも多過ぎた。

ぼくらの世代は団塊の世代と呼ばれ、全共闘世代とも呼ばれている。入学した翌年には、ちょうど七〇年安保闘争と、沖縄の復帰闘争とが重なって、大学は政治色を濃く反映した季節の只中にあった。

ぼくの周りでも、何もかもが、息つく間もない目まぐるしさで動いていた。強烈な個性を有した仲間の存在に、目がくらむようだった。権力と果敢に対峙する仲間のエネルギーに恐怖さえ覚えた。

しかし、隊列に入らなければ、ぼく自身の存在さえ脅かされる危機意識をも感じていた。ぼくは、そのような意識の瀬戸際で、判断を留保したまま悶々とした日々を送っていた。ぼくの田園生活は終わっていた。田舎のネズミが、町のネズミになろうとしていたのだ。

加世子だけでなく、信州の大学に行っていたぼくの恋人も記憶から消えた。夏休みを利用して帰省した恋人と久し振りに会ったが、ぼくたちは些細なことで言い争った。いや、それ以上に、それぞれの道を歩み始めた互いの夢や生き方に無関心になっていた。いつの日か、また夢を語り合える日がくるかもしれない。そんな希望を滑りゆく言葉に乗せて、ぼくたちは二人の関係に性急な決着をつけたのだった。

ぼくはその時、既にぼくの人生に大きな悲しみをもたらした一人の女性と巡り会っていた。その女性への関心が、恋人への無関心さへ繋がっていったのかもしれない。

大学に入学したぼくは、学内に貼り付けられた新入生歓迎のポスターや、サークル活動への勧誘チラシから、「現代文学研究会」というサークルに入部し、活動を始めていた。そこで知り合った女性が涼子《りょうこ》である。

サークルは、カミュやサルトルやベケットなど、主に外国の作品を読み、感想を述べ合う自由な雰囲気のサークルであった。涼子は、ぼくより一つ上の学年で、その読書会への熱心な参加者であった。髪を短く切り、爽やかに笑う彼女の笑顔や、的確な批評には、いつも感心させられた。ぼくは、たちまちその魅力に取り憑かれ、その能力に敬意を抱いた。

しかし、ぼくの目前に、徐々にサークルのもう一つの顔が現れ始めた。読書会のメンバーの多くは、過激な左翼系セクトの支援者たちだったのだ。そして、読書会での彼らの発言もまた、その拠点から発せられていた。新鮮に感じた作品の分析力や批判力が、急速に色褪せたものに変わっていった。涼子も、またそんなメンバーの一人だった。夏の季節が終わり、学園には冷たい風が吹き始めていた。

ぼくは、このことに気づくと、すぐに退部した。裏切られたような気がした。読書会以上に熱心にデモへ参加するサークルの活動に、ついていけなくなったのだ。

涼子は、真剣にぼくを引き留めた。ぼくの退部後も、他の部員と違って、誠実に話しかけてくれた。

「謙太くんは、矛盾を感じないの？　この現実に……。このままでいいと思っているの？」

涼子は、キャンパスをうつむいて歩くぼくを見つけては、駆け寄ってきて、話しかけてくるのだった。時には、教室の片隅で、また時には学内の喫茶店のテーブルを占拠して何時間も話し合った。

「もちろん、私だって、世の中がすぐに変わるとは思わないわ。革命が成功するとも思わないわ。

でも、私は、目標が達成されることよりも、そのプロセスに意義を見出すの……」

「まやかしだよ、そんなこと……。目標は、達成されなければ、なんの意義もないよ。君たちの目標は、現実を見失っている。それに、君たちは現実に敬意を払わない」

「敬意を払うべき現実がないだけよ。この沖縄を見てごらん。どこに敬意を払うべき現実があるのよ。米軍は居座り続け、我が者顔に沖縄の人々の人権を蹂躙している。日本国家は、いつまでも沖縄を犠牲にして、沖縄を顧みない。この構図は、いつまでも変わらない。これが沖縄の現実でしょう？　それでいいの？」

「それでも、人々は生きている」

「名もなく、貧しくね」

「それで十分だよ」

「本当に、そう思う？」

「……」

ぼくは、そんな時にも、もう加世子のことは思い出さなかった。だれのためでもない。夏の季節だけ豊潤な匂いを漂わせながら、秋になると腐っていく庭のバンジロウの実のことを、思い出すことは、なかった。

「謙太くん、生きていることに矛盾を感じないの？　何もしないことは、体制に加担することになると、思わないの？」

「何かをして、誰かを傷つけることよりはましだよ」

「何かをしないことが、もっと多くの人々を傷つけることになるのでは、ないの？」

「精神的な、テロルもあるさ」

「どんな方法で?」

「……今は、分からない」

「分かったときには、殺されているかもしれないわよ。あるいは気がついたときは、独りぼっちになっているかもよ」

「それでもいいよ」

「本当に、それでいいの。独りぼっちって、とっても寂しいのよ」

あるいは、ぼくの方が茶化して、いつも問題の核心をはぐらかしていたのかもしれない。それでも涼子は、いつも真剣に答えてくれた。もちろん、時には、ぼくと同じように冗談を言いながら……。

「そうだね、謙太くんが、独りぼっちでも、天国へいけるように焼香することは、ためらわないわよ。なんなら、生前葬でも、やっておこうか」

「二人だけでね」

「そうか、二人だけの生前葬か……、なんとなくロマンチックでいいわね。でも、私の方から先にやってもらいたいなあ。権力は、女よりも男の死を喜ぶわよ。権力は、きっと謙太くんの方を気に入るはずだからね。だから……」

「だから」に続く言葉は何だったのか、もっと深く考えればよかったのだ。涼子の言葉は、時々謎めいていた。抽象的でもあった。同時に、いつも強い調子で社会の腐敗を説いていた。

涼子の知識は、ぼくよりもはるかに豊富だった。革命の必要性、帝国の横暴、権力の悪を、たくさん並べて示してくれた。ぼくは、そんな涼子に、つっけんどんな言い方を続けていたが、やはり敬意を払わざるを得なかった。

そして、ぼくが何よりも魅力を感じたのは、出会ったときから持ち続けている知的で爽やかな笑顔だった。女子学生の活動家の多くは、世界を自分一人で背負っているような悲壮感を漂わせていた。しかし、涼子は、気負いや陰気臭い憂鬱な顔を一度も見せたことはなかった。実際ぼくは涼子と会うたびに救われるような気分だった。

大学では、過激なセクトのバリケード封鎖によって、ほとんどの講座が休講になっていた。それだけに涼子と会っている間は、ぼくの心に爽やかな風が吹き続けた。激しいセクト間の勢力争いをしているキャンパスで、涼子が傷つかないかと心配で、苛立ち、寝苦しい夜を送ったことも何度かあった。

ぼくらは、出会う度に政治の話だけに終始したわけではない。読み終わったばかりのポール・ニザンの小説や、ロラン・バルトやジョルジュ・バタイユの作品、あるいはボリス・ロープシンの『漆黒の馬』などの話をした。涼子も、そんな話をしているときは、なんだか楽しそうに見えた。涼子は心理学を専攻していたが、フランクルの『夜と霧』は、涼子に紹介された作品の中でも、まだ忘れられない一冊だ。

「アウシュヴィッツの捕虜収容所の中ではね、最も良き人々から死んでいったのよ。人間性を失わずに、自らの尊厳を守った人々から死んでいくの。フランクルは、この本でそう言っているけれど、現代の社会も、変わらないと思うわ。沖縄のこの地だって、一種の捕虜収容所だわ。最も憂える人々から、傷ついて倒れていくのよ」

ぼくは、そうは思わないと言おうとしたが言えなかった。涼子の矜持は、ここにあるような気もしたからだ。

涼子は、「謙太くーん」と、いつも大きな声で、ぼくの姿を見つけると手を振って走ってきた。ぼくは、そんなふうに呼ばれることに戸惑いを感じたが、呼ばれる度に新鮮な自分自身をも発見した。大げさに言えば、世界の中にぼくがいて、ぼく自身の存在が、涼子に認められているような気分だった。

だが、自分で自分の存在を認めることは、とてつもなく恥ずかしいことのような気がした。だから、ぼくは涼子との関係でも、一歩を踏み出すことを躊躇《ためら》ったのだ……。

12

涼子と知り合ってから二年目の冬に涼子は死んだ。たぶん、その前後に、ぼくは父から、加世子に子供が生まれたことを知らされたんだと思う。でも、ぼくには加世子のことを思い出す余裕などなかった。涼子の死の衝撃に、ただ茫然としていた。

涼子は、ぼくにたくさんの質問をした。ぼくもそれ以上に、たくさんの質問をした。でも、どんなときでも、涼子は、いつも毅然として前を向いて生きていた。生きていると思っていた。

「謙太くんは、高橋和巳が好きなんだよね。ねえ、どうして高橋和巳が好きなの？」

「うーん、どうしてだろうね……」

「ねえ、教えてくれない？」

「うーん……、強いて言えば、生きることに対する真摯な態度かな。彼の発言も、彼の文学も、そこを拠点にして生み出されているような気がするんだ。そのことに対する共感」

「私の発言は、どう？」

「どうって？」

「私の発言は、真摯に受けとめられないの？」

「茶化すなよ」

「茶化してない。真面目に答えてよ」

「高橋和巳も好き。涼子も、好きだよ」

「本当？」

「本当だよ。涼子も高橋和巳も、真面目なところが好き。でも、真面目すぎると危険だよ……」

「謙太くん……、謙太くんこそ私の質問を茶化しているでしょう。バレバレよ。謙太くん、嘘をつくとき、急に真面目な顔するからね。ひっかからないわよ」

涼子には、付き合っている恋人がいた。「現代文学研究会」の部長で斉藤という男だった。斉藤は、県外の国立大学から、ぼくらの大学に編入してきた男だ。ぼくは、なにもかも斉藤には及ばなかった。

斉藤は、いつも属するセクトの前列で、マイクを握って仲間たちを鼓舞していた。そんな斉藤の恋人である涼子に、どうして恋心など、告白出来ようか。ぼくには、茶化す以外に思いを伝える方法はなかった。涼子は、あるいはぼくのそんな思いに気づいてくれていたのだろうか……。

涼子が死を迎えるその年の寒い冬の晩、涼子はぼくの間借り先にやって来た。いつものように冗談を言い合ったり、急に真面目になったりしながら、長いこと話し続けた。なんだか涼子は、いつもより、生き生きとしていた。

ぼくらは、その日、夜を徹して語り合った。好きな本のこと、好きなミュージシャンのこと、これからの人生のこと、沖縄のこと、家族のことなどだ。あるいは一方的にぼくだけが喋っていたのかもしれない。でも、涼子は帰ろうとはしなかった。ぼくも帰ってもらいたくなかった。

寒い部屋に、暖房器具は、小さな電気ヒーターしかなかった。その電熱をいっぱいに上げて点けっぱなしにした。なんども湯を沸かしては、コーヒーを飲んだ。それから寒さに耐えられずに、自然に身を寄せ合って一つの毛布にくるまった。涼子のうなじから立ちのぼってくる女性の匂いに、ぼくは必死に耐えた。そして二人ともいつのまにか、そのまま身体を寄せ合うだけで寝入っていた。

目を覚ましたのは、もう太陽が高く昇っている昼前だった。涼子は、ぼくに礼を言うと、慌ててぼくの部屋を出ていった。ぼくも、二人の夜の余韻に浸ったまま、ぼーっとして涼子を見送った。それから数週間後に、涼子は自殺をした。

「これからの人生について語ることが出来るのって、こんなに素敵なことだとは思わなかったわ……」

あの晩、たしかに涼子は、そう言ったのだ。

考えてみると、たくさんの兆候はあった。夢うつつの中で、ぼくはぼくの腕の中で、涙を堪《こら》えながら身体を小刻みに震わせて泣いている涼子の息遣いも聞き取っていたはずだ。家族のことを語ろうとしない涼子の寂しさも、知ろうと思えば知ることが出来たはずだ。それなのに、どうしてぼくは、そうしなかったのだろう……。

涼子の自殺の原因は、分からなかった。遺書は、世話になった叔母夫婦へのお礼とお詫びだけの事務的なものであったと聞いた。涼子には両親がいなかったのだ。

ぼくは、結局は斉藤に遠慮をして涼子を死なせてしまったのではないかと強く後悔した。映画を一緒に観に行かなかったことを後悔した。あの晩、唇に触れなかったことを後悔した。

涼子の葬儀に参加して、涼子の母親が米兵に犯され、殺されたことも初めて知った。父親は、その後、自殺をしていた。酷い人生、それを彼女は独りぼっちで必死に生きていたんだ。ぼくはなんにも知らなかったんだ。

涼子の母親が米兵に犯された記事を掲載した古い新聞を、大学図書館のバックナンバーから探し出して、食い入るように読んだ。涙が溢れ、ぽたぽたと落ちた。

それから数週もの間、ぼくは涼子と一緒に毛布の中にくるまった部屋で、一人だけで酩酊するほど酒を飲み続けた。涙がひとりでに流れてきて、声を上げて泣いた。酔いが醒めると、また飲んだ。

花街へ降りて、初めて女を抱いた。苦い後悔だけが身体中を激流のように暴れ廻った。かけがえのないものを喪失したら、その空白感を別の何かで埋めることは出来ないことも初めて知った。そのことを知って、また涙が止まらなくなった……。

ぼくは、一人の女をも救うことが出来なかった。己の惨めな存在に苛立った。「謙太くーん」と呼んで、ぼくの存在を認めてくれた涼子に、どのようにも答えてやれなかったことが悔しかった。

ぼくは、涼子を喪った悲しさと後悔から、いつまでも立ち直ることが出来なかった。無力感に打ちひしがれながら、残りの大学生活を、退廃した気分のままで過ごし続けたのだ……。

13

朝から始まった父と母の法事は、夕方になってやっと弔問客がぽつりぽつりと途絶えてきた。車を二時間近く走らせて郷里の墓に詣でて焼香し、戻ってきて、昼過ぎに坊さんを呼んで読経をしてもらった。それからは、ずっと弔問客へお礼を言うために仏間に座りっぱなしだった。さすがに、足が痺れ、腰に疲れを感じていた。

兄が、酒を運んで来た。もうそろそろ、法事も終わりに近づいたという安堵感からだろう。妻が、酒のつまみとして刺身を運んできた。妻とは、大学を卒業した後、就職した職場で知り合った。

「順序よくだなあ……」

兄が、傍らで酒を飲みながらつぶやいた。

「えっ？　何？」

ぼくは、兄の顔を見ながら問い返した。

「人は、順序よく死ぬのが一番だな、ということだよ。父さんが死んで、母さんが死んで、そして姉さんが死んだ……。そろそろぼくの番かなと、思ったんだよ」

「最初に、パラオで生まれた一番上の兄さんが死んでいるよ」

「あっ、そうだったな。俺が生まれる前だったから、忘れていたよ」

兄は声を上げて笑った。ぼくも釣られて思わず笑った。しかし、そんなことを言って慰めになっただろうか。兄には、悪いことをしたのではないかという苦い思いが頭をよぎった。

兄は、十四、五年前に大病を患った後、体調がいつも勝れなかった。兄の不安も分からないことはないが、なんだか、寂しい気分になった。

兄は、父の死んだ数年後に病に倒れ、半年余も入院した。膵臓《すいぞう》を半分ほど摘出し、その後に、また腎臓を患った。若いころの不摂生がたたったのだと、笑っていたが、身体は、若いころの半分ほどに痩せ衰えていた。兄の体調は、ぼくにもいつも気になることだった。

兄は、大学の薬学部を卒業し、兄嫁と二人で、薬局を経営していた。大学時代に帰省してくる兄は格好よかった。浪人中のぼくには、まばゆく映った。

「兄さん……、加世子のことを覚えている？　ぼくが浪人していたころ、ぼくらの家の近くに住んでいたあの加世子……」

「ああ、覚えている、覚えているよ」

兄は、すぐに相づちを打った。ぼくの心に浮かんでいた記憶が見透かされていたのではないかと思われるほどだった。

兄とぼくは、しばらく加世子の話で盛り上がった。

「加世子のおばあのことで、面白い話があるよ」

ぼくは新たな記憶が浮かび上がってきたところで、その話をした。

「隣の徳政さんの息子だったと思うんだがね。加世子の店の近くでお金を拾ってね。大声を出して喜んでいたんだよ。ちょうどぼくもそこに居合わせていたんだけどね。千円札だったかな。その子は、飛び跳ねるようにして喜んでいたよ。すると、その声を聞きつけてね、加世子のおばあが、裸足のままで飛んで来たんだよ。いきなり、その金をひったくって、じーっと見つめた後、これはおばあの無くしたお金と同じだ。おばあのものだといって、奪っていったんだよ。ぼくは、あっけにとられたけれど、男の子は、もっと、あっけにとられていた。半ベソをかいていたけれど、あのお金、どうなったんだろうなあ……」

本当に、あのときの光景が鮮やかに蘇ってきた。やはり、加世子の家は貧しかったんだろう。あの徳政さんは、息子のお金だと言って、取り返しに行ったのだろうか。当時は思い浮かばなかったそんなことまで考えてしまった。

「加世子に、お前と間違われたことがあるよ」

兄が、奇妙な笑みを浮かべながら懐かしそうに話し出した。兄にも、兄の思い出があったのだ。

「夏休みだったかな、大学から帰省したときに、縁側で寝転がっていたんだ。すると、突然、頭の上で、アーッとか、ウーッとか言う声がするんだよ。びっくりして目を覚ますと、目の前に胸をはだけて、おっぱいを見せて立っている女の子がいたんだ。驚いたよ。それが、加世子だったというわけさ。たぶん、お前は模擬テストかなんかで家を留守にしていたんじゃないかな。加世子は、何も言わずに、にこにこと、笑っているだけだし、おっぱいはチラチラするし、本当に参ったよ……」

「ふーん、そんなことがあったのか。初めて聞いたよ」

「そりゃそうだろう。初めて話すんだからな。それから、加世子は、バンジロウの木の下に座ってスカートを捲《まく》って手招きするんだよ。俺は、挑発されているのかと思ったよ」

兄は、愉快そうに笑って、涙さえ浮かべていた。

加世子は、たぶん、挑発ではなくて、兄貴と並んでおしっこをしたかっただけなんだ。そう言おうと思ったが黙っていた。

「加世子は、もう死んだらしいよ。なんでも一人息子がいて、今では農協に勤めていて、頑張っているらしいよ」

兄が、加世子のことを、ぼくより詳しく知っているのは意外だった。加世子が、子や孫に囲まれて、あの笑顔を浮かべながら生活していたのかと思うと、なんだか楽しくなってきた。笑みがひとりでにこぼれた。

突然、加世子に子供を生ませたのは、ひょっとして兄だったのかなという疑問が沸いてきた。まさか……、と思った。父から加世子に子供が出来たと聞いたとき、漠然と、加世子の相手は徳政さんか、村の青年たちではないかと思っていたのだが……。

ぼくは、慌てて、その想念を振り払った。まさか、そんなことはあるまい。そんなことを考えたって、どうにもなるものでもない。

ぼくは、目前の杯に手を伸ばし、酒を口いっぱいに含んで、一気に喉の奥に流し込んだ。そんなふうに考えている自分がいやになった。手を付き、顔を伏せ、兄に謝りたい気分だった。

「ところで、隣の奥さんの話をきいたことがあったか？」

「えーっ、何？」

「ハンジョウさんという人が、隣に住んでいただろう？　その人の後妻にきた奥さんのことさ」

そうだった。ぼくは徳政さんから、少しだけ奥さんの身の上話を聞いて驚いたんだ。でも、詳細は思い出せない。

兄は、遠くを見つめ、思い出を手繰り寄せるように話し続けた。

「ぼくは、父さんから聞いたんだけどね。加世子のことより、ずーっとショックが大きくてね、長く気になっていたなあ」

「そうなの……、ぼくは、よく思い出せないよ」

「集団自決のことだよ。聞いていただろう？」

「うん、少しだけな……」

父さんは、ぼくには何も話してくれなかった。ぼくは徳政さんから、少しだけ奥さんの集団自決の話を聞いたのだ。

ぼくは複雑な思いのまま、兄の問い掛けに曖昧にうなずいた。

ぼくの想像力は、やはり貧困だったのだろう。ぼくは徳政さんから集団自決の話を聞いた後も、少なくとも兄のように、奥さんのことには、こだわらなかったのだから……。

ぼくは、ぼく自身のこと、受験勉強や進路のことだけしか考えていなかったのだろうか。奥さんの身の上に起こった出来事は、瞬時に、ぼくの記憶から追いやられたのだろうか。もっともそうしなければ、ぼくは受験勉強なんかに身が入らなかったかも知れない。だとすれば、本能的な防衛反応だったのだろうか。

同時に、ぼくは徳政さんから聞いた奥さんの身の上話を現実のことのようには思えなかった。そんなことは起こり得ない。徳政さんの作り話かもしれない。いつものとおりの冗談に違いない。

そんなふうに思いたい心の動揺が、少なからず動いたような気がするのだ。

「ハンジョウさんの奥さんは、看護師さんっていうことだったよな。故郷のY村に一時帰省して、両親に結婚の約束をした人がいると相談に来たところを、艦砲射撃で閉じ込められた。仕方なく村人と一緒に避難壕へ逃げ込んだところで、集団自決に手を貸すことになる。村人だけでなく、両親にも、村人から渡された青酸カリを注射する」

「……」

ぼくには、語るべき言葉がなかった。徳政さんが語ったことは、このような酷《むご》いことだったのだろうか。いや、蘇ってくる記憶は、確かにこのような酷いことだったようにも思う。ぼくが、素直に反応出来なかったのだ。ぼくは、奥さんに、太宰治の小説のヒロインの姿を重ね見て、悲劇を哀《あわ》れみ、ロマンスをさえ描いたのだ。

「残された青酸カリを、最後は村人同士で奪い合った。そのために奥さんは生き延びたのだが、戦後、集団自決に手を貸したとして、村人から糾弾される……」

ぼくの青春は、なんとノーテンキな青春だったのだろう。加世子のことといい、奥さんのことといい、涼子のことといい……。しかし、再びその歳月がぼくに戻ってくることはない。ぼくも、目の前の兄も、父や母と同じように確実に歳をとり、死んでいくのだ。

「どうなったんだろうね、あの二人……」

「あの二人って？」

「ハンジョウさんと奥さんさ」

「そう、ですね」

「加世子のことは、思い出せたのに、あの二人が、どうなったかを思い出せないのも、不思議だな。いや思い出せないんじゃなくて、二人のその後のことは、だれからも聞いたことがないんだよな」

兄は、小さくつぶやくような言葉を吐いて、目の前の杯をとって泡盛を飲み込むと、それから、また小さくつぶやいた。

「幸せに暮らしているといいのになあ。難しいだろうなあ、きっと……」

「そうですね……」

ぼくは、兄の言葉を受け継いで、目の前の泡盛に手を伸ばして、口に含んだ。たぶん幸せではなかっただろう。しかし、どちらも辛い人生を送っただろうとは、言い返せなかった。

ぼくが奥さんを見たのは一度きりだ。我が家に怒鳴り込んできたハンジョウさんを迎えに来たときだけだ。その日以外は、一度も見たことはなかった。透き通るような白い顔をして、上品な目鼻立ちをしていた。奥さんは、ずっと部屋に閉じこもって人生を終えたのだろうか……。ぼくは詫びるような思いで、あの日の徳政さんの話を必死に思い出していた……。

14

ぼくたちは、人生の中で、何度失敗を繰り返すのだろうか。何度、反省すれば、後悔をせずに済む人生を手に入れることが出来るのだろうか。人生には、失敗などない。あるいは、後悔をせずにすむ人生などありはしないと、自らを慰める以外にないのだろうか。

ぼくの脳裏に再び加世子の姿とハンジョウさんや奥さんのことが浮かんできた。そして、徳政さんや徳栄さんの姿も浮かんできた。また、性急に別れたかつての恋人や死んだ涼子のことも浮かんできた。これまでの人生で出会った様々な人々の姿が懐かしく、そしてとても悲しかった。その時々に、ぼくは誠実に対応しただろうか……。

途絶えていた弔問客が、再びやって来て、父の遺影に手を合わせた。かつて父と職場を同じくしていたという一組の夫婦だ。辺り一面に香の匂いが強く漂った。

ぼくは兄に目配せをして、席を立った。少し酔いの回った身体を冷たい風に当てたかった。庭に出ると、いつの間にか夕暮れが迫っており、今にも水平線の彼方に夕日が沈みそうだった。黄金色に染まった夕焼けを茫然と眺めた。

たしか、ちょうどこんな夕日の中だった。徳栄さんが、サトウキビ畑の間道を、老母をリヤカーに乗せて家路に向かう姿に出会ったのは……。会釈を交わして徳栄さんを見送ると、加世子がリヤカーの後を背をかがめながら押していた。轍の残る道の両側には、サトウキビが緑の壁のように生い茂っていた。真っ直ぐに延びるその畑道を、まるで徳栄さんのリヤカーは夕日に向かって進んで行くようだった。

加世子は、ぼくの姿を見つけると、立ち止まって振り返り、一瞬、はにかんだ笑顔を見せながら手を振った。リヤカーに置いてきぼりにされそうになると、走り出しては追いつき、また立ち止まって手を振った。それを何度か繰り返した。ぼくも、立ち止まったままで手を振った。互いの姿が見えなくなるまで、ぼくたちは、何度も何度も手を振った。

加世子の方からは、夕日を正面に受けたぼくの姿が、きっと、はっきりと見えていたに違いない。でもぼくの方からは、加世子はよく見えなかった。しかし、黄金色のシルエットが、陽炎《かげろう》のようにゆれて美しかった……。

加世子の村は幸せの村だ。バンジロウの木は幸せの木だ。ぼくは、そう思いたかった。ぼくの人生にもいろいろなことがあったけれど、だれにでも、かけがえのない人生がある。運命に翻弄されても、死ぬと分かっていても、人間は必死に生きていく。そんな小さな、か弱い人間の存在がいとおしくなってきた。

加世子も、きっと幸せな人生を送ったに違いない。そう思いたかった。短い人生の中で、忘れてはいけないことは、たくさんある。その数が多いほど、幸せなんだ。こんな単純なことが、大きな発見のような気がした。父と母の法事に、父と母が教えてくれたのだと思った……。

ぼくは、目の前で沈んでいく夕日に向かって、あのときと同じように、手を上げて強く振った。一度、二度、三度と……、力を込めて、大きく手を振った。加世子の村が、水平線の彼方から、近づいて来るようだった。

ハンバーガーボブ

I

ガチャーンと、大きな音がした。

ミキは、大きなため息をつく。すぐに、ボブの声が飛んでくるはずだ。

「オー、ノー。ミキ。大変だあ。来て、来て、早く来て！」

ほら、来た。ボブが、またヘマをしたんだ。

ミキは、聞こえないふりをして、テーブルの上に置いた『Ｗｉｔｈ』のページを捲《めく》り続ける。

サユリは、我、関せずだ。ボブは、こんなときには、いつもサユリではなく、ミキの名前を呼ぶ。

「今年の冬の流行色は、ホワイト……」

ミキは、あえて、声に出して言ってみる。サユリは、顔を上げてニカッと微笑んだだけだ。また、ポテトチップに手を伸ばして、ぱりっと音立てて噛んだ。

サユリは、まだピンク色のネグリジェを着たままだ。髪を長く伸ばしているからか、見ている方が嫌になるほど気怠《けだる》く感じる。やはり、週刊誌からは目を逸《そ》らさない。

ボブのそそっかしさは、世界一だ。どうしようもない。毎日の朝刊が、ポストに投げ込まれるように、一日一ヘマは必ずやってくる。一日一善は、めったに、やってこないのに。神様は、いつも不公平だ。

「ミキ！　早く来て。大変だよ！」

大変だよ！も、決まり文句。たいして大変なこともない。今度のヘマも、だいたい予想がつく。

コーヒーを淹れてくるよと、ミキとサユリの頰に殊勝にもキスをして台所に立った。その殊勝さがつまずきの元だ。

ボブは、一日一善をやろうとすると、すぐに今日のようになる。一日一ヘマのようにスマートにはいかない。コーヒーメーカーを割ったか、コーヒーカップを割ったか。きっと、そのどちらかだろう。可哀想なボブ……。

可哀想なだけに、やはりミキにはボブの過ちに冷淡になれない。ここが、ミキとサユリの、ボブに対する対応の分かれ目になる。サユリは、ボブのことを、可哀想だなんて、これっぽっちも思っていないはずだ。

ミキは、腰を上げずに、声のするキッチンの方へ顔を向けて問いかける。

「ボブ……、どうしたの？」

「大変なんだよ」

「だから、何が大変なの？」

ミキは、少し嫌味ったらしく尋ねてみる。

「みんな……、みんな、大変なんだよ」

「それじゃ、分からないよ」

「アイ、ミス……」

ほうら、始まった。都合が悪くなると、ボブは、アイ、ミスって、独り言をつぶやき始めるんだ。

向かいに座っているサユリは、顔を上げて、ニカッと微笑んだだけ。前髪が、睫毛《まつげ》まで覆っているんだから、表情は、はっきりと見えない。でも、心なしか、さらにソファーに深く腰を沈ませたような気がする。ほら、ミキ呼んでいるよ、っていう感じ。私は、決して立たないよ。ミキ、立ってね、って感じ。せっかくの休日の昼メシ前。のんびりとしているところを、のんびりとしたままでいたいのは、ミキも同じなんだ。

ミキとサユリは、ボブの使う英語が、すべて理解出来るわけではない。特に、アイ、ミスで始まるときは、早口になるからなおさらだ。

ボブにも、またミキとサユリの日本語は、全部理解出来るわけではないはずだ。でも、三人一緒の同棲生活は、それでもうまくいっている。うまくいっている理由は、三人一緒だからなのか。それとも、互いの言葉を理解出来ないからなのか。よく分からない。

たぶん、相手の言葉は、全部を理解出来ない方がいいのかもしれない。ミキは、漠然とそう思っている。それは、ミキとサユリの間にも言えることだ。なまじっか理解出来ると、相手のことが気になって仕方がないんじゃないか。理解は、ほどほどにって、辞書には書いておいた方がよい。ミキの体験的結論だ。

「分かったよ、ボブ。今行くから……」

ミキは、目の前のポテトチップを指先でつまんで口に入れて、渋々と立ち上がる。渋々と立ち上がる、これが重要なのだ。この仕種をサユリに見せなきゃ。そう思うんだけど、サユリは、軽いフットワークで、ニカッニカッと、今度も二つ星を輝かせるように微笑んだだけで、ミキの思いを流してしまう。

やはり、ボブは、コーヒーメーカーのガラスのポットを割っていた。コーヒーが、柔らかいお粥をこぼしたように流し台に広がって、その一部は、ポタポタと、床にこぼれている。ボブの祖国、アメリカ合衆国の地図を作り始めている。

「ほら、スイッチは止めなきゃ」

ミキは、立ち尽くしているボブの傍らから、手を伸ばしてスイッチを切る。「モカ」の匂いが溢れている。

ボブは、再び、アイ、ミスで続く言葉を早口英語でまくし立てる。きっと、いつものように自分自身への言い訳なんだろう。さもなければ、ミキへの詫び言葉の連発だ。でも、詫びたからってどうしようもない。

ボブを見ていると、ヘマは性格や思考の方法とは関係がないように思われる。一度だって、改善の兆《きざ》しが見えたことはないのだから。

「ほら、危ないよ。ガラスの破片が、飛び散っているじゃないの……」

流し台と、床上に、割れたガラスの破片が光っている。

ミキは、不愉快な顔をしてそれを拾う。

「ごめんね、ミキ……」

ボブが、ミキの傍らにしゃがんで、床上の破片を拾う。ボブが、やっと日本語に戻った。今だ！攻撃しなけりゃ。攻撃するときに攻撃しなけりゃ、ボブだって、居心地が悪いはずだ。

「あんたは、もう……。何度ヘマをしたら、気が済むの！　ついでに、コーヒーカップも割っちゃえば？」

「ぼくは、わざとしたんじゃないよ」

「あら、そう……」

「信じてくれ。ぼくは、君たちのために、フィルターを取り出そうと思って、間違えちゃったんだ」

「私たちのために、フィルターを取り出す？」

「違う……。その……、君たちのために、コーヒーを淹れるために、フィルターを取り出さなくてもよかったんだが、カップに入れようとして……」

「それで？」

「二段になっていて、それが外れてしまって、コーヒーの粉《こな》がこぼれたんだ。それで……」

「それで？」

「それで、慌てて止めようと思って、コーヒーの入ったポットを下に振ったら、そしたら……」

「そしたら？」

「流しに当たってしまったもんだから……」

「しまったもんだから、どうなったの？」

「えーっと……」

「えーっとでは、意味が分からないよ」

ボブが着た丸首のTシャツに貼りついたヤンキースのロゴマークが揺れている。ボブは指先で、盛んに胸元のその部分をつまんでいる。

「それから……、えーっと……。ミキ、ぼくを、信じて欲しい」

「えっ？　私があんたを信じれば、あんたは、気が済むのね」

「そういう訳では、ないけれども……」

ミキは、このあたりが、限度かなと思う。だんだんと、意地悪したい気持ちが高まってくるけれど、あんまりしつこくやると、ボブは必ず泣き出すに決まっている。

「ほれ、私に信じてもらうよりも先に、さっさと雑巾を持ってきて、ふけば……。今は、それをしてもらう方が、私は有り難いんだけどね」

「分かった……」

ホブが、ミキの傍らで立ち上がる。

「ほら、危ないよ。足下に破片が転がっていると言ったじゃないの……。ほんとにもう……。怪我するよ。気をつけなくちゃ」

ボブは、本当に不器用だ。ボブのヘマを数えたら、たぶん、我が家の家財道具は、みんな被害者になるだろう。いや、加害者リストに名を連ねることになるのだろうか。

ボブとミキの関係は複雑だ。ここにサユリも加わると、米琉日の三角関係かと、思わず笑ってしまう。もちろん主犯者は、米国人のデブのボブだ。

たとえば、コンロの火を消し忘れて、薬缶《やかん》を駄目にした。フライパンを焦がして、黒こげの目玉焼きにした。皿やグラスを割るのは、なにも朝飯前だけではない。昼飯前にも、夕食前にも、ガチャーン、ガチャーン。惨《みじ》めな出来事は、時を選ばない。場所は、少々選ぶけれども……。

ビデオデッキを修理すると言って、壊してしまったこともある。分解したままで、押入の中で死んでいる。可哀想に、もう生き返ることはない。コーヒーを、洗濯機の中にこぼしたこともある。切れた電球を取り換えると言って、踏み台から落ちた。トイレに入って、トイレットペーパーがないのに気づく。洗濯物を取り込むのを忘れて、雨に濡らしたことは十指に余る。ボブのヘマは、ギネスブックに登録すれば、少なくともベストテンぐらいには入るはずだ。

「ミキ……、ごめんね」

謝るボブの頭。若いくせに、てっぺんが禿げている。動作はのろいし、おまけにデブだ。そんなメチャクチャに欠点だらけのボブに謝られたら、豚でも許さない訳にはいかない。

ヘマなんて、日常茶飯事になれば、怒りのラインをいとも簡単に越えてしまうのだ。これも辞書には書いておきたい。

「うん……。許してあげるわ。その代わり、昼食は、ボブが作ることね。それでいい？」

「オーケー。おやすいご用だ」

ミキは、ボブの返事を聞いて、しまったと思う。ボブは、いつでも調味料の味加減を間違えるのだ。醤油だって、不思議そうに眺めている。さすがに最近では、掌にこぼして舐《な》めることはしなくなったが、ボブは醤油が大好きだ。犬より始末が悪い。

取引は、軽率だったが、まあ、いいかと、ミキは観念する。

ミキとサユリが、ボブと一緒にマンションでの同棲生活を始めてから、もうすぐ一年になる。

ボブは、ウチナー（沖縄）料理が大好きだという。そのわりには、いつまで経ってもうまく作れない。ハンバーガーだけは、上手に作り、それこそ旨そうに食べる。ボブの祖国、ユナイテッドステイツの食べ物だ。

ミキは、仕事帰りにM社のハンバーガーを買うときは、いつも四個買う。一個は自分のもので、一個はサユリのもの、そして残りの二個はボブのものだ。

ミキとサユリは、ボブのことを、ハンバーガーボブと呼んでいる。時にはサンドイッチボブとも呼ぶ。また時には、デブのボブと呼び捨てる。どう呼ぶかは、その日の気分次第だ。もちろん、三人の関係を象徴させ、ボブの肉体の特徴に、優しさと皮肉を込めた愛称だ。そんなとき、ボブは、ハンバーガーのような丸い顔を、さらに丸くして笑うのだ。

「ミキ、来て、来て！」

ほら、今度は応接間のサユリからだ。

「これ、いいじゃん。可愛いスニーカーだと思わない？　ミキ、来てよ！」

サユリが、オレンジ色のソファーに座り、手に持った『VERY』を広げて、ミキの方に向けている。やっと、目が覚めたのだろうか。それにしても、サユリのスニーカー趣味は、いつまでも治らない。靴箱の中だけでなく、押入の中にも、スニーカーが並べられている。

「ボブ……、ほら、もういいから、向こうへ行って、サユリの相手をしてやんな。私が、コーヒーを淹れるから……」

ボブは、立ったままで、しゃがんでいるミキを見る。済まなさそうな顔をするが、ミキの言葉に逆らったことはない。

2

ミキとサユリとボブの三人の同棲生活は、ミキたちがボブを誘惑して始まったのではない。ミキは少女のころから、そんなヤンキー気分とは無縁だった。むしろ、質素な生活を続けてきたと言っていい。

ボブと出会ったのは、恐ろしくなるほどの偶然のせいだ。確率で言えば、三十万分の一ぐらいだろう。去る大戦で、沖縄が戦場になった確率に比べると、うーんと、うーんと低いはずだ。その前にサユリとの同棲生活がある。それさえ偶然が重なったものだから、三人の同棲生活の確率は、もっともっと低くなる。

三人が同棲する必然性なんて、本当にこれっぽっちもなかった。ある日、偶然にサユリと出会い、突然にボブが現れて、ミキとサユリの住居に転がり込んできた。それ以来、三人の奇妙な同棲生活が始まったのだ。

一緒に住まなければならない必然性だって、睫毛《まつげ》の長さほどにも論理的根拠がない。日米琉のオエラガタに言わせたら、ウブ毛の長さほどもないと言い直してくれるかもしれない。戦争が終わっても、米軍が沖縄に居座り続ける必然性は、睫毛とウブ毛のどちらの長さに近いのだろうか。普天間基地の辺野古移転で、V字コースの滑走路を建設するという。V字コースに似たVサインを出してニカッと微笑んでいるのは、どちらだろう。日本か、米国か、沖縄か。尋ねてみたい気もするが、あまり興味のあることではない。

ミキとサユリの同棲生活は、ボブと出会う二年前から始まっていた。偶然が重なったとはいえ、二人は、その偶然を楽しんだ。二人には、多くの違いもあったが、共通点も多かった。

違いは、傍らに仕舞っておいて、共通点だけを数えてみよう。まず一つは、二人とも高校を中退していること。二つ目は同じ年齢。三つ目は同じ血液型B。四つ目は同じ身長一メートル五十八。五つ目は同じく家出。六つ目は堕胎の回数同じ、アッハハだ。知り合ったのも同じ職場。これが七つ目。職場といっても、お水の仕事で、サロン「黒蜥蜴」。これだけ揃えば、一緒に住んだほうが楽かも、と言い出したのは、サユリの方だった。

「えーっと、一緒に住むと、家賃、電気代、水道代、ガス代、新聞代、石油代……、みんなワリカンで済むのよね。食材だって、二人分だと、無駄を省けるしね。雑誌代だって、一年経ったら馬鹿にならないわよ。塵も積もれば山となる。一緒に住めば、マンションにだって、住めるかもよ」

サユリに、記録的な数字を示されて、ミキはうなずいた。金銭感覚は、ミキより、ずーっとサユリの方が上だ。おかげで、本当にマンションに住めるようになったけれど、炊事、洗濯、掃除だって節約出来るとは言わなかった。一番肝心なのは、隠していたのだ。サユリにとって、そのことが、一番重要だったのかもしれない。

サユリは、炊事、洗濯、掃除をワリカンにしない。多くはミキの仕事だ。ボブが来てからは、なおさらだ。サユリの下着さえ、ボブが洗っている。サユリは、ニカっと笑ってスニーカーを眺めるだけだ。

ボブと一緒に暮らしているからといって、ボブは仕事に就いているわけではない。一日中、何もせずに部屋の中にうずくまっている。うずくまっているのではなく、ボブに言わせれば、快適な生活を、日々送っている。奇妙な同棲生活だ。

損得で言えば、断然、働いているミキとサユリの方が損をしている。ミキとサユリの関係で言えば、ボブのヘマの片づけをしているミキの方が被害を被っている。一番、得をしているのは、やっぱりサユリだろう。同棲生活でも、見方を変えれば、こんなに損得に差があるのだ。

ボブは、ハンバーガーを食べて、サユリがレンタルビデオ店で借りてきたハリウッド映画を、今日も明日も明後日も見る。それも、見たいときに見て、寝たいときには、さっさと寝る。おお、我が人生だ。なんともはや、理想的な生活で羨ましい。

ミキが、時々ヒステリックになるとすれば、ボブとサユリのそんな生活に嫉妬してのことだ。少なくとも、その原因の一つはここにある。ボブだって、サユリだって、そのことは分かっているはずだ。分かっているはずなのに、改善の兆しはまるでない。

ミキは、M町の歓楽街にあるナイトクラブ「ニューヨーク」で働いている。ホステス稼業は一番気楽で稼ぎがいいと、島を出るとき、先輩たちが教えてくれた。ミキは、その言葉を信じて、沖縄本島の南にあるN島を出てきた。十八歳になった春から、この稼業に身を置いている。約七年。先輩たちの言葉は、当たらずとも遠からじだが、この歳月で、中堅なのか、ベテランなのかは、分からない。

最初に働いたのは、クラブ「ピンクレモン」。名前が可愛くて気に入ったからだ。以来、「瑞穂《みずほ》」「スクリュー」「パッション」「さちこ」「黒蜥蜴」「男爵」「南の華」と、職場を変えたが、今は「ニューヨーク」に落ち着いている。

サユリとは、「黒蜥蜴」で知り合って「南の華」まで一緒だった。サユリは、「南の華」を辞めると、沖縄に進出してきた大手スーパーの店員募集に応じて、採用された。好きな靴売り場に勤めたいというのが理由だったが、そのエリアに配属になったのは、採用されてから一年後だ。それでもサユリは上機嫌だった。その日は、サユリが自ら設定した配置換え祝賀会に、朝まで付き合ってビールとワインで乾杯した。

サユリはその日、珍しく手料理を作ってくれた。ボブとの同棲生活は、まだ始まってはいなかった。

「あたしね、靴の中でも、スニーカーが大好きなの。真新しいスニーカーを見ているとね、ぞくぞくするの。清潔で、凛々しくて、そそり立っているの。何時間見ていても、飽きないの。それを、色とりどりの紐で縛るのが、また、最高。分かるかな、ミキ？」

「分からないよ……」

ミキは、サラダの中のプチトマトを摘《つま》んで、遠慮がちに首を振った。

「本当に、分からないの？」

「本当に、分からないよ」

ミキは、摘んだプチトマトを口に入れる。口の中で、じゅわあっと甘味と酸味が溶け合って広がる。

「本当に分からないよ、って不思議だね……。どうして分からないのかね。あの匂い、あの感触、先端のカーブの美しさ。そうだね、例えて言えば……」

「何なの？」

「雨上がりの虹かな」

「よけい、分からないよ……」

「そうね。あんたには、よけいに、分からなくなったかもね。日本人の想像力は貧しいからね」

「日本人の想像力？」

「そう、日本人の想像力。想像力っていうのは理屈じゃないからね、教えられないよ」

「それって、説明放棄だよ」

「説明放棄じゃないよ。ミキと私の間には、二人を隔てる大きな川があるの。感性の違いは乗り越えられないの」

サユリは、それ以来、ミキにスニーカーが、なぜ好きなのか、話さない。それでも、ミキには、サユリが気に入ったスニーカーを店に並べて、うっとりと眺め続けているのは、すぐに想像出来る。

たぶん、サユリは、またもや肝心なことは、何もしゃべってない。感性の違いや価値観の違いだと誤魔化して逃げているだけだ。ときには男性のシンボルなどと茶化して言っているけれど、半分は冗談だと思う。

サユリには、きっとスニーカーにまつわる大切な思い出があるに違いない。中学校のころも、高校のころも、サユリはハンドボール部のキャプテンをしていたという。もちろん、そのころは短く髪を切っていたという。今では人違いかと思われるほどに、髪を長く肩を隠すまで垂らし、前髪は睫毛をも隠している。じーっと他人を見つめ、ニカッと微笑む。その笑顔は、ミキから見ても魅力的だ。今は、あんまり身体を動かそうとしないけれど、身のこなしは、やはり素早い。

ミキは、お水の仕事一筋で七年間。ホステス稼業には、だいぶ慣れたが、専門技術は向上したわけではない。何度か職場を変えたのは、ヘッドハンティングにあったわけでもない。この世界は、若いというだけで商品価値が上がるのだ。ミキは、今二十五歳。少なくとも、あと四、五年は頑張れそうだと思っている。

店を変えたのは、多くは同僚の女の子との人間関係のもつれからだ。時には、マスターや客に言い寄られて、辛い人間関係に陥るのが嫌になって、職場を変えたこともある。かつて同業者であったサユリは、このことを、よく理解してくれている。

しかし、もっと正確に言えば、単なる気まぐれとわがままで変えた部分も、少なくない。そろそろ職場だけでなくて、サユリのように職種も変えなければいけないのかなと考えることもある。そう考えることもあるが、結論を出すのは苦手だ。成り行きに任せた方が、余計な気苦労はしないで済む。

ボブとの同棲生活を始めたのも、単なる気まぐれとわがままが高じたものかもしれない。あの瞬間は、思考を中断した虚をつかれたものだったような気もする。あるいは、サユリと一緒だったからだと言い直してもいい。なんだか、サユリと一緒だと、軽いノリで、物事を処理してしまう不思議な快感がある。それが、今なお続いている同棲生活の居心地のよさとも繋がっているかもしれない。

ミキの、そのときの気分は、理屈抜きに言えば、やはりボブが可哀想だったからだ。沖縄の方言に「チムグリサヌ」という言葉がある。「気の毒だ」「ほうっておけない」ほどの意味だが、この言葉に、すべてが集約される。あるいは、こんな言葉がミキを駄目にしているのかもしれない。

その日は、雨が降っていた。ボブは、雨に打たれてびしょ濡れになっていた。それに、ボブは脱走兵だったんだ……。

なんだか、正確に言いすぎてピントを外したみたいだけれど、嘘をついているわけではないから、まあいいかなって思う。それに、雨が降っていたのは、きっと一つの理由には違いないのだ。もちろん脱走兵って分かったのは、もっと後のことだけれど……。

ボブと一緒に生活して、分かったことは、アメリカ兵もいろいろいるんだなあということ。アメリカ人もと、言い直しても、いいかもしれない。

ボブは決して変人でも奇人でも偉人でもないが、変わっているところが、いっぱいある。たとえば、一度もミキとサユリに「アイラブユー」って言わない。助けられた恩義があるはずだから、嘘でも言えるはずなのに頑固に言葉を飲み込んでいる。

二人の女に挟まれたボブのバランス感覚かなって思うこともあるけれど、やっぱりそうではないみたい。サユリが冷やかすけれど、なんだかボブは、「アイラブユー」を言うのに慎重だ。

ミキは、口先だけで「アイラブユー」を言うアメリカ人がいっぱいいることを知っている。そんな言葉に騙されて、身を持ち崩した若いウチナー娘もいっぱいいる。

「ボブ……、あなたは、私たちを愛していないの？」

サユリが、ボブにしつこく問いただしても、ボブは、アイラブユーとは言ってくれない。

ボブの返事は、豚の泣き声のように変化がなく、いつでも同じだ。

「分かんないよ」

「ボブ……。アイラブユーと言っても、私たちよりも、あんたの方が得をすると思うよ。少なくとも、損は、しないはずだけど……」

それでも、ボブはアイラブユーに慎重だ。

ミキの店にやってくるオジさんなんか、ミキの匂いをかいだだけで、すぐに愛していると言ってくれるのにと思う。ミキがにこっと笑って身体をくっつけてダンスをすると、もう愛している、愛しているの連発で、ミキの手を強く握ってくる。それだけではない。ミキの手に男のアレをも握らせようとする。思わずサユリの言葉を思い出して、赤い紐できつく結んでやろうかとも思う。

ミキは、簡単にアイラブユーと言わないのがボブの誠実さなんだと思うけれども、それだから、脱走なんかしてしまうんだろうなとも思う。誠実であろうとするから嫌われるってことは、案外、多いのかもしれない。

でも、そんな理屈はミキには似合わない。ミキは、本当にボブは「分かんないんだ」と、思うことにしている。

もちろん、ボブがアイラブユーを言わないからといって、そのことで不自由を感じることは何もない。むしろ、「分かんない」関係が、三人の同棲生活を、充実させているのかもしれない。

ベッドインも三人一緒だ。ハンバーガーのようにボブを間に挟んで、ミキとサユリが両側に寝る。傍らで、モゾモゾと始まったら背中を向ける。三人一緒にプレイすることもあるけれど、ミキは、背中を向けることが多い。背中を向けたら、本当にそのまま寝入ってしまうこともある。

三人一緒の同棲生活は、たぶん他人が想像するほど大変なことではない。セックスも含めてだ。サユリの言葉を借りて言えば、たぶん、これも節約生活だ。ミキとサユリの二人で、両方から、ボブの頭と、胸と、おなかと、オチンチンを撫でて、一気にイカせてあげることもある。もちろん、その逆もある。

「ミキとサユリは、ぼくに意地悪過ぎるよ」

「どうして?」

「二人とも、ぼくを、愛してくれるから……」

なんだか、ボブの方もサユリと同じように理屈っぽくなってきた。男は度胸、女は愛嬌。スパイスは「チムグリサヌ（可哀想・気の毒だ）」。それ以外の理屈は、混乱を招く。正直さも素直さも、ときには捨てた方がよいのだ。

「あたしは、ボブを愛してなんかいないかもよ」

サユリが答える。ミキとサユリは、ボブの胸の上で、両方から鎖のように手をつなぎ合わせて、ボブを愛撫する。なんだか、ボブがガリバーのように、ミキとサユリに押さえつけられているようにも見える。でも、ガリバーほど、ボブは大きくはない。

サユリが、再びボブに言う。

「あたしは、あんたを利用しているだけかもよ。この肉体もね……」

「ボブ……。私だって、分かんないわよ」

ミキも笑ってボブの耳元で囁く。でも、ミキは、サユリほど、ボブの肉体に夢中になれない。むしろ、セックスが苦痛なときもある。ミキは、ボブをサユリと二人でサンドイッチにしているのか、ミキがボブとサユリにサンドイッチにされているのか、よく分からないときがある。

「ぼくだって、分からないよ。だって、ぼくは脱走兵だよ。ぼくは、仕事もしていない。毎日、テレビばっかり見ている。脱走兵のぼくを匿《かくま》ったって、なんの得にもなりはしない。むしろ危険なことなのに、ミキもサユリも、ぼくに優しくしてくれる……」

「だから、いつまで続くか分かんないわよ」

そう言いながら、脱走兵ボブとの生活は、もうすぐ一年にもなる。

ボブは、よく壁に頭をぶつける仕種をする。困ったときのユーモラスな仕種だと本人は思っている。だが、ボブはヘマだけでなく、プレゼンテーションの技術が下手なんだ。本当は、だれも互いの気持ちなんか、分かりゃしない。分かり合えるはずがないんだ。そこから出発しなければ……。

ミキの気持ちだって、ボブにも、あるいはサユリにも分かってないはずだ。気持ちなんか、見ないほうがいい。諸悪の根源だ。日々の感傷、これだけでも、たっぷり傷つく。これが、ミキの考えた世界の構造だ。

ヘマばかりのボブにしては、ヘマをしないのがカーテンを開閉するときだ。つまり、脱走兵ボブに戻るときだ。実に用心深く、開け閉めをする。

ボブは、壁にヤモリのように張り付いてカーテンを開閉する。そんな仕種が身に付いてしまっている。単なる癖の問題にしては、涙ぐましい姿勢で、いつでも完璧だ。ミキは、声の出ない笑いをこらえる。サユリと向かい合って音の出ない拍手をする。

ボブは、いつでも憲兵に追われていると思っている。それは確かなことかもしれないけれど、なんだか一年も経つと、違うことのような気もする。それでなくても、軍人でないアメリカさんは、たくさんいるのだから、そろそろ用心を解いてもいいのじゃないかと思う。でも、ボブは、ミキの意見を受け容れない。

もちろん、ミキは、ヤモリ姿のボブを軽蔑することはない。その理由は、犬のペットよりいいと思っているからだ。ボブと一緒に生活することを、サユリに尋ねてみたら、サユリは、真顔で答えてくれて、ミキを笑わせた。

「あたしたちはね、きっと神様に選ばれたんだよ。ボブは、神様からのプレゼントだよ。神様に感謝しないとね」

サユリが、神様派なんてことは、絶対にあり得ない。

3

ミキたちが、ボブと出会ったのは、深夜のコンビニの駐車場だ。

「ヘルプ、ミー。ヘルプ、ミー」

たぶん、そんな言葉だったと思う。

最初は、「ヘイ、ミキ。ヘイ、ミキ」と、なんだか、ミキの名前を呼んでいるような気がして、声のする方向を見上げたのだった。それが、すべての始まりだ。

すると、見たこともない若い外人さんが、窓ガラスに顔をくっつけるようにして、ミキを見つめていた。

ミキは、自分をナンパするために声を掛けているんだなと思って、すぐに目を逸らした。女心がくすぐられたけれど、フンと、思って、窓ガラスもドアも開けなかった。

助手席に座っているサユリは、盛んにミキの方に首を伸ばして、窓越しに若い外人さんを眺めていた。外人さんは、サユリの側でなく、ミキの側の窓に寄ってきたんだ。まだまだ、十分にミキさんは魅力あるんだ、と、ミキは一人で優越感に浸っていた。

バックミラーを覗いて、少しだけ下唇を舐めて、それから、もう一度少しだけ流し目で窓の男を見た。そのとき、気づいたのだ。なんだか男の様子が変だ。女をナンパするにしては殺気だっている。窓ガラスを叩く調子も、なんだか、だんだん強くなっていた。よくよく見ると笑ってもいない。さらに、よくよく聞くと、ヘイ、ミキではなく、ヘレプ、ミーだ。ヘレプ、ミーが、助けてくれということぐらいは、ミキにも理解出来た。

窓の外に立っている若い外人さんは、そんな言葉を吐きながら、今にも泣き出しそうな表情で、必死にミキに頼み込んでいたのだ。

考えてみると、それほどミキに魅力があるわけでもないし、外人さんは、酒に酔っている様子もない。それに、一人だけだ。雨だって降っている。ナンパの方法にしては、あまりにも辻褄の合わないことだらけだ。ミキは、そう思って、もう一度、しっかりと外人さんを見た。

外人さんは、やはり今にも泣き出しそうな表情をした二十歳前後の若者だ。少なくともミキよりは、若いと思われた。軍服は着ていないが、きっと若いマリン兵だろう。そんな、いい加減な判断が、ミキを大胆にした。

でも、半分以上は、そんな大胆さよりも、雨の中で、びしょ濡れになりながら、頬に雫《しずく》を滴《したた》らせ、睫毛をぱちぱちさせて瞬《また》いているその少年兵が、可哀想になったのだ。

雨は、ますます激しく降り続いている。止《や》む様子がまったくなかった。少なくとも、そのとき、ミキにはそう思えた。サユリも、もの珍しそうに少年兵を見上げていたが、ミキとのアイコンタクトで了解してくれた。

ミキは、指で合図をして、後ろの席のドアを開けた。びしょ濡れになった若者が、後部座席に飛び込んできた。

「あのとき、ミキとサユリに出会えたのはラッキーだった。ぼくのクリーンヒットだよ」

ボブは、笑いながら、よくそう言う。

「冗談じゃないわ。ホームランでしょう」

ミキも、笑ってそう答える。

「サヨナラ、逆転、満塁ホームランだね」

サユリが、後から付け加えるのを忘れない。

あの日、車の中で、サユリが、びしょ濡れのボブにハンカチを渡してやった。ボブは、ひさし付きのカーキ色の帽子をとって、額から流れる雨の雫をふいた。そのとき、早くもボブの頭のてっぺんの髪の薄さに気づいた。しかし、それでも肩で息をしているボブは精悍で、輝いていた。まだ、太ってなんかいなかった。

ミキは、なんだか、成り行きでボブをマンションまで連れて来たような気がしたが、またもや、あの気分、そう、チムグリサヌが原因だ。そのままほうっておくことが出来なかった。風呂を使わせ、ユニクロで買ってきただぶだぶのトレパンに着替えさせてベッドに寝かせてしまったのだ。

ボブの言葉が理解出来たら、こんなことなんかしなかったかもしれない。高校中退のミキに分かる英単語は限られていた。

サユリも頑張ってくれたけれど、高校中退は同じだった。サユリのお父さんとお母さんは、二人とも学校の先生だと聞いていたから、サユリはミキよりも、うーんと頭が良くて、もっと英語が話せると思ったのに駄目だった。

「学校の先生の子供は、頭、悪いんだよ……」

サユリのいつもの口癖は、遺憾なく発揮された。二人で頭をひねりながら理解したことは、「マイ、ネーム、イズ、ボブ・マクレーン」「アイアム、ナインティーン、イヤーズオルド」。この二つだけだ。脱走兵だと分かったのは、ボブという名前を知ってから、数日後だった。

ボブは、その日も、その翌日も、自分が脱走兵だということを、身振り手振りで一所懸命にミキとサユリに説明し続けたという。でも、ミキとサユリには分からなかった。

ミキは、ボブのジェスチャーを見ながら、昔テレビで見た連想ゲームのようだと思った。そして、思いつくままに自分の解答を言った。

「えーっと、ジョギングをしていたのね」

ミキは、最初は、ジョギングコースを外れて、道に迷った兵士と思って、そう答えてみた。

「ノー」と言う。

次に、ミキが思いつくことといったら、マラソンランナーぐらいだ。それに、十二月七日の那覇マラソンも近づいていた。兵士でなければ、外国からやってきた参加者だ。

ミキは、精一杯笑顔を浮かべて、今度は自信を持って言った。

「分かったわ。ユーは、マラソンランナーね」

ミキが、そう言うと、ボブは悲しそうな顔をした。青い目が潤んでいた。

サユリが、手を叩きながら大声で笑った。その後で、ミキの傍らから解答を述べた。

「ユーは、スイミング、スイマーよね」

サユリの答えも外れだった。今度はミキが腹を抱えて笑った。なんだか、楽しかった。初めて鉄棒で逆上がりが出来たときの気分に似ていた。

その翌日、サユリが英和辞典を買ってきた。

ボブは辞典を開き、「エスケープ」「ソルジャー」という言葉と、「マリン」という言葉を何度も示した。他にも、たくさんの言葉を示してくれた。戦争、軍隊、逃げる、脱走、隠れる、匿《かくま》う、依頼……。そんな言葉が、ミキの頭の中で飛び交った。

ミキが、こんなに頭を使ったのは、島の中学校で定期テストを受けて以来だ。でも、ボブの必死の努力のお陰で、ミキにも、だいたいの見当はついた。きっと脱走兵を匿うことになる。危険なことになるかもしれない。しかし、それでもいいと思った。なんだか、ボブの必死さが、滑稽で哀れであった。

ミキは、サユリと顔を見合わせて互いの憶測を述べ合った。二人の予感は的中した。

「脱走兵、ボブ・マクレーン！」

「十九歳！」

ミキとサユリは、声を出して、思わずハイタッチをした。二人は、賞金百万円を手に入れたクイズ番組の回答者のような気分と同じだろうと思った。痛快だった。そんな気分のままに、三人の同棲生活が始まったのだ。

ミキは、ときどき、ボブと同じように、大変だあ、という言葉を使うけれども、サユリは使わない。ひょっとして、二人で同棲生活を始めてから、一度も使ったことがないのではないか。

そんな気がして、ミキはサユリに、その理由を尋ねたことがある。すると、サユリの返事はふるっていた。

「大変だあ、という言葉は、過去にたくさん使い過ぎたからだよ。きっと、もう、大変だあのキップは、売り切れたので〜す」

なんだか、訳が分からなかったけれど、二人で少しだけ、シュンとした気分に陥った。顔で笑って、心で泣くっていうのは、女の方が多いに違いない。

ボブが現れたそのときも、それから後も、サユリは大変だあという言葉を使っていないはずだ。ミキも、ボブを匿うことには、大変だあという気分ではなくて、なんだか、わくわくする気分に捕らわれた。久し振りに心が躍った。

ボブが来てからのミキは、蛇がスティル＝脱皮するように南島のインディ・ジョーンズに生まれ変わった。はたまた、九十歳にもなって蛇退治をしたという生まれ島のカミーおばあのように元気だった。

ボブが、島の水牛のような大男でないことも、ミキとサユリを大胆にしたかもしれない。また十九歳という若さも、二人を安心させたかもしれない。喧嘩をしたって、なんだか、ミキたちの方が強そうだった。背丈も、ミキの店のマスターぐらいだ。一六五、六センチぐらいだろう。

腕力も強そうではない。よく見ると、まなじりも下がっている。目元も優しい、まん丸顔の少年兵だ。少なくとも、いざとなれば、警察に届ければいいし、自力でもなんだか逃げられそうだった。

しばらく家に置いて様子をみよう。捨て犬を拾ってペットにするような、そんな軽い気持ちが、もう一年も続いてしまったのだ。いや、捨て犬なら、もっと強い決意が必要だったかもしれない。ミキは、人生って、本当にままならないと思う。わがままで、気ままで、向こう見ずで、明日の次に昨日だってやってくる。

精悍な少年兵ボブが、ミキとサユリと一緒の同棲生活を始めた一年間で太りまくった。身長は伸びないけれども、腹だけは出てきて、デブのボブになった。頭のてっぺんも、ますます磨きが掛かってツルツル光る砂漠化は今も進んでいる。

　サユリは、ボブのハンバーガーのようになった体型をなんとか元に戻そうと躍起になっている。デブになった原因は、部屋に閉じこもったきりで運動不足になったからだと信じている。でも、ボブは、サユリが買ってくる健康器具に、あんまり興味を示さない。むしろ、迷惑がっている。

「アメリカ兵は、健康な肉体が魅力なんだよ。ボブ、分かる?」

　サユリは、そう言って、ウォーキングマシンに、鉄アレイ、室内自転車にエキスパンダー、次々と健康器具を買ってくるのだが、ボブは使ってくれない。狭い部屋に所狭しと置かれているだけだ。

　サユリが帰ってくると、ボブは自転車にまたがったりしているけど、真似事だけだ。三十分余も、またがった振りをしているけれど、仁義で、そうしているだけだ。玄関のドアが開いて、サユリの姿を見てから、慌ててまたがる。ボブの額に、汗の玉が、一つだって浮かんでいるのを見たことはない。サユリも、もうそろそろ気づくべきだ。あるいは、もう気づいているかもしれない。

　ボブは、もう兵士でないのだから、仕方がないかと思うこともある。仕方がないから、ウォーキングマシンも、室内自転車も、サユリが使うのだが、サユリも長続きはしない。別な健康器具に換えれば何とかなるか、と思ったりして買い換えるのだけれど、いつも、なんともなりはしない。

　でも、いつかは、ボブも醜い体型に気づいてくれるだろう。気づいてくれるまではと、サユリの涙ぐましい努力が続いているのだが、気づいたころには、もう手遅れかもしれない。

ボブは、相変わらずハンバーガーを食べて、ソファーに寝ころんで、テレビばっかり見ている。ぶくぶく太るのも無理はない。

ボブにも、ボブの言い分があるようだ。

「サユリ……、ぼくは、サユリのペットではないよ。サユリの望んでいるように、スマートな身体になんか、なれないよ。アイアム、ボブだ」

「何がアイアム、ボブだよ。お前なんか、あたしとミキに飼われているペットだよ。主人の親切心に甘えて、部分的に発育のよすぎるペットなんだよ。デブのボブ、ハンバーガーボブなんだよ」

サユリは、大変だあと言わない割には、物事をはっきりと言い過ぎる。もっと、正確に近い言い方をすると、考えないで言い過ぎる。言った後からいつも後悔ばっかりしている。

だから、ミキは、サユリの言葉を、半分真面目に、半分冗談で聞いている。真面目に聞いたら、いつも裏切られる。早ければ翌日には、もう心変わりしているからだ。

ミキもサユリを真似て、はっきり言おうと思うのだが、はっきり言うことは辛いので、いつもやめている。

「ミキ……、ミキの顔、笑うとミッキーマウスに似ているよ」

ボブは、ミキをミッキーマウスに例えたのだ。自分のユーモアだ、最高のダジャレだと自慢している。ミキは、口も利けないほど、あきれている。

ボブは、ミキとサユリを笑わそうとして、一日中、ネタを考えることもあるという。ミキは、夜のお仕事、サユリは、昼のお仕事。ボブにとっては、うまい具合に、一日中が有効だ。

ミキの機嫌が悪いときは、ミッキーマウスと呼んでなだめ、笑わそうとする。サユリの機嫌が悪いときは、スマイルリリィだ。もちろん、リリィはサユリの名から発想されている。サユリは、リリィのように華やかで、長い髪はメシベを包むオシベのようで、口は鉄砲弾のように攻撃的だという。テッポウユリと言わないところがミソだと言うのだ。

ミキは、笑うに笑えないし、怒るに怒れない。このことを英語でボブに説明するのは難しい。骨が折れる。骨が折れるも、英語に訳するのは難しい。ボブも大変だろうが、サユリは、大きな声で笑って付き合っている。

ボブのヘマは一流だけれども、ユーモアは二流だ。人間は三流。もっと言えば、どれをとっても、馬鹿みたい。でも、そんなボブとの生活が一年も続いているんだから、ミキもサユリも、もっと馬鹿みたい、なのかもしれない。

4

ボブが嘉手納基地の兵舎から脱走したのは、もちろん訳《わけ》ありだ。それも、よっぽどの訳だったような気がするが、もうミキには、はっきりとは思い出すことが出来ない。

ボブは、一所懸命、その訳をしゃべってくれたはずだ。しかし、他人の訳ありなんて、はたから見たらつまらない。それに、ミキもサユリも、多くは理解出来なかった。英語だけが不得意ということでもないけれど、勉強は苦手だったし、それにボブの話す英語は教室で聞く英語とは、だいぶ違うのではないかと思った。

ボブの話す内容よりも、身近で見る若いアメリカ兵の表情や肉体に、ミキもサユリも耳だけでなく目も吸い寄せられていた。

ボブが辞典を開いて指さしてくれたたくさんの単語の意味を、サユリと二人で勝手に繋ぎ合わせて理解したにすぎない。もちろん、今さら、脱走した理由を問いただそうとも思わない。

ミキの記憶の端々に浮かんでくるボブの脱走の理由は、ボブにトムという友人がいたこと。その友人が、ゲリラ掃討作戦の訓練中に上官から侮辱されたこと。侮辱した上官を、ボブが殺したこと。もちろんペイント弾でだ。胸にたっぷりと赤いペイントを塗りつけられた上官は激怒したんだ。

それから、自分の侮辱には慣れているが、友人の侮辱には慣れていなかったこと。一週間ほど、倉庫のような営倉に拘留されたこと。窓から夜空の星ばかり眺めていたこと。なぜだか涙がたくさん流れ、軍隊は、自分のいる場所でないと悟ったこと。保釈後、夜中に宿舎を脱走したこと。

そんなことを、熱心に話してくれたはずだ。

「ウォンテッド、ボブ・マクレーン!」

ボブは最後に、そう言ったのだ。きっと自分の手配書が、基地内や憲兵隊に、たくさん出回っている。そして、沖縄の警察官にも届いているはずだと……。そう、たしかに、そんなふうに言ったのだ。「脱走兵、ボブ・マクレーンを探せ!」と……。

しかし、ミキは、そんな手配書なんか、一度も見たことがないし、聞いたこともない。そんなことをサユリと二人で言い聞かせるのだが、ボブは信用しない。たとえ、地元の新聞に掲載されていなくても、地元の電柱に貼り紙なんかされていなくても、基地内ではニュースになっている。身元の定かでないアメリカ人は怪しまれるに違いないと……。このときばかりは強情を張り続けて、カーテンを慎重に閉めるのだ。

「ボブ……、基地に戻った方がいいんじゃないの？」

「ごめんなさいと謝れば、許してくれるんじゃないの？」

「……」

ボブは、答えない。

「沖縄では、巷にアメリカ人はわんさか溢れているし、だれも脱走兵なんて思わないよ。外を歩いても大丈夫だよ」

そう言っても、ボブは慎重だ。

「逃亡するなら、どうしてステイツへ逃亡しなかったの？　沖縄よりもステイツがいいんじゃないの？　両親や兄弟もいるでしょうに。匿ってくれるでしょうに……」

ボブは、やはり答えない。やっぱり、ボブは慎重だ。そして、やっぱり家族でも、脱走兵は嫌われるのかもしれないと、ミキも思い直す。

「私たちは、家族から脱走したのよ。ボブも、家族から脱走したの？」

サユリが、傍らから茶化しながら尋ねるが、それでもボブは答えない。ボブは、都合が悪いときは、日本語が分からない振りをするし、最初にミキたちの前に現れたときよりも暗い顔をする。

「ワッターヤ、ナシハンジャー（私たちは、生まれて来なければよかった子供）。あんたは、どうなの？」

ボブが、サユリのウチナーグチ（沖縄口）の問い掛けに首を傾《かし》げる。ミキも少し首を傾げる。

サユリは、本島北部のN町の生まれだというが、どうも怪しい。方言も怪しいけれど、色も白すぎるし、瞼も一重だ。なんだか、ヤマトンチュじゃないかと、時々思うときがある。

ミキは、那覇の南の洋上に浮かぶN島が出生地だ。ミキにも沖縄本島北部の方言がすべて分かるわけではない。N町とN島では、方言も、だいぶ違うだろう。だから、サユリの言っていることは、あまり気にしないことにしている。首を傾げるだけで済ませている。

ただ、サユリは、そんなときは、いつも涙ぐんでいる。方言を使うときには、辛いことを思い出しているのかもしれない。そのことを、使い慣れない方言を使って、茶化しているようにも思われる。

ボブもミキも、二人とも意味を理解出来ないことをいいことに、サユリは、ときどき、ボブのアイ、ミスのように、早口言葉で方言をしゃべりまくることがある。

「ワンヌ、オ父ヤ、ワンガ、オ父ヌ子、アランリィチ、分カティカラヤ（私がお父の子ではないと分かってからは）、オ母ト、オーエービケー（喧嘩ばかり）。ワンヌ、男《イキガ》ヌ親ヤ、分カランテー（私の男の親は分からない）。ワンヤ、ヤーカイ、ウラランナティ（私は家に居づらくなって）、ヒンギティチャサ（逃げてきたんだ）……」

ミキは、少しだけならサユリの方言が分かる。ボブは、まったく分からない。しかし、ミキは、分かっている部分をボブに教えようとは思わない。

ミキがサユリと一緒に暮らすようになったのは、なんだかビビッときたからだ。同じような辛い思いをしている子は、分かるのだ。

ボブとは、ビビっときたわけではない。ボブが、家族のことを言わないのなら、ミキだって、ボブに家族のことを話すこともない。互いにエスケープした理由を、知らない方がいいことだってあるのだ。

サユリだって、こんな処世の術《すべ》を、きっと身につけているはずだ。あるいは、ボブだってそうかもしれない。

「ぼくは、ここが一番いいよ。ここが一番ハッピーな場所だよ」

ボブは、ときどき訳の分からないことを言う。いずれ、こんなことも言わなくなるだろうけれど、言っていることは、ミキにとって嬉しいことだから、別に否定はしない。このままでもいいのかなと思う。

しかし、旅券をごまかして沖縄をうまく抜け出すことさえ出来たら、故郷へ帰らなくても、生活することは、ステイツの方がいいはずだ。でも、ミキだって、ボブがいない生活は、もう考えられない。

「ステイツへ行くときは、ミキも連れていってね」

ミキは、半分本気でそう思い、半分冗談で口に出す。

「三人で、こんなにふうにステイツで暮らすのも、いいかもよ。三人で仲良く歳をとっていくのよ。いいんじゃない……」

サユリも半分本気でそう言い、半分冗談でそう言う。

「ステイツは、嫌いだよ。ぼくは、沖縄がいい。ここに骨を埋《うず》めるよ」

ボブが、本気なら相当に重症だ。

ミキは、ボブの気持ちが、どこまで本気か分からない。ボブの多くが分からないままだ。でも、それでもいいのかなと思う。分からないから、なんとか一緒にやっていけるのかもしれないのだ。

サユリのことだって、腑に落ちないことはいっぱいある。理解出来ないことはいっぱいある。サユリは、妙に押しつけがましいし、ときには媚びを売る。一重瞼はヤマトンチュに多いのに、それを隠すかのように前髪を伸ばし訳の分からないウチナーグチも使う。ミキは、それでも、まあいいかって感じでやってきたのだ。

5

ボブとの同棲生活を始めてから、ミキもサユリも必要に迫られて、英語を覚えようとしている。だけど、二人の英語よりも、ボブが日本語を覚える速度の方が、ずーっと早い。もっとも、二人とも、それは当然のことだと思っている。

二人には、ハンディがある。ボブは一日中部屋にいて、日本語放送のテレビを見たり、新聞を読んだり、サユリが買ってきた日本語講座のテキストを読むことが出来る。この沖縄では、四六時中、軍人軍属向けの6チャンネルのアメリカ放送が流れていて、日本語講座もある。

ミキも英語講座のテキストを買ってきたけれど、退屈するよりも前に読む時間がない。ミキの英語の習得は、もっぱら、ボブに頼っている。もちろん、サユリと二人で、ボブをからかいながらボディランゲージを行っているが、それも重要なテクニックだ。しかし、当然それだけでは及ばない。

ボブは、言語習得で、こんな優位な条件を背負っているだけに後ろめたいのだろう。懸命に、ミキとサユリに英語を教えてくれる。それだけではない。炊事、洗濯、部屋の掃除まで、なんでもやってくれる。ミキとサユリにとっては、気の利いた若い雄の家政夫さんを雇っているようなものだ。特にサユリにとっては、ミキだけでなく、二人の雌雄のお手伝いさんを雇ったように思っているかもしれない。サユリは、部屋の中では、ますますぐうたらにしている。

でも、ボブは、手伝ってはくれるのだが、何をしても要領が悪い。ミキは、このことには、もうだいぶ慣れた。家政夫というよりも、やんちゃ坊主のダックスフントを飼っているようなものだ。でも、ボブの心は、ススキの穂みたいに、いつでも優しい。

ボブにも、ヘマをしないものが一つはある。それは映画だ。映画のことになると、カドカワの国語大辞典よりも詳しい。俳優、作品名、ストーリー、何を聞いてもすぐに答えが返ってくる。もちろん、根拠は明白。一日中、ハンバーガーやポテトチップを食べながら、ビデオを見て、インターネットの検索エンジンを動かしているからだ。

サユリの方が、ミキよりも多く、レンタルビデオ店からビデオやDVDを借りてボブに与えている。まるで、ボブの餌かと、錯覚するときもある。もちろん、ミキも映画は大好きだ。

三人の共通の話題は、ほとんど映画のことだ。ボブの話は、永遠に尽きることがないのではないかと思われるほど、このときは饒舌になる。

なかでも、ボブは、ディズニー映画と、トム・ハンクスが大好きだという。極端ではないかと、ミキは思うのだが、人生には極端は付き物なんだからと、あえて異議は唱えない。

日本映画では、小津安二郎の作品が大好きだという。たぶんボブは、早押しクイズに出たって、ディズニーも、トム・ハンクスも、小津安二郎も、どちらでもすぐに十本の指に余るほどの作品を上げることが出来るはずだ。

ディズニーとトム・ハンクスと小津安二郎は、どこに共通点があるのだろうかと不思議な気がするが、深く考えない。小津安二郎が大好きな理由を語るときなど、ボブの故郷のことと関係があるのかなと思ったりするけれど、余計な詮索はしない。

ボブは、近頃はビデオ以上にパソコンに夢中だ。ボブが退屈だろうと、ミキとサユリで相談して、ボブの餌にと買い与えたものだ。パソコンには、当然インターネットが接続してあるから、映画の情報などは、そこから取り寄せているが、最近では、仕事に出掛けるミキに、ビデオの借り出しリストを見せることもある。

ミキは、ボブが来てからというもの、どちらかというと、それほど熱心にはビデオを見なくなった。ボブの話を聞くだけでも十分に楽しいからだ。

もちろん、ボブとのセックスも普通にある。サユリとのトライアングルプレイもあるけれど、サユリがスーパーのスニーカー売り場に職種替えしてからは、ちょうど入れ替わるように、二人の時間が配分された。ボブは昼はミキと二人で、夜はサユリと二人でベッドインすることが多い。

なんだか、そんなんで寂しいときは、サユリと目配せして、二人でボブをサンドイッチにしてプレイを楽しむときもある。ボブもその方が効率いいことが分かったのか、禿げた頭に熱い汗をにじませて頑張ってくれる。そんなときは、ボブの腕の毛が金色に光って美しい。思わず接吻してしまう。

ボブは、決してセックスが下手ではない。でも、あんまり熱心でもない。ミキには、ちょうどボブぐらいが、自分に一番似合っていると思っている。

6

「ワッツタイムは、ワッターイム」

「えっ？」

「コーラー、コーラーは、コーラを買おう。ハーリーは、ハーリー」

「えっ？　えっ？　どうしたのボブ？」

ミキは、思わず、ボブに向かって聞き返した。

ボブは、ポケットから紙片を出して、笑顔で読み上げる。

「ウンジュヌヒーヤ、ワンヌヒー」

「……」

ミキは、首を傾げた後で、やっと分かった。そして、思わず笑ってしまった。方言と英語の語呂合わせだ。なんのことはない。ボブは、ミキを笑わそうとして、あえて、沖縄の方言に、英語の発音を合わせてジョークを作ったのだ。

何時ですかと、ワッター芋《イム》。コーラーコーラは、コーラを買いましょう。ハーリーハーリーは、急げとハーリー（爬龍船《はりゅうせん》）。二つの言葉の発音を合わせたのだ。

笑わせることが大好きだというボブは、ときどき、ミキやサユリを笑わそうとして、一日中、ジョークを考えることもあるという。でも、出来上がったジョークは、いつも良くない。あまりの下手さに笑ってしまう。

「ウンジュヌヒーヤ、ワンヌヒー……。ボブ、これ、どういう意味なの？」

「あなたの屁は、私の屁です。だから、気にすることありません。他人の失敗をかばうときに使います。これは、私が作ったジョークではない。沖縄の諺です」

「屁《へ》ーッ、そんな諺、あったかしら？」

「ジョージ（上手）、ジョージ（上手）……」

「なんだか、ばっかみたい」

ミキは、思わず大声で笑い出した。

「ボブ……、その諺は、自分のヘマを許してくださいという意味もあるの？」

「そんな意味は、ありません。ただ、ミキを笑わそうと思って……」

「サユリには、教えたの？」

「まだです」

「サユリが帰ってきたら、教えてやるといいよ。今日の出来は、アバウト六十点」

「ニヘエー、デービル（有り難う）」

ミキは、また笑ってしまった。ボブは、いつのまにか、良き隣人になろうとして、ウチナーグチまでも覚えてしまっている。今回のジョークは、ウチナーグチに果敢に挑戦した勇気ある気概の分だけの点数だ。

サユリは笑うだろうか。最近、なんだか、苛立っているような気がするから、サユリこそ笑わせて欲しいと思う。

「ラジオの方言講座、とっても面白いよ。サユリに勧められたんだ。サユリも、この講座が大好きみたいだよ」

「へえ、そうなの……。知らなかったわ」

「サユリと二人で、方言でコミュニケーション出来るよ」

ボブが、さらに得意そうに、笑みを浮かべる。丸い顔が、一段と丸くなる。

ミキは、ボブとサユリの二人だけの秘密を知らされたような気がして、ちょっと複雑な心境だ。でも、ミキは、それほどウチナーグチに興味があるわけではない。むしろ、興味がないと言った方がいい。でも、ボブのウチナーグチを聞いて、なんだか、久し振りに、ほんわかした気分になってきた。ボブやサユリに対する複雑な気分よりも勝っている。

それは、たぶんボブのジョークのせいだけでなく、ウチナーグチの温かさが醸し出した雰囲気かもしれない。なんだか、生まれ島のことが久し振りに思い出される。

ボブの故郷は、ミシシッピー。ミキが分かるのは、ここまでだ。ミシシッピーでボブがどのような生活をしていたかは分からない。ボブは、家族のことを何も言わない。友達のことも、何も言わない。

ミキは、一度、冷やかしながらボブの両親や兄弟のことを訊いたことがあるけれど、うまい具合に話をはぐらかされた。何かワケがありそうだ。けれども、ミキにも、聞いたってどうにかなることでもないんだから、無理をして聞くこともない。

ミキと違って、ボブの両親は死んだかもしれない。ミキは、そう思っている。恋人もたぶんいなかったのだろう。

「ぼくには、ミシシッピーも居心地が悪かった。学校も居心地がいいものではなかった。志願して入隊した軍隊も居心地が悪かった。それで、ぼくは脱走したんだ。ぼくは、ここが一番居心地がいいんだ」

ボブにそう言われれば、追い出せるものでもない。ミキもまた、自分と一緒にいてくれるのは、居心地がいいというだけの理由で十分だと思う。

サユリに言わせると、ボブの笑顔は、ミキにそっくりだと言う。なるほど、ミキの方がサユリより顔は丸いが、ミキにはどうしても合点がいかない。ショートカットの髪を掻き上げて、顔の輪郭を鏡に映して、どこが似ているのかと覗き見たことがあるが、馬鹿らしくて、慌ててやめた。

「ミキ……、少し気になることがあるんだけど……」

ボブが、急に真顔になって話し出す。

「どうしたの?」

「うーん……」

「何が気になるの? 話してごらんよ」

「ぼくの誤解かもしれないから……。ううーん……、話しにくいことだけど……」

「だから、言ってごらんって。これからも、ずーっと居心地をよくするためには、話し合わなけりゃいけないよ」

ミキは、そう言った後で、なんだか偉そうな物言いをしていることに気づいて、はにかんだ。

「そうだよね……。えっーとね、気のせいかなとも思うけれど、実は、ときどき男の人が、この部屋を、チラチラと覗いているような気がするんだ。もちろん、ぼくは、姿なんか見られないようにしているし、ドアも開けないようにしているけれど、とっても気になるんだ……」

「そうなの……、憲兵かな？」

「違う、沖縄の人だよ。いや、ヤマトンチュかな……」

「刑事？」

「刑事かもしれない。でも……、違うような気がする。ぼくには、サユリのお父さんのような気がする。あるいは、ミキのお父さんかもしれない……」

「まさか……」

「まさかだよね。でも、そんな気がして……。ぼく、どうしていいか分からなくてね」

「どっちでもないよ、たぶん……。でも、用心しなよ」

「うん、大丈夫だ」

ミキは、笑ってボブの不安を打ち消した。

たぶん、ミキの父親ということは、あり得ない。ミキは、島を出た後、一度も父親に連絡を取ったこともなければ、戻ったこともない。まさか、この居場所が分かるはずはない。

サユリだって同じだ。北部のN町には、両親が健在だと聞いてはいるが、ミキと同じように一度だって帰ったことがないという。もしあり得るとすれば、やはり刑事だ。用心しなけりゃならない。

ミキにとって、三人の生活は、せっかく手に入れた幸せなんだ。なんだか幸せという言葉は、そぐわないような気もするけれど、ボブが言うとおり、ここがミキにとっても居心地のいい場所であることは間違いない。

ボブやサユリと出会う前には、二十四時間営業のコンビニが居心地のいい場所の一つだった。

寂しくなると一日に数回はコンビニに立ち寄った。昔、国語の時間に習ったことがある。「ふるさとの訛なつかし停車場の人ごみの中にそを聴きにゆく」と……。東北の歌人石川啄木が、故郷を離れ、東京で作った歌だと教わった。きっとあの気分だ。停車場でなく、ミキにとっては、コンビニだ。コンビニの店長とも親しくなって、立ち読みも許して貰った。身体も許したことがある。

でも今は、ミキにとって、停車場は、このボブのところだ。ここ以外にはない。ここでミキの歴史が刻まれるのだ。

7

サユリが持ってきた新聞の記事には驚いた。ボブ以外に脱走兵がいたのだ。ボブが言うとおり、ボブはこの島に骨を埋めることが出来るかもしれない。ミキは、そう思うと、なんだか、複雑な気分だった。

サユリが職場で気づいたという新聞の記事は、次のような見出しで始まっていた。

傷害事件の被告は脱走兵／7年前に海兵隊を逃げ仕事転々

今月2日、浦添署が傷害容疑で逮捕した米国人の男は、7年前に在沖海兵隊基地を脱走した米軍人であることが、23日分かった。男は7年間、那覇市など県内各地を転々とし、米軍人であることを隠して、飲食店従業員や日雇い労務の仕事に就いていたという。逮捕されたのは、キャンプ・キンザー所属の上等兵マイケル・スティブンソン容疑者(29)。起訴状などによると、スティブンソン容疑者は6月23日午前10時ごろ、浦添市内のマンション駐車場に駐車中の乗用車内で、交際中の日本人女性(26)の顔面を素手で数回殴り、全治二週間のけがを負わせたとされる。スティブンソン容疑者は、逮捕時、別名を名乗っていた。しかし、入国歴が確認出来なかったため追及したところ、2001年11月に脱走。米軍に手配されていたことが分かった。

「七年間って、本当に驚きよね……。でも、考えてみると、ボブだって、もうすぐ一年間が過ぎるわけだから、七年間だって可能かもしれないね。私たちがついているんだから、ボブは、きっと記録更新が出来るよ」

サユリが、何だか、奇妙な笑みを浮かべながらミキに言う。ミキも苦笑を交えながら、サユリに言う。

「脱走兵って、たくさんいるのかしら?」

「さあ、どうかしらね……」

「戦場へ行けば、死んじゃうかもしれないんだから、アメリカ兵も大変よね」

「でも、うまくいけば、ボブは、私たちと一緒に、あの世までも一緒にいけるかもよ。それこそ、この世からの脱走兵ということになるかもよ」

サユリが、小さく笑い声を上げて冗談っぽく言った。

ミキは何だか、サユリの言っていることが、うまく理解できなかったが、とりあえず相づちを打つ。

「そうね……、私たちと一緒の方がいいかもね……。でも、うまくいくかしら」

「うまくいくよ。ボブの健康にさえ気をつけておけばね。それに、餌の与え方。ハンバーガーとビデオとパソコンと、そしてこの健康で若い私たち雌の肉体。これを適度に与えておけば……」

サユリが、しなを作って悪戯っぽく笑う。ミキも相づちを打つ。それから、サユリを見上げて再び尋ねる。

「記事に載っている脱走兵のこと……、ボブに教えておいた方がいいのかしら？」

「ほうっておこうよ。二人で用心すればいいんだから」

「そうね……、そうしようか」

「そうしようよ。優しい保護者が二人もいるんだから、ボブは大丈夫だよ。ボブには、頑張ってもらわなけりゃね」

サユリは、そう言って、目を細めるようにしてボブを見た。頑張ってもらうって、どういう意味なのか。ミキは少し気になったが、もう尋ねなかった。ミキもサユリと同じように応接間のボブを見た。

ボブは、ソファに横になって、テレビを見ている。サクッ、サクッという音は、スナック菓子を食べる音だ。横になった姿は、まるで「美《ちゅ》ら海水族館」で見たマナティだ。

ミキは、美ら海水族館には、職場の皆と一緒に日帰りの慰安旅行で出かけた。マナティに、キャベツを丸ごと投げ与えているのを見て驚いた。海の生き物だが、雑食だと説明された。もちろん、ボブにはキッチンのテーブルからキャベツを投げ与えるわけにはいかないが、でも、なんだか奇妙な苦笑が、ついこぼれていた。

8

ボブの健康に気を配っていたのに、ミキが病気になった。不覚だった。たんなる風邪だと思ったのに、なかなか熱が下がらない。

ミキは、三十九度の熱を出したまま病院へ行き、ベッドに横になって点滴を打ってもらった。二時間後に帰ってきたが、まだ身体中が熱い。職場に電話を入れて、休みを取った。

サユリは、ミキを見て気の毒そうな顔をしたけれど、看病はボブに任せっきり。料理だってボブに任せっきり。さっさと職場に出掛けてしまった。

ボブはこんなとき、本当に役に立たない。脱走兵なんだから、車の運転も出来ないし、付き添って病院へ行くことも出来ない。

ミキは、急いで布団に潜り込む。さすがに、ボブは、付き添ってやれなかったことが後ろめたいのか寝室を出入りし、うろうろと歩き回ってはミキの顔色を窺いにくる。健気にも、声まで掛けてくれた。

「ミキ……、ぼくのこと、心配しないでいいよ。ぼくは、インスタントのラーメンを食べるからね」

ほら、また、ヘマしちゃった。病人のあたしの食事は、どうなるのよ。まずあたしの食事を心配してくれなきゃ……。と、声を荒らげたくなるが、控えめに言う。

「ボブ……。あたしの食事は、いらないからね。ボブ一人で食べてね」

「うん……」

どうやら、ボブに、皮肉は通じなかった。自分の優しさを受け入れられたと思っている。これは、文化の違いじゃない。たんなるアホ野郎なんだと思う。布団を頭から被って、ちょっぴり、ピリ辛涙を流す。

ボブが、ミキの皮肉に気づいてくれたのは、二時間余も経ってからだ。冷たいオレンジジュースを持ってきてくれた。感激で、二倍もおいしさが増した。でも、本当のところは、ミキの皮肉の効果ではないような気がする。

ボブは、少し頭が弱いのかなと思ったりもする。なんでも一所懸命だけど、いつもヘマから逃れることは出来ない。大好きだというゴーヤーチャンプルーなんか、何度教えても上手に作れやしない。

ゴーヤーチャンプルーが上手に作れないからといって頭が悪いと決めつけるのは、やはり早計かもしれない。だが、ボブのことについては、実際分からないことが多すぎる。

でも、ボブのことを理解しようと思ったら、分かっていることを、少しずつ増やしていく以外にはない。そして、分かろうとすることが大切なんだ。そんな理屈、分かっているけれど億劫になってくる。

「ぼくは、ブッシュが嫌いだよ」

ボブは、よくそう言う。ボブのためにも、やはり分かろうとするべきなんだ。オレンジジュースのお礼を言ったついでに、ミキはボブに尋ねる。

「ボブ……、ボブはどうして、ブッシュが嫌いなの？」

「えっ？」

「ぼくは、アメリカに帰りたくない。ブッシュ大統領は嫌いだと、よく言うじゃん」

「ああ、そのことか……」

「ああ、そのことかって……、私は、あんたと一緒に、いつの日か、あんたが嫌いなアメリカに行くことが、夢なんだけどなあ」

「ううーん、ミキの夢、やっぱり保証できないよ。ぼくは、ここが気にいっているもん。ミキとサユリがいる沖縄。ここ以外、どこにも行きたくないよ」

「それ、本気？」

「本気も本気。呑気じゃないよ」

「どうしてなのよ……」

「だって、ぼく弱いもん。強くないもん……」

ミキは、今問いかけることを、止めてはいけないような気がした。

「何が？　何が弱いの？」

「心がさ……、そして、肉体もだよ」

「強くないと、アメリカでは生きていけないの？」

「そう、そうだよ。そういうことだよ」

「そういうことだよって、どうしてなの？」

「競争社会ってことさ」

なんだか、尋ねるたびに、ミキは、宿題を背負いそうな気がする。

「ボブは、夢はないの?」

「夢? 夢はないよ」

「夢がなくても、生きていけるの?」

「生きていけるさ。むしろ、夢があるから面倒なんだよ。日々が幸せであれば、それでいいよ」

「アメリカ帝国の国民が、そんなヤワな気分でいいの?」

「ぼくは、アメリカ帝国の国民であることをやめるためにここにいるんだよ」

「いつまでも逃げられないわよ」

「逃げてなんかいないよ。ぼくは選択しているんだ。ミキとサユリの居るこの沖縄を選択しているんだ。でも、ぼくの選択を、自由の国アメリカが、許してくれないんだ」

ボブは、頭がいいのかもしれない。ミキの方が混乱してしまう。

ミキは、生きるために何かを選択しただろうか。なぜボブと一緒にいるのだろうか。選択ではなく、ボブとの生活は、今でも偶然がもたらしたものだと思っている。

ボブは、時々得体が知れなくなる。ビデオだけではない。インターネットを玩具にして、遊んでいるが、とてつもない天才なのかもしれない。

ボブが開いているインターネットの画面は、ヨコ文字の画面が多いから、ミキが傍らから覗いたって、何が書いてあるか分からない。まさか「ハッカー」と称されるような悪人に、ならなければいいがと思う。

「ボブ、オレンジジュース、おいしかったよ。先に眠るわね。今日は、私にノータッチよ。病気が移るからね」

「ミキ……、ぼくが、みんな病気をもらってもいいんだよ」

「サンキュー、ボブ。お休みね……」

ミキは、混乱する。もうこれ以上話しかけないでくれと言う代わりに、頭から布団を被った。

また、ピリ辛涙が流れそうになる。

そのときだった。玄関からチャイムの音が流れてきた。ボブの表情が、緊張した。訪れる客は滅多にないのだが、まさか、憲兵?……。あるいは、刑事か?

「ピンポーン」

もう一度、チャイムが鳴った。ボブが慌ててベッドの下に潜り込んだ。

ミキは、ためらった後、ベッドを降りて、スリッパを履いた。

9

サユリが東京の生まれだとは知らなかった。沖縄本島北部N町の出身だと嘘をついていたのだ。それに、東京に両親が居ることも知らなかった。サユリは、このことをも隠していた。あるいは、と思うこともあったが、やはり騙されていたのだ。

ミキはショックだった。サユリに嘘をつかれたことも辛かったが、嘘を見抜けなかったことも辛かった。なぜ、嘘をついたのか。サユリは答えてくれない。ニカッと笑って、いつものとおり、やり過ごそうとしている。ミキは混乱したまま、眉毛をほとんど抜いたサユリの表情を見つめて、小さなため息を漏らした。

ミキたちの住んでいるマンションを訪ねてきた男は、サユリの父親だった。母親が胃癌を煩って入院した。一年ほど治療を続けたが、悪性の腫瘍で身体中に癌細胞が転移をしている。サユリに会いたがっている。是非、母さんの願いを叶えさせてやりたい。痩せ衰えた母さんを、サユリに見舞ってもらいたい。そういうことだった。それだけを言うために、東京からやって来たのだと言った。

ミキは、ドアの陰から男の姿を見たとき、一瞬、ボブを逮捕に来た刑事かと驚いたが、すぐにそれが間違いだと気づいた。そう思うには、あまりにも男はやつれていた。表情もくすんでいた。サユリの、父だと名乗られ、部屋に招き入れた。目の前で、涙を堪《こら》えている男の顔を、じっと見つめていた。白髪が交じり、頬がこけている。看病疲れからであろうか、サユリが話してくれた快活な教師のイメージはまるでなかった。ベッドの上の母親は、もっと痩せているのだろう。

「サユリの父さんは、サユリに、何度もごめんよって言っていたよ」

ボブが、傍らからサユリを諭す。

ミキは、ボブを隠したままで、サユリの父親の話を聞いたが、たぶん、ボブは寝室から応接間を覗くようにして、聞き耳を立てていたのだろう。

ミキたちの部屋の間取りは、玄関から入ると、左手にキッチンと、それに続く広い応接間がある。右手には、トイレ、洗濯室、洗面所、浴室が並んで、その奥に寝室がある。寝室は、二間を仕切る板戸を外して一つ部屋にして、二人で大きく使っている。押入やタンスもこの部屋にある。寝室と応接間からは、ベランダにも自由に出入りすることが出来る。

ミキは、チャイムを鳴らした訪問者がサユリの父親だと知ると、キッチンを素通りして応接間に案内した。ボブは、久し振りに兵士に戻って、ミキたちの様子を窺《うかが》ったに違いない。

サユリが、突然、声を荒らげて返事をした。何を言ってもニカッニカッと笑っていたのに、ミキとボブを睨みつけるようにして大声を上げげた。

「あんたたちに、何が分かるんだよ。父さんに丸めこまれたんじゃないの。あんなヤツ、父さんなんかじゃないんだよ」

「でも、母さんは、母さんなんでしょう」

「何、訳の分からないこと言ってんだよ。母さんは、おどおどして、父さんのご機嫌ばっかり窺っていて、母親らしいこと、何もしてもらったことないよ」

サユリは、かなり興奮していた。声と一緒に荒々しく吐く息が、聞こえるほどだった。束ねていた紐を振りほどいて、長い髪を振り乱した。

「そうよ、私は嘘をついてたわ。ウチナーンチュなんかじゃないよ。東京生まれの東京育ち。立派なヤマトンチュだわ。ミキ、あんたとは違うのよ」

私とは違う？　どこが違うんだろう……。なぜ、サユリは、ウチナーンチュなんて、嘘をつく必要があったのだろう。

「父さんには会ったわ。私の職場にもやって来たからね。あんたが、私の職場を教えたんでしょう？　余計なことをしてくれたわね」

「余計なことではないよ」

ボブが傍らから、助け船を出す。

サユリの父さんは、ミキと相対しているとき、ポケットの携帯が鳴って慌てて席を立った。母親の急変を知らせる病院からの電話だった。サユリが帰ってくるまで待っていてくれとは言えなかった。顔を曇らせ、目を赤くした父親に、ミキはサユリの職場を教えてやったのだ。

サユリは、ボブの言葉も邪険に振り払った。

「今さら、ごめんよって言われてもね……。この十年、どうするんだよって感じ。私の青春は、もう戻らないのよって感じ。そんな一言で、すべて清算出来るわけなんかないよ。絶対、許さないから……」

「サユリ……、あんたの父さんは、母さんと父さんに謝る機会を与えてくれって、言っていたよ」

「あんなヤツ、父さんじゃないって」

「育ててくれた父さんでしょうが……。あんたを探すの、大変だったって言っていたよ……」

「何を、今さら……。父さんはね、あたしが、子供を堕胎《おろ》したときにだってね、病院に来てはくれなかったんだよ。男に騙されて、逃げられて、悔しくて、悲しくて、おいおい泣いているときにだよ。何を今さら……」

「……」

「でもね、あんたに出て行かれて、あんたがいなくなって、やっと目が覚めたんだって。この十年間、母さんと二人で、何度も何度も、あんたを探したって言っていたよ。警察にも依頼して……、やっと沖縄に居ることを突きとめたんだって……。あんたは一人娘なんだってね。あんたたち家族の深い事情は知らないけれど、戻ってあげれば……」

「あたしはね、ボブとミキが居ればいいんだよ……。ね、ボブ」

「見舞ってやんなよ、サユリ……」

「嫌だってば……」

「早くしないと、間に合わないわよ」

「……あんたたち二人ともグルなの？」

「グルってことはないよ」

ミキは、なんだか切なかった。何度言っても、無駄だった。サユリのところまで言葉が届かない。サユリと出会った日、あんなに簡単に意気投合し、すぐに一緒の生活を始めたのに……。サユリとなら、たぶん理解し合える。同じ痛みや寂しさを共有できる。そんなふうに考えていたのに、なんだか、話す度に得体の知れないサユリが飛び出してくる。年齢だって、偽っていたのだ。

突然、サユリの声色が変わった。

「ミキ……、あたし考えたんだけどさ。こんな生活、もう終わりにしない？」

「えっ、どういうこと？」

「別れるんだよ」

「えっ？……」

「あたしだけのボブにしたいんだよ。もう、サンドイッチ生活は、やめるんだよ」

「私は、このままでいいけれど……」

「だから、あたしはこのままではよくないの。我慢できないの」

なんだか、話の矛先が変わってきた。どうやら、サユリは本気らしい。

「急に、そう言われても……」

「簡単なことだよ。ボブに決めてもらえばいいさ。あんたか、あたしか、どっちかを選ばせてやるんだよ。民主主義だよ。恨みっこなしよ」

サユリは、そう言って立ち上がった。そして、一枚ずつ服を脱いだ。

「どうしたの？　サユリ……」

「あんたも、脱ぎな……。今ここで、ボブに決めてもらうんだ」

「別に脱がなくても」

「脱ぎな！　って、言っているんだよ！　ごちゃごちゃヌカスな、このアマ！」

サユリは、ミキの襟元を摑んで引きずった。ボタンが、千切れ飛んだ。ミキは、座ったままで引きずられた。

「あたしはね、こんな気分なときに、ボブにメチャクチャにしてもらいたいんだよ、あんたに遠慮なくね、心も体も隅々まで、ひっくり返してもらいたいのよ」

「そうして、きたじゃない」

「そうして、きた？　あんた、そうしてきたの？　あたしは、ずーっと我慢してきたわ……」

サユリが、吐き捨てるように言う。

「男と女の関係って……、そんなもんじゃないはずだよ」

ミキは、小さな声で抗《あらが》う。

「そんなもんさ。ひっくり返し、ひっくり返されれば、それでいいんだよ。さあ、ボブ、あたしとミキとどっちがいいか、今すぐに決めるんだよ……」

全裸になったサユリが、ボブの傍らに立った。ミキの目の前に、サユリの股間の膨らみと、黒々とした陰毛が見える。目を上げると、二つの乳首が、ミキを威嚇しているように見える。なんだか別のサユリだ。ミキの知らないサユリが突然飛び出してきた。互いに理解し合っていると思ったのに、やはり気分だけのものだったのだろうか。

ボブが、慌てて立ち上がって、サユリの服を取って、身体に掛けようとする。サユリは、それを邪険に振り払う。

ミキは、サユリのそんな仕種を見て、だんだんと我慢が出来なくなってきた。これまで嘘をつかれて騙されてきたという不満もあった。大きく息をつくと、一気に叫んだ。

「ボブ、メチャクチャにしてやんなよ。サユリをメチャクチャにしてやんなよ。それで、気が済むのなら、そうしてやんなよ、ボブ、ついでに、メチャクチャに、ぶん殴ってやったらいいんだよ」

ミキは、立ち上がってボブの元に駆け寄ると、両手でボブを突き押した。ボブがサユリにぶつかる。サユリが、一瞬腰を引いたが、すぐに立ち直る。乳房を持ち上げるようにして両手を組み、ひるむことなく虚空を見つめていた。

10

サユリは、やはり母さんの見舞いには行かなかった。それだけではない。告別式にも参加しなかった。父親から届いた「母さんが、死んだ」という連絡を一顧だにしなかった。

ミキもボブも、もうこれ以上は何も言わなかった。なんだか、空《むな》しかった。

ミキは、サユリに対してお利口さんに振る舞っているが、自分だってお利口さんに振る舞えなくて、島を出てきたのだ。どんなふうに生きようと、サユリが決めることだ。あまりにも、父親の側の意見に荷担し過ぎたかなと思った。サユリを見失っていたのは、ミキ自身ではないか。そんな思いに捕らわれて、反省させられた。

サユリは、母親の死の知らせがあってから二日目の晩に、マンションの風呂場で手首を切った。やはり、自分の思いを、はっきりと告げるべきだった。もっと、もっとたくさんのことを、話し合えばよかった。知らないサユリが飛び出してきたが、あれもサユリだったのだ。ミキは後悔した。

ミキの出勤後、深夜の携帯に、ボブから電話が入った。なんだか胸騒ぎがしたが、必ずしも予想していたわけではなかった。

「ミキ、大変だあ……。サユリが倒れているよ。血の海だよ。風呂場が血だらけだよ」

ボブの大変だあを、今度は笑うことが出来なかった。

ミキは、すぐに休みを貰ってマンションに帰り、救急車を呼んだ。

「気づかなかった……。物音一つ立てなかったんだ……」

ボブは、またヘマをやったんだ。サユリの精神状態が高ぶっていることは、ミキもボブも知っていたはずだ。用心するようにと言い置いて、仕事に出掛けたのだが、ボブはきっと、ビデオを見ていたんだ。ボブは、夢中になると、ミキがいることも、サユリがいることも忘れてしまう。

サユリは、寝室のベッドに移されていた。血の気が失せている。風呂場を覗くと、まだ、浴槽いっぱいの血だ。思わず嘔吐《おうと》しそうになって口を押さえる。ボブが、アイ、ミスと言わないだけ、まだましかもしれない。でも、取り返しのつかないミスだ。

ミキは、ベッドに横たわっているサユリの顔を覗き込む。脈はある。呼吸もしている。生きている。涙が止まらない。

「サユリ、大丈夫だよ。しっかりするのよ……。サユリ、頑張るんだよ！」

サユリの手首には包帯が巻かれ、血は止まっている。ボブの兵士としての応急処置の知識が役に立ったのかもしれない。

「ボブが、巻いてくれたの？」

ボブが、黙ってうなずく。

「有り難う、ボブ……、役に立てたんだ」

ミキは、思わず涙がこぼれそうになる。

ミキは、こぼれそうになる涙をぬぐい、傍らに立っているボブに向かって、再び労をねぎらい感謝の意を述べる。それから救急隊員が来る前に、壁に掛かった男物の衣類を隠すようにと言う。そして、救急隊員が来ている間は、ずーっと隠れていた方がいいと言う。なんだか、こんなときに、こんな話をするのは寂しかったが、仕方がない。ボブもうなずいた。

ミキは、再びサユリの頬を両手で撫でた。それから涙をふき、強くサユリの手を握った。

11

サユリは、やっとのことで命を取り留めた。意識が回復したのは、救急病院へかつぎ込まれてから二時間ほど経ってからだった。

特に、後遺症が残る心配はなかったが、しばらく入院が必要だと言われた。とりあえず、ほっとしたが、ミキは落ち込んだ。無気力になり、何もかもが嫌になった。何もしたくなかった。何もかも、もうどうでもいいように思われた。

サユリの職場へ、しばらく休む旨の電話をしたが、その他は何もしなかった。

「島へ帰りたいなあ……」

ミキは、朝食のパンを一口かじってから、ぽつんとつぶやいた。サユリが入院した後は、何をやっても気は晴れなかった。ボブとは口も利きたくない。もちろん、こうなったのは、ボブのせいではない。たぶん、だれのせいでもない。強いて言えば、サユリ自身のせいだ。いや、サユリのせいでもないかもしれない。

なんだか、なんでもない一日一日が、得体のしれない何かに支配されているような気がする。ミキたちの運命を弄《もてあそ》び、狂わせている魔物のようなものがいるのかもしれない。闘っても無駄なのだ。だから無性に腹が立つ。いや、腹を立てるのさえ嫌になる。

ボブは、一所懸命パンを焼き、ハムを焼き、卵を焼いて、皿に並べてくれる。さらにコーヒーを淹れて、ミキの前に置いてくれる。

しかし、ミキは、テーブルに就くと、ボブとは口も利かずに、並べられた食事を見ながら、そっとパンだけを口に入れた。

ボブも、ただ黙って、パンを食べ、コーヒーを飲んでいる。サユリが入院してからは、これまでミキが作っていた朝食も、ボブが代わりに作ってくれている。

ミキは、そうしてもらっているけれど、何も考えられない。どうしたわけか、故郷のことばかりが頻《しき》りに思い出されて、思わずつぶやいてしまったのだ。

「母さん、どうしているかなあ……」

ミキは、N島の中学校を卒業すると、本島に在る高校へ入学した。しかし、教師と対立して学校へ行くのが嫌になり、退学した。一時期、島に戻ったが、またすぐに島を離れ、本島へ移り住んだ。もう島へは戻れないと思った。早く島を忘れたかった。若くても高額な現金が手に入る水商売へ、すぐに首を突っ込んだ。十八歳になったばかりだった。

最初のころは、若さゆえに随分無茶な働き方もした。恋愛もした。涙もたくさん流した。職場も何度か変わったが、職種は変われなかった。この仕事に就いてから、いつの間にか七年余の歳月が流れていた。あるいは、自分には、もうこの仕事しか出来ないかもしれないとも思っている。

「ミキが島に行くなら……、ぼくも、ついて行きたいなあ……」

ボブが、ミキの顔を見ずに言う。ミキもボブの顔を見ずに言う。

「あれ、何言っているのよ、あんたは……。すぐに捕まるわよ」

「大丈夫だよ。たまには、外の空気も吸わないとね。それに……」

「それに、なんだよ……」

ミキは、ボブの顔を見た。

「それに、ぼくの体型は、一年間でだいぶ変わったよ。デブになったし、頭も大きく禿げた」

ボブが、奇妙な微笑を浮かべて、お腹と頭を撫でている。

ミキは、それはそうだよ、と言おうとしたが、黙って笑みを浮かべてコーヒーを飲んだ。ぶえっ。吐き出しそうになるほど苦い。また、ボブのヘマだ。

しかし、ここは我慢して、ごくりと喉の奥へ、コーヒーの液状塊を急降下させる。それと一緒に、ボブへのわだかまりも落ちたかもしれない。ボブと一緒に、島を訪ねてみようかなという気分になる。

ミキは、マスターに相談して仕事のやりくりをし、一泊だけの休暇を貰った。サユリには黙って旅立つことにして、ボブと一緒に船に乗った。

泊《とまり》港から一時間ほどの旅だが、ミキには久し振りの船旅だった。船上から眺める島の美しさに圧倒された。島を離れるときには気づかなかった美しさだ。緑の山、青い海、白い砂浜、息づいている珊瑚礁、柔らかな波頭……。近づいてくる島は、何もかもが新鮮で美しかった。ボブも、感嘆の声を漏らした。

ボブと二人、手を組んでデッキの上で潮の香りを身体いっぱいに浴びた。懐かしい海の匂いとエンジンの匂いが心地よく身体を包んだ。

しかし、そのような懐かしい思いが溢れてくると同時に、ミキは、少しずつ憂鬱になっていった。やはり帰るべきではなかったのかもしれないと、後悔し始めた。

ミキは、島影が近づくにつれて、ボブが話しかけても、うなずくだけで、不機嫌になり寡黙になっていた。

N島の小さな港は、昔とちっとも変わっていなかった。ひび割れた護岸。干涸らびて打ち捨てられた荒縄。赤錆びた鉄の重機……。みんな昔と同じ風景だ。なんだか、どの風景も、寂しかった。

ミキは、立ち竦んだままで、船のタラップを降りることが出来なかった。

「どうしたの？　ミキ……」

ボブにも、ミキの変化が分かったのだろう。不安げに、ミキに寄り添ってつぶやいた。

「ボブ……、やはり駄目だわ。島には降りられないよ。帰ろう、ボブ。ごめんね……」

「帰ってもいいけれど……、あんなに楽しみにしていたのに、それでいいの？　島に戻って、母さんをびっくりさせたいって言っていたのに……。久しぶりの、母さんの手料理が楽しみだって……」

「ボブ、駄目なの……。母さんのいる家には、やはり戻れない」

ミキの目に、潮が満ちてくるように涙がにじんできた。それから徐々に増えて、こぼれ落ちた。ミキは、船縁《ふなべり》にもたれ、涙をぬぐった。眼下を見ると熱帯魚が泳いでいた。幼いころ、寂しくなるとこの港にやってきて何度も眺めた昔のままの光景。何もかも変わらない光景。この光景がミキを、怖じ気づかせていた。ミキは、大きくため息をついて船室に戻った。

結局、ミキとボブは、一度も島に降りることなく、船に乗ったままで、再び泊港に戻った。そして、せっかくだからと、港近くのホテルに、急遽、宿をとった。

ボブにも、ミキの訳《わけ》ありの様子が、手に取るように分かっていた。だから、その理由を詰問することも、すぐにやめた。だれにだって、辛い過去があるのだ。

ボブは、ミキが島に上陸出来ない理由は、あるいはボブが故国へ帰れない理由と同じかもしれないと思った。それなら、なおさら問い詰めることは、よそうと思った。

ボブは、故国で被った自分の辛い過去を、死ぬまで語らないつもりだ。墓場に持っていく。そう決めている。ミキにも、そのような過去があるのかもしれない。

しかし、黙って、ミキを見ていることは辛いことだった。何もしてあげられないことが分かるだけに、辛かった。

ホテルのレストランで遅い夕食をとった後、部屋で、二人で缶ビールを飲みながら、テレビを見ているときだった。

「ボブ……、ごめんね。今日は、びっくりしたでしょう」

ミキの目は、すでに潤んでいる。ボブは、自分の過去を語るまいと決意していたが、ミキは、今、語ろうと決意しているように思われた。ミキの過去を担えるだろうか。ボブは、これから話されるであろうミキの決意に身構えた。

「実はね、ボブ……」

ミキは、そう言うと、もう言葉を詰まらせていた。ボブは、そんな弱いミキを見るのは初めてだった。

ミキは、目元ににじんだ涙をふいて、もう一度、身構えて話し始めた。ミキにとっても、だれにも話したことのない過去なのだ。

「ボブ……、私の父さんと母さんはね、島で民宿をしているのよ、知っていた?」

「いや、知らなかった。初めて聞くよ」

「そうだよね、話したことなんか、なかったもんね」

ミキは、苦笑しながら、言葉を飲み込んだが、すぐに顔を上げて話し出した。

「私はね……、父さんを好きになったの……」

ミキは、ボブの緊張した表情を見ながらも、なんのために、こんな話をしようとしているのかは、分からなかった。自分の感情が摑めない。理屈も摑めない。でも、目の前にボブがいる。そのボブに話さなければならないと思った。大切なことは、あるいは理屈や感情とは、あまり関係ないのかもしれない。

「私はね、父さんを愛してしまったのよ」

「えっ？　どういうこと？　ぼくにはよくわかんないよ」

「そうよね、よくわかんないよね……。考えられないことだよね……」

「……」

ボブの口が、開いたままで、しまらない。緊張感が押し寄せてくる。

「私の父さんはね……、死んじゃったの、遺書も残さずにね」

「えっ？　今、父さんに、愛されたって……」

「そう、二番目の父さんにね……。母さんは、再婚したの」

「そ、そう……。そう、なの」

「私はね、母さんの再婚相手の二番目の父さんを、好きになってしまったの。私が父さんをレイプしたのかもね……。私の島の周りには、綺麗な珊瑚礁がいっぱいあるの知っているよね。ダイビングスポットがいっぱいあって、観光客もよく来るのよ……」

ミキの話が、支離滅裂だ。ボブは混乱してしまった。ミキの話の内容から無理もないことだとは思うが、ボブは用心深く聞きながら、ミキの話を整理する。

まず、ミキには二人の父親がいる。最初の父親は、ミキと母親だけを残して事故に遭い、死んでしまったこと。素潜り漁に一人で出かけ、海底で沈んでいるのを仲間の漁師に発見されたが手遅れだったこと。母親は、民宿を続けたが、民宿を手伝ってくれていた年下の若い男と結婚したこと。それがミキの二番目の父親。その父親に、ミキも好意をもっていた。ある日、酒に酔った父親を介抱しているとき、二人は肉体関係をもってしまった。ミキは高校生になっていた。父親は、自分の行為を恥じ、ミキに謝ったが、しかし、ミキは父親をどんどん好きになっていった……。

「父さんの突然の死で、母さんはとてもショックを受けていた。母さんが立ち直ることが出来たのは、今の父さんのお陰ね。もちろん、私もそうだよ。父さんは、本土から島に渡ってきて、民宿を手伝っていたの……。父さんが島に渡ってきたのには、いろいろと事情があったのだけれど、私は、母さんからそんな事情を聞いて、母さんと二人で同情もしていたの……」

ミキは、そう言って、再び溢れた涙をぬぐった。それからもう一度、顔を上げ、二番目の父さんが島に渡ってきた事情を話し出した。ボブにもその事情が、深刻なことがすぐに分かった。ミキの父さんは島に逃げてきたのだ。

ボブは、ミキの話を聞きながら、思わずアメリカに居る自分の家族のことを思い出していた。二番目の父さんの家族の物語は、あまりにも自分の家族と似ていたからだ。ボブだって、一つ歯車が狂えば、ミキの父さんのように遠くの島へ旅立っていたかもしれない。ボブは、島ではなく、軍隊に逃げ込んだのだ……。

「父さんと、肉体関係をもったのは、あるいは、私がそうなることを望んでいたからかもしれない。私は、その後も、何度か父さんに抱かれたの。私は、父さんを誘惑し、脅迫したようにも思う。父さんは、ためらいながらも、結局は、私の言いなりになったの。そして、私は、父さんをだんだんと好きになっていったの。おかしいでしょう、こんなの……」

ボブの唇が動いて、何かを語ろうとしたけれども、言葉は出なかった。

「でも、とうとう、母さんに感づかれてしまって……。母さんは、私を怒るのではなく、父さんを怒ったの……。父さんは、死んで詫びようとしたけれど、母さんに泣いて止められたわ。私は、父さんも母さんも、苦しませてしまった。何度か、母さんに謝ろうとしたけれど、出来なかった……」

ミキは、話し始めてからすぐに、身体が小刻みに震え出しているのを感じていた。その震えは、やがて全身に広がっていた。話す度に震えは高じてくる。なぜだか分からない。きっと、ボブにも隠すことの出来ない震えになるだろう。ミキは、そう思ったけれど、覚悟を決めて話し続けた。

「島には、大好きな母さんも、父さんもいるの。死んでしまった実の父さんのお墓もあるの。でも……、やはり、戻ることは出来ない」

ボブは、ミキの傍らに寄り添って、ミキの肩を強く抱いた。ミキは、ボブ以上に強く、腕に力を込めてボブを抱いた。ミキの震えが、ボブに伝わってきた。

「どうすればいいの、ボブ……。私は、きっとだれからも許されないよ」

ミキはそう言って、堰を切ったように涙を溢れさせ声を上げて泣いた。もう自分の感情を止めることは出来なかった。同時に、今まで秘密にしてきたことを、どうして話してしまったのかと、再び不思議な感慨に捕らわれた。それも、ユナイテッドステイツの脱走兵ボブにだ。話したからといって何かが変わるわけでもないのだ。しかし、後悔はなかった。そんな矛盾する感情にも揺さぶられていた。

「ミキ……、それでも、生きていかなくっちゃね……」

ボブの控えめな励ましに、ミキは顔を上げる。

ボブが笑顔を作って、ミキを見る。

「ミキも、ぼくと同じエスケープソルジャーだね。脱走兵だよ……。でも、ぼく、もう一度、考えてみるよ、自分のこと……、ステイツの家族のこと……」

「……」

「ミキのことも、一緒に考えること、出来ると思うよ」

ボブは、そう言って、ミキの髪を優しく撫でた。

「ボブ……、有り難う」

ミキは、自分の頬を流れる涙の温かさを感じながら、同時にボブの体温のぬくもりをも感じていた。ボブと同じように強く、両手でボブを抱きしめた。

ハンバーガーボブ、のろまなボブ、ヘマばっかりしているボブ……。でも今度だけは、ヘマしないで、シッカリと自分を受けとめてくれたんだ。ミキは、そう思うと、いつしか、涙をぬぐい、苦笑をこぼしていた。

12

サユリが、退院してきた。また三人で、いつもどおりの生活が始まった。サユリが、ひととおりの御礼を、ミキとボブに述べた後、ニカッと笑った。それで、終わり。それで嘘みたいに、何もかもが元通りに戻った。まるで数日間の出来事が、消えたように思われた。いや、出来事でなく数日間そのものが消えたように思われた。

ミキは、そんなんでいいのかなと思ったけれど、そんなんでいいのかもしれなかった。なんだか、サユリは、そんな不思議な力を持っているように思えた。不思議な感覚だった。それでも、サユリはときどき、バツが悪いのか、ニカッニカッと笑って、ぼそぼそと、つぶやいた。

「あたし、だいぶ世話になったみたいね、ごめんね」

なんだか、拍子抜けというか、今度こそ、何もかも、はっきりさせなけりゃ、とミキは意気込むのだが、サユリのニカッを見ると、そのたびに気持ちが萎えた。まあいいか、って感じで、時が流れ始めた。自分のことだって、はっきりさせることは出来ないのだ。

ボブも、緊張感が萎えたのだろう。またヘマが始まった。今度は、風呂場の水を止めるのを忘れた。水が、溢れ出してキッチンの床上まで浸水した。どんなに浸水しても、溺れるわけではないから、どうでもいいことのようにも思われたけれど、やはり、怒りと不満を言わなければならない。まさか、風呂場の中のサユリの姿がトラウマになっているわけでもあるまい。まったく、ヤワな海兵隊員だ。

ミキの脳裏に、港の近くのホテルでの優しかったボブのことが浮かんできた。あの日のことを思い出すと、感謝し過ぎることはない。だからといって、見逃す訳にはいかない。いつものとおりがいいのだ。いつものとおりに怒らなきゃ。互いにどんな過去を背負っていても、現在は平等なのだ。ミキもサユリも、そしてボブも……。平身低頭して謝っているボブに、ミキは思い切り悪態をついた。

「ボブ……、あんたは、それでもユナイテッドステイツの海兵隊員なの。本当にあきれるわ。何度、ミスすれば済むの。今のは、ミスでないよって開き直れば……。そうすれば、カーペットだって、喜ぶかもよ……」

実際、台所のカーペットは、もう使えないだろう。一度のミスで死んでしまうことだってあるのだ。

ボブとサユリとミキとの三人の生活は、あと何年続くのだろうか。本当に脆《もろ》い関係だとも思う。サユリが言っていたように、ボブと、どちらかが結婚すれば、新しい関係が生まれるのだろうが、そういう訳にもいくまい。ボブは脱走兵なのだ。

たぶん、そういうことになれば、当然、そのときには、この生活が壊れる時だ。ミキもサユリも、ボブと結婚出来るわけがないのは分かっている。脱走兵のボブは、いくら体型が変わっても、いつまでも脱走兵のボブなのだ。

でも、ミキは、ボブと二人で島に行ってからは、ボブにも、なんだか変化が現れてきているような気がする。脱走兵のボブが、大胆な行動が取れるようになってきた。一緒に、ドライブを楽しんだり、夜の浜辺を散歩することが出来るようになった。少しずつだが、何かが変わり始めている。もちろん、何もかもが急激に変わることはないが、近い将来、あるいは脱走兵ではなくなる日が来るかもしれない。ぼく、もう一度、考えてみるよ、家族のこと……、とか言っていたような気がするが、そのせいだろうか。

コンビニの店長は、最近はミキには冷たい。おべっかも、お世辞も言わなくなった。ミキの変化に気づいているのだろうか。それとも、単に、ミキが三十路《みそじ》に近い年齢になったからだろうか。誘われて肌を重ねたことが、ずーっとずーっと昔のことのように思われる。ボブに出会ってからは、自慢じゃないけれど、ミキは、ボブ一筋で貞操を守っている。

サユリの快気祝いにと、三人で、名護市までドライブすることを計画した。深夜のM社のドライブインで、たらふくハンバーガーを食べて、帰ってくる。ドライブインは、那覇からだと、名護市の入り口にある。

ボブにこのことを話すと、手を叩いて喜び、「ロッキー」のビデオを見た時と同じように、興奮してシャドーボクシングをしながら部屋中を小走りに駆け回った。

ドライブインでは、ボブは三個のハンバーガーと、キングサイズのルートビアを二杯も飲んだ。そんなボブの仕種がほほえましかった。ミキは、母親のような、姉のような、恋人のような、ハッピーな気分だった。サユリも、ニカッニカッを、いつもより多く連発して、目を細め、顔を上げて笑った。

「アイアム、ボブ」

ボブも、ミキたちと同じような気分だったのだろう。帰りの車の中で、珍しく陽気になり、訳の分からない言葉を、次々と吐いた。

「ボブは、ルートビアで、酔ったかもね」

助手席のサユリが、背後に座っているボブを冷やかす。ボブは、それでもお構いなしにぶつぶつと、独り言をつぶやいた。例の、アイ、ミスで始まる早口言葉でしゃべりまくっている。ミキとサユリは、お手上げだ。

それから、窓を開け、入り込む冷たい夜風を受け、ボブは闇に向かって、さらに一人でつぶやき、一人でうなずき続けた。

「アイアム、ボブ・マクレーン。アイアム、エスケープソルジャー」

ボブは、今何を考えているのだろう。ミキには、想像もつかない遠い世界のことだろうか。いや近い未来のことかもしれない。なんだか、少しずつ、少しずつだが、ボブのところに近寄っているような気もする。

ミキにとっても、久しぶりの長距離ドライブだ。免許を取り立てのころは、嬉しくて、何度か同じクラブの女の子たちとドライブをした。中古の車でも、新車の気分だった。少しばかりアルコールが入ったって、ヘッチャラだった。

月の光も、久しぶりに見るようで、美しかった。島にいる母さんも、この月の光を浴びているのだと思った。母さんは、今でも許してくれないだろうか。父さんは、今でも苦しんでいるのだろうか。死んだ父さんは、どう思うのだろう……。やはり、確かめることは出来なかった。

「ストップ!」

突然、ボブが叫んだ。

ミキは、慌ててブレーキを踏んだ。車を徐行させ、左側の路肩に寄せて止めた。

「どうしたの、ボブ？」

「走ってみたいんだ」

「えっ？」

「あの白い砂浜を、走ってみたいんだよ」

ボブは、そう言うと、ミキの返事を待たずに、車のドアを開けて飛び出した。あのデブのボブが、と思えるほど、身軽にガードレールを飛び越えて浜辺に降りていった。

ミキは、もう一度、車を発進させて広い右側の路肩を見つけると、車を止め直した。エンジンのスイッチを切る。それから、サユリと二人で、顔を見合わせながらボブのいる砂浜に降りていった。

ボブは本当に走っていた。人影のシルエットが、海辺のきらきらと光る青さを背景にして動いていた。ミキのサンダルの中に砂が入り込む。しかし、ミキは気にならなかった。むしろ砂の冷たい感触が、懐かしく心地よかった。

こんな夜には、きっと人魚がやってくる……。ミキは、島に伝わる伝説を思い出した。波の音を聞き、遠い水平線をじっと眺め続けた。

「ミキ、私の秘密、教えてやろうか……」

サユリが、小石を取って、海辺に向かって投げた。

「スニーカーはね、父さんが最後に買ってくれたプレゼントなんだよ。嬉しかった、いつまでも履けなかった……。私のお守りなんだ」

サユリが、小石をつかんだまましゃがみ込んだ。

ミキも、父さんや母さんのことを思い出していた。ミキへの両親からの最後のプレゼントは、何があったのだろう。

ミキは、苦笑する。二番目の父さんからは、とてつもなく大きなプレゼントをもらったのだ。父さんの子供を妊娠してしまったのだから……。

どのくらいの時間、ぼんやりしていたのだろうか。気がつくと、ミキの視界から、ボブのシルエットが消えていた。ボブがいない。ボブが、消えた。ボブが二人の前から脱走した。

ミキの脳裏に、一気に不安が押し寄せてきた。まさか、と思われたが、あり得ないことではなかった。

「ボブが、いないよ……」

サユリも立ち上がって、辺りを見回した。

「まさか……」

サユリが、泣き出しそうな声を上げた。

ミキも、もう一度、目を凝らして辺りを見回した。

「ぼくにも、夢があるんだ……」

ボブは、ガードレールを飛び越えるとき、なんだか、そんなふうに言っていたような気がした。ミキたちの前から、夢を求めて脱走したのか。夢なんか、いらない、ミキとサユリのいる場所が、一番の幸せの場所だって言っていたのに……。

「ボブ！　ボブ！」

ミキとサユリは、二人で声を合わせて、闇に向かって呼びかけた。やはり、返事はない。緊張で声がかすれて、大きな声が出ない。

ミキは、サンダルを脱いで手に持った。右の方向だ。確かに右の方向へ走っていったんだ。ミキは、深い砂に足を取られながらも、サユリと一緒に駆け出した。息が切れた。

やはり、ボブの姿は見えなかった。もう一度、二人は声を合わせてボブを呼んだ。返事がない。波の音が聞こえてくる。人魚は、男をさらっていくという。まさかと思う。奇想天外な島の伝説なんだ。いや、あるいは人魚に誘われて、男は水の中に入っていくのだったか……。

海の方へ目をやる。銀色の波の上を、光がきらきらと跳ねている。陸の方へ目をやる。車のヘッドライトが、次々と通り過ぎていく。助けを、求めようか……。

「ミキ！」

ボブの声だ。モクマオウの樹の影から、人影が現れた。

「サユリ！」

やはりボブだ。思わず涙がこぼれそうになる。

「二人とも、何、慌てているんだよ……。ぼく、おしっこ、おしっこ。ルートビアおしっこだよ」

ボブが、相変わらず下手な冗談を言いながら、ミキたちの所へ歩み寄ってくる。

ミキは、待ちきれずに走り出してボブに抱きついた。ボブの身体から汗の匂いが溢れている。

サユリも走り寄って、ボブの背後から抱きついた。

「どうしたんだよ、二人とも……」

ミキもサユリも、言葉が出ない。

「ぼく、アダン（阿檀）のとげに刺されたんだ」

ボブったら、また、ヘマをやったんだ。ミキとサユリは、二人でボブをサンドイッチにしたまま離さない……。

ボブは、ミキとサユリの嗚咽《おえつ》しながら流す熱い涙の意味が分からない。興奮した二人の感情が分からない。当然と言えば当然だ。ミキにだってよく分からない。ボブは、二人に抱きかかえられながら戸惑っている。

サユリが、ボブの耳元で何かを叫んでいる。

「いいのよ、いいのよ……」

ミキの目から涙がとまらない。なんだか、よく分からないけれど、こんなふうにして、これからも三人で生きていければいい。あるいは、この場所から、それぞれの思いに忠実になって羽ばたいていければいいのだ。

「ミキ、どうしたんだ?」

「なんでもないったら……」

ミキは、腕を放して、涙をふいた。そして、サユリの手を握った。サユリは、そのミキの手をボブの右手に握らせた。そして、ボブのもう一方の左手を自分が握った。ボブを間に挟んで三人で、手を大きく振って歩き出した。

「ミキ……、いろいろと有り難うね」

「ううん、サユリ……、こちらこそ、有り難うね」

サユリの表情は、薄い闇の中で分からない。でも、きっと笑っているはずだ。これでいいんだ。何もかも、分かろうとする必要はないんだ。

ミキは、肩で風を切って歩きたかった。ボブの胸の前で、サユリと顔を寄せ合って笑い、そして、思わずキスをした。ミキには、ボブの戸惑っている顔が、薄暗がりの中でも見えるようだった。

デブのボブ。脱走兵のボブ。ユナイテッドステイツの、エスケープソルジャー、ハンバーガーボブ……。

ミキは、振り返って銀色の海を眺めた。島の伝説は、新しく作り直さなければならない。人魚は、男を連れ去るのではなく、運んで来るのだと……。ミキはそう思って、もう一度薄暗闇の中で微笑んだ。

でいご村から

プロローグ

「あけもどろの花」という言葉がある。この島に伝わる古い言葉で、太陽《テイダ》の喩えである。水平線から、ゆらゆらと立ち昇る様を、夜明けの花に喩えたものだ。

太陽は、水平線の近くに赤い日傘を差したような姿で現れると、すぐに丸い花の形を作って人々の目を射る。丸い花の塊は、輪郭をおどろもどろと揺らしながら炎のように燃え、橙色に変化しながら上昇する。やがて目を細めても見ていられないほどの鮮やかな黄色になり、鼓動を打つように揺れながら白色に変じて天空の住人になる。その様は、まさにあけもどろの花と呼ぶにふさわしい。

この島では、あけもどろの花を、晴れた日にはいつでも見ることが出来る。特に、ヤンバル（山原）と呼ばれる沖縄本島北部の東海岸からの眺めは息を飲むほどに美しい。雄大な太平洋から、赤い鼓動を打ちながら、毎朝、あけもどろの花が生まれるのだ。

ヤンバルは、沖縄本島でも、最も高い西銘《にしめ》岳や与那《よな》岳を分水嶺に有している自然の豊かな土地だ。ヤンバルクイナやセマルハコガメなど希少な生物が生息し、鬱蒼と繁った椎《しい》の木やヘゴの大樹などで昼間でも薄暗くなる深い山々が海岸線まで迫っている。

この深い山々を背後に有して、ヤンバルの村々は入り江状になった海岸沿いに等間隔に並び、ぽつり、ぽつりと形成されている。

私がこれから語る物語は、このような村の一つであるでいご村で起こった出来事である。

私は、この村のたくさんの人々の物語を見てきた。ここに登場する與儀喜助《よぎきすけ》の物語も、私には忘れることが出来ない。戦争は、沖縄本島南部の摩文仁《まぶに》だけではない。このヤンバルの小さな村にも、確かに大きな哀しみの楔《くさび》を打ち込んだのだ。

人は、だれもが自らの人生を選びとることが出来る。しかし、このことが許されない時代もあったのだ。そんな人生を運命だと諦めるには、あまりにも辛い。そして、辛い日々は、あまりにも緩やかに過ぎていく。だれにでも生きる希望があり、守るべきものがある。それを奪われることは、未来を奪われることなのだ。

私は、その日も風を懐に抱いて村を眺めていた。大きな私の丸い葉は、私の幹を撫でながら、さわさわと音を立てていた。春の柔らかな日差しは、私の影を白い砂を撒《ま》いたような歩道に映してきらきらと輝いていた。私は、まるでおしゃべりな風を、懐に抱き込んだような気分だった。

その日、村の川辺の上空には鮮やかな朝虹《あさにじ》が架かった。村人は、虹のことをティンパウ（天の蛇）と呼ぶ。ティンパウが立つと、その日は雨が降ると信じられていた。だが、その日は、ティンパウさえも暴れなかった。むしろ、ティンパウも二人の若者の前途を祝福してくれているようだった。

この物語は、こんな一日から始めた方がよいだろう。私は、見たことを素直に語りたい。しかし、そのためには、自分の気力を出来るだけ鼓舞しなければならない。このことが、当然真実を見失わせることがないように細心の注意を払うつもりだ。言葉も、素振りも、風景も、見たものすべてを素直に語りたい。それが、私に課せられた使命だと思っている。なぜなら、私が語らなければ、この物語は真実を隠蔽《いんぺい》したままで、すべてが闇へ葬り去られてしまうからだ。

私は、でいご村で生まれ、でいご村で育った一本のでいごの樹だ。私はもうすぐ寿命が尽きる。私が血の色をした真っ赤な花を咲かせる理由を、読者は記憶にとどめて欲しい。でいご村が沖縄村と呼び変えられていることさえ、すでに多くの人々から忘れ去られているのだから……。

1

「喜助《きすけ》さん、おめでとう」

「おめでとう、喜助さん。親の幸せは、なんといっても子供の立身出世だからなあ」

「喜助さん、これからが、楽しみだなあ。おめでとうよ」

喜助は、村人から次々と祝福の言葉をかけられていた。集会所の小さな建物からは、人々の笑い声が溢れている。息子の喜一《きいち》と喜淳《きじゅん》が笑っている。三線《サンシン》の音が鳴り響き、祝いの歌声が賑やかに流れている。村の者皆が二人の息子を笑顔で祝福してくれている。

区長の挨拶が終わると、学校長が立ち上がった。いかめしく結んだネクタイを両手で正し、少し上気した顔で挨拶する。

「本日は、誠におめでとうございます。與儀《よぎ》喜一君に続きまして、弟の喜淳君が、見事に難関の沖縄県立師範学校に合格いたしました。このことは、本村にとってだけでなく、私ども学校教育に携わる者にとりましても、誠に大きな喜びであります。聞くところによりますと、すでに入学し勉学に励んでいる喜一君は、成績も優秀で、師範学校では常に上位を争っているとのことでございます。弟の喜淳君が入学することになれば、喜一君にとりましても、心強い味方を得ることになりましょう。我が村、始まって以来の快挙でございます。

両君が、めでたく卒業することに成りますれば、きっと本村にとりましても、大きな利益となり……、エヘン、誇りとなることでございましょう。私にとりましても、両君の将来は誠に楽しみでございます。二人の親御さんにとりましても、どれほどに嬉しいことでございましょうか。羨ましい限りでございます。どうか両君は、本日のこのめでたい日を忘れることなく、ますます努力し、本校の名誉と、でいご村と呼ばれる本村の名前を県下にとどろかすことを期待しております。それでは、両君の前途を祝して、乾杯をしたいと思います」

「校長先生、校長先生、乾杯ではありませんよ。来賓祝辞でございますよ」

「はっはは、構わんでしょう。乾杯は何度でもいいものだよ。なあ、喜助さんよ」

「はい、有り難いことでございます」

「それでは、乾杯じゃ。準備はよいかな……。では、乾杯！」

「乾杯！」

学校長の音頭で、再び乾杯が行われる。日差しの高いうちから始められた激励会は、日差しが傾いてもまだ終わる様子がない。狭い茅葺き屋根の集会所から溢れ出た人々は、庇《ひさし》の下に茣蓙《ござ》を敷いて座っている。喜助の妻の鶴子《つるこ》も、その中に混じって笑っている。

学校長の挨拶が済んだ後、祝いの座はいっそう賑やかになる。再び、三線が鳴り響き、手拍子や太鼓の音が大きくなる。喜一と喜淳は、かしこまって上座《かみざ》に座っている。多くの村人たちが、二人の前にやって来て、肩に手を掛け激励をする。その言葉に、二人とも丁寧にうなずきながら聞き入っている。

喜助は、そんな二人の息子を誇りに思う。どうしてこんな賢い子が生まれたのか不思議に思う。本当に俺の子かと、あまりの嬉しさに、妻の鶴子に冗談で尋ねて怒られたこともある。

貧乏な農家に生まれた二人の息子に、授けられるものは学問だけだ。学問だけは二人の気の済むまでやらせよう。そう思い、鶴子と相談して気を遣った。ランプの灯りをともす石油を切らさないようにと、贅沢を我慢して節約もした。

一つ違いの二人の息子は、小さな灯りの下で競い合うように夜遅くまで勉強した。本好きな子に育ったとは思っていたが、まさか二人とも県立師範学校に入学出来るとは、夢にも思わなかった。

長男の喜一は、昨年県立第一中学校を経て師範学校へ合格した。学校長の熱心な勧めもあり、喜助は意を決して首里《しゅり》に送り出したのだが、その時も、夢見心地で半ば信じられなかった。続いて喜淳が合格したのだ……。

喜助は、二人の出世のために、先祖から引き継いだ小さな畑を売った。農民が土地を手放すことは、親を手放すよりも悪いことだと言われていたが、二人の息子のためにと、鶴子と相談して決断した。不思議なほど悔いは残らなかった。ただ、戦争の足音がだんだんと近づいてくることが気がかりだった。

しかし、山間の小さな村では、正確な時勢の様子など把握出来るはずもなかった。戦争は、遠い国の出来事のようにも思われたし、たとえ、戦争が迫って来ても、二人の息子には、学問の道を歩ませる方が何かと都合がよいのではないかと思ったのだ。

父の喜蔵《きぞう》も喜助の決断を許してくれた。喜蔵にとっても、二人の孫の快挙は、人一倍嬉しいことであった。県立師範学校の在る首里は、かつて琉球王府が存在した町で、喜蔵ら與儀家にとっては父祖の生まれ育った土地である。明治期の半ばごろ、首里士族としての暮らしを続けることが出来なくなった與儀家は、沖縄本島北部のヤンバルと呼ばれるこの地まで、糧《かて》を求めて流れてきたのである。

「先祖のゆかりの地で、孫たちが学問に励むことが出来るなんて、まるで夢みたいだ。こんなに嬉しいことはないよ……」

喜蔵は感激に震えながら、そんなふうに喜びの言葉を漏らしていた。喜蔵の周りにも、祝杯を合わせる村人たちが大勢集まっている。

「喜蔵さん、おめでとう。さすがは喜蔵さんの孫ですな。いやあ、見事ですよ」

「喜蔵さんのご先祖様が植えられた村のでいご並木も、今年は一段と見事に花開くことでしょうよ。楽しみですな。誠におめでとうございます」

喜蔵は、二人の孫の傍らに座り、皆に祝福されながら、目を細め、顎に蓄えた白い鬚《ひげ》を撫でている。頭髪は薄くなったが、端正で面長の顔には赤みが差している。かつて清国への遣《つか》いを拝命した首里士族の末裔だと言う喜蔵の誇りは、案外、馬鹿に出来ないかもしれない。

喜助は、喜蔵の顔を見ながら、自分もまたその血を引き継いでいることを誇りに思った。あるいは、二人の息子にも、その血は確実に引き継がれているのだ。

喜助は、息子の傍らの席を喜蔵に譲り、少し離れて座っていた。もちろん喜助の元にも、幼なじみの友人や区長らがやって来て、頻繁に泡盛を注いでくれる。喜助は、息子のおかげで、なんだか自分までが偉くなったような気がした。杯を持つ右肘をいつもより高く上げ、一気に泡盛を飲み干した――。

　ここで一つ目の夢が途切れる。二つ目の夢が一気に喜助を襲ってくる。夢ではなく記憶かもしれない。ドドーンと、突然、砲弾の炸裂する音がする。バシャバシャバシャと、木の枝を激しく揺さぶる機銃掃射の音がする。今までの長閑《のどか》な風景が、一気に消える。

　ゴーッというエンジン音が聞こえる。戦車が、キャタピラーの音を立てながら、隊列を組んで前進してくる。その背後から、大男の米兵たちが銃を構えて進んでくる。それを迎え撃とうとしている喜一と喜淳の姿が見える。鉄兜を被り、岩陰に身を隠した二人は、緊張した表情をしている。沖縄本島南部摩文仁《まぶに》の戦場だ。学徒動員された二人は背嚢《はいのう》に爆弾を背負っている。戦車の下に潜り込んで爆発させるつもりだ。喜一も喜淳も、その瞬間を待ち、迫り来る戦車を瞬き《また》もせずに睨《にら》んでいる。二人とも、死ぬ気だ。

　喜助の脳裏にそんな光景が映し出される。そんな馬鹿な……。死んではいけない。飛び出してはいけない。親より先に死ぬのは一番の親不孝者だ。喜助は、大声で二人をどなりつける。しかし、声は届かない。二人の息子は、手を繋《つな》ぐようにして岩陰から飛び出す。やめろ！　引き返せ！　やめろ！

　喜助は、必死の思いで叫ぶ。再び、大きな爆発音。続いて機銃掃射の音。喜一と喜淳は、走り出してすぐに銃弾を浴びて仰向けに倒れる。二人の行為をあざ笑うかのように、戦車が突進してくる。二人の身体が踏み潰されそうになる。やめろ、喜一！　やめろ、喜淳！　起きろ！　起きろ！　逃げるんだ！

　喜助は、慌てて飛び起きる。自分の声で目が覚める。びっしょりと汗をかいている。また夢を見てしまったと思う。何度、繰り返し見てきたことか……。

喜一と喜淳の入学した沖縄県立師範学校の生徒たちは、米軍の沖縄上陸が確実なものになると分かった昭和二十年三月、鉄血勤皇隊《てっけつきんのう》を組織し第三十二軍沖縄守備隊の配下に加わった。喜一と喜淳は、第二野戦築城隊に配属され、そして戦死したのだ……。

喜助は、ため息をついた。それから、傍らの手拭いで汗をふいた。息子たちを送り出した村の激励会と、二人が戦死する場面は、何度も夢の中に現れる。この二つの夢は、それぞれ別々に現れることもあるが一緒に現れることが多い。

息子たちの戦死の場面では、思わず大声を出してしまう。今日は、幸いなことに、傍らで寝ている沙代《さよ》を起こさずに済んだが、この夢を見るときは、身体を震わせて寝汗をかき、沙代に揺り起こされることが多い。

喜助は寝床を出て、そっと板戸を開け夜風を呼び入れた。冷たい風が、心地よく頬を撫でる。汗をかいた胸を、爽やかに撫でる。戦死した喜一も喜淳も、もうこの風の心地よさを感ずることはないのだ……。

仏壇にある二人の遺影と、二人の死を知って病に臥せ、追うようにして死んでいった妻鶴子の遺影を眺めて香を立てる。悔しさと悲しみが同時に込み上げてくる。その思いを必死にこらえて合掌する。

喜助の耳に、薄暗い部屋の一角から、パタパタ、パタパタと、繰り返される単調な音が聞こえてくる。目を凝らすと、壁に掛けた日捲《ひめく》りの暦が、風に吹かれて音立てている。その傍らに貼り付けた一枚の絵が、薄暗闇の中で、ぼんやりと浮かび上がってきた。

喜助は、その絵を宝物のように大切にしている。その絵の近くに躙《にじ》り寄って眺めてみる。何度も、何度も見ている絵だ。だが、その絵を見る度に、イフウ（異様）な絵だなと思う。何が描かれているのか、喜助にはよく分からない。

絵の中央部を、大きな道が上下に走っている。そこからたくさんの小さな道が左右に分かれ、その道の行き着く先に、生き物たちがうずくまっている。蝶、ジンジン（蛍）、山鳩、蛙、とんぼ……、それにマジムン（魔物）やキジムナー（樹の精）までいる。みんな赤い冠を被っている。なぜだろう、何なんだろう……。

喜助は、もう十数年もの間、その絵を眺めてきた。しかし、やはりよく分からない。絵具の色をいっぱいに使って描いたその絵の裏には、「きいち」と、息子の名前が書かれている。もちろん、それだけで、喜助にとっては、かけがえのない宝物だ。


喜助は、節くれ立った拳を開いて瞼をぬぐう。眠気を覚ますためではない。目尻に溜まった小さな涙を払うためである。

喜助は、闇の中で徐々に輪郭を顕わしてきた庭のでいごの樹を、ぼんやりと眺める。掌のような形をした丸い葉が、風を受けて揺れている。葉を揺らす樹の所作が、彼岸へ手招いているようにも見える。喜助は、放心したように、じっと見つめた。でいごの樹の背後には、青白い靄《もや》が、海のように広がっている……。

2

人は、現実から逃れるために夢を見るのだろうか。たとえば、辛い現実を夢だと信じることで、一日一日を生きながらえるのだろうか。もちろん、喜助にそんな考えが自覚的になされていたとは思えない。ただ、一日一日を精一杯生きていただけだろう。

しかし、喜助の精一杯の一日は、過去から逃れることの出来ない日々だった。そして、夢からもまた逃れることは出来なかった……。

村にサンサナー（熊蟬）の鳴き声が、サンサンサンサンと激しく響き渡る。カーチーペー（夏至南風）が吹き始める夏の季節にはまだ早いのに、すでに盛夏がやって来たような暑さだ。巡り来る四季の変わり目だが、私の持つ枝々には、このころから真っ赤な花が咲き始める。その花を吉兆だという村人もおれば、凶兆だという人もいる。もちろん私は占うことなど出来はしない。人々の利害や方便にも利用されたくはない。ただ季節が来たら咲くだけだ……。

喜助は、激しい日差しを避け、朝の涼しいうちに一仕事を済ませようと思い、家から二、三百メートル離れた川沿いのサツマイモ畑にやって来た。しかし、太陽は、あっという間に暑い日差しに変わって喜助の身体を照らし始めた。喜助の額から、大粒の汗が噴き出す。日よけのクバ笠（クバの葉で作った笠）を被っている影が目前に映る。思わずその影に入りたいほどの誘惑に駆られる。

喜助は、影の長さを目で測りながら、その影に向かって思い切り鍬《くわ》を振り下ろす。鍬が土に深く打ち込まれ、額から汗が飛び散る。力を入れて、鍬を手元に引き寄せる。掘り起こされた土と一緒にサツマイモが現れる。そのサツマイモを手際よく摑み取って後方に投げる。掘り起こされた土は、鍬の先を返して後頭部で叩く。細かく砕かれた土の中から雑草を取り除いて、また次の一擲《いってき》を打ち込む。

鍬を打ち込む際には、サツマイモを傷つけないように気を配る。サツマイモは、蔓《つる》の根元に付いている。土に隠れたサツマイモの形を想像しながらその周りに鍬を打ち下ろす。打ち下ろす度に息が弾んで、思わず小さな声が出る。

この畑を耕し終えたら、山羊《やぎ》の草を刈り、モッコに入れて背負って家に帰る。昼食を済ませた後は、薪にする樹を切り出しに山に入る。それから庭先で、担いできた樹を定められた長さに切り揃え、斧で割る。竹を裂いて縛り付けて積み重ねる。夕方には、投網《とあみ》を持って海辺で漁をする……。喜助はそんな自分の一日を考えながら、摑み取ったサツマイモを背後へ投げ続ける。

喜助の背後では、沙代が日除けのタオルを被り、しゃがんだままでサツマイモについた土を落として籠に入れている。沙代は、本当によく頑張る。沙代は喜助の姪で、姉よねの娘である。

喜助と沙代の二人の生活は、ほとんど自給自足である。サツマイモを食べ、家の近くの畑で育てた野菜を食べる。裏庭では数羽の鶏も飼っている。卵も手に入るし、時々は雛を孵《かえ》して親鶏を料理して食べる。

村の共同売店からは、米と必要な日用雑貨を買うが、現金は束ねた薪を売り、育てた山羊を売って手に入れる。数年前からは、戦死した喜一と喜淳の遺族年金が貰えるようになった。二人の生活は、贅沢さえしなければ何も困ることはない。

喜助は投網の名人で、魚も欲しい時にはいつでも手に入る。かつては、村人たちにいい値で売れたのだが、今では、喜助が捕ってきた魚を買う人は、だれもいない。沙代と二人の口を潤すだけになった。

毎日が同じように始まって、同じように終わる。二人の息子が生きていたときには、生活にも張りがあり、希望もあった。沙代には済まないと思うが、つい息子の姿を追い求めてしまう。

この畑でも、息子たちは土にまみれて遊びまわっていた。コオロギやミミズを捕まえては、大きさを比べ合ったり、小さな虫たちの生きる姿に心をときめかせていた。

「コオロギは、雄だけが鳴くんだよ」

たぶん、喜一がそのように言ったはずだ。負けん気の強い喜淳が、すぐに反論した。

「どうして？　どうして、雄だけが鳴くの？」

「どうしてでもさ。耳だって、コオロギは前脚にあるんだよ」

「嘘だ！　そんなわけがないよ」

「学習図鑑に書いてあったんだ」

「違うよ、そんなの嘘だよ」

「お前は、強情っ張りだなあ。どうして、お兄ちゃんの言うことが信じられないの。せっかく教えてやっているのに……」

「だって……」

「だって、なんだよ」

「だって、脚に耳があるわけがないだろう。それに、人間だって、男も女も、みんな泣くんだよ」

喜助は思わず笑い出していた。負けず嫌いの喜淳の屁理屈だったが、なんだか、おかしかった。

喜一は、コオロギは悲しい時に鳴くのではないと、喜淳に教えていたような気もする。が、鳴くのは雌だったか、雄だったか、どちらが正しい答えだったのか、もう思い出すことが出来ない。

喜淳は、本当に負けず嫌いな子だった。頑固と言えばいいのだろうか。たぶん、五、六歳のころだったと思う。大好きな天ぷらを熱いままで口に入れ、吐き出せばいいものを、口の中で転がし続けて泣き出したこともあった。喜淳が大きくなってからも、このことを皆で笑いのタネにした。

喜助は、喜淳をよく膝に抱き上げて、魚の身を取って食べさせた。スクガラス（小魚）は頭から食べなさい。そうしないと喉につかえるぞ、と教えると、箸で挟んで自分の頭の上にスクガラスを持っていき、「頭から食べるんだ」と、おどけてみせた。魚の唇や目の周りのトロっとしたところが大好きだった。

喜助が喜淳を膝に抱き上げると、すぐに喜一が羨ましそうな目をして擦り寄って来た。二人のそんな仕種が、いかにも幼くてかわいかった……。

喜助は、二人が、国民学校の二、三年生になったころ、庭で落ち葉を集めて蟬を焼いて食べているのを見つけたことがある。その時も、喜助は笑いをこらえた。二人は怒られると思ったのだろう。山から帰ってきた喜助の姿を見つけて慌てて火を消そうとしたが、間に合わなかった。

肩に担いだ丸太木を降ろし、汗をぬぐう喜助の目前に喜一がやって来て、直立したままで両手を体側につけ、頭を下げた。

「父さん、ごめんなさい。蝉を食べようと言ったのは、ぼくです。喜淳ではありません。ごめんなさい」

喜助は、少し懲らしめてやろうと思ったが、思わず優しい返事をしていた。

「何を謝っているんだ。父さんも、お前たちの年ごろには、よく食べたもんだよ。どれ、父さんにも味見をさせろ」

喜一も喜淳も顔を見合わせて、目を白黒させていた。怒られると思ったのだろう。

にじり寄って来た喜淳の掌には、こんがりと焼けた蝉が握られていた。喜助の前にその蝉を差し出し、安心したかのように微笑んだ。

それから二人は、羽根をちぎった蝉を、次々とポケットから取り出してみせた。今度は喜助が驚いた。この子たちは好奇心からではなく、ひもじさゆえに蝉を食べているのではないか。そう思うと、胸が、錐《きり》で刺されるように痛み始めた……。

喜一と喜淳の記憶は、でいごの樹の私にもまた喜助に負けないほど数多くある。二人は、私を大好きだったし、私もまた二人が大好きだった。二人は、私によじ登り、私に縄を結んでぶらんこを作った。ぶらんこは、大きく揺れることもあったし、小さく揺れることもあった。二人は、私を眺め、何度も話しかけてくれた。

だが、今は、私の記憶でなく、喜助の記憶だけで語らせよう。喜助にとって、二人の記憶は、溢れるほどに次々と沸き起こってくるはずだ。そして、その記憶こそが、喜助にとって救いであり、同時に哀しみの根源であった。喜助の一生は、そんな記憶との闘いだったのだ。そして、私もまた、私の記憶と闘っているのだ……。

喜助は、二人の息子の懐かしい記憶を振り払うように、慌てて畝《うね》に足を踏ん張って鍬を打ち込んだ。そして、サツマイモを手で掴むと、次々と後ろに投げ続けた。

やがて、思い出したように背後を振り返り、沙代を見た。

「沙代、少し休もうか……」

喜助は、そう言うと、鍬を握っていた手を放した。まぶしい太陽は、いっそう激しく喜助の頭上で照り輝いていた。喜助は沙代の返事を待たずに、樹の下の陰に向かって歩き出した。

沙代が座りやすいようにと草を鎌で薙《な》いで手で均《なら》した。そして、その隅に自分も腰を降ろした。顔の汗をふいている喜助の傍らに沙代がやって来た。丁寧に均されたその場所を見て微笑み、腰を降ろした。

沙代は、小さな手籠の中から、炊き上げたサツマイモを取り出して喜助の前に差し出した。喜助は笑みを浮かべて、それを受け取った。さらに沙代が差し出した水筒を受け取ると、喉を鳴らして茶を飲んだ。

沙代は、喜助が薙いでくれた草むらを手で撫でながら、再び微笑《ほほえ》んで言った。

「きぃおじは、私のこと、そんなに気を遣わんでもいいから。私はどこにでも座れるのに……。それに、休みたくなったら、休むから……」

喜助は、沙代の言葉に耳を貸さずに、もう一口、茶を飲んで汗をふいた。それから、沙代に水筒を返した。

沙代も、口をつけて喉を潤す。沙代の喉元を過ぎていく茶の流れが見えるようだ。喜助は、思わず沙代の喉の、かすかな震えをじっと見つめた。

「きぃおじ、何を見ているの?」

喜助の視線に気づいた沙代が、喜助を咎めるように言う。喜助は慌てて視線を逸らした。

「変な、きぃおじ……」

沙代が、小さく声を上げて、楽しそうに笑った。

サンサナー(熊蟬)の鳴き声は、相変わらず続いている。緑の樹々が枝を揺すりながら、奇妙なリズムをとって共鳴しているようにも思える。青空が、とても高い。

突然、喜助の背後で、村の子供たちの囃《はや》し立てる声がした。村の子供たちは、いつのころからか、喜助を見ると徒党を組んで卑猥な歌を歌い、からかうようになっていた。

喜助の姿にゃ気をつけろ。魚を見たら、網を振る。

喜助の姿にゃ気をつけろ。子供を見たら、鎌を振る。

喜助の姿にゃ気をつけろ。おなごを見たら、腰を振る。

黙っている喜助の態度に、腕白な子供たちの歌声は、だんだんと大きくなる。喜助は、鎌を持って立ち上がった。

「逃げろ!」

子供たちが、一斉にスク(小魚)の群《むれ》が散るように駆け出した。さらに鎌を振って威嚇すると、慌てた子供の一人が足を滑らして転び、泣き出しながら駆けていく。

喜助は、大人げないとは思うが、それでも怒りは収まらない。その歌声で、沙代も、からかわれているのではないかと思うと、気になった。

「嫌な子供たちだな……。まったく胸糞悪い……」

「子供たちの言うことだよ。あんまり気にせんでもいいよ」

沙代が、喜助をなだめるように言う。

喜助は、子供たちの姿が見えなくなったのを目で追いながら、汗をぬぐった後、再び畑の中へ戻り、鍬を握った。

喜助は、高い空のめくらむような青さを仰ぎ見た後、足場を定めて立つと、再び力を込めて鍬を頭上から振り下ろした。

3

二人の息子が戦死したとの公報が喜助の元に届いたのは、終戦後間もなくのことだった。ぷっりと消息が途絶えた息子たちの身の上に、あるいは、不幸な出来事が起こったのではないかという喜助の不安は的中した。息子の戦死の噂が耳に入る度に、頑なに打ち消してきたが、今度は、とうとう打ち消すことが出来なかった。

沖縄本島南部での戦争は、北部に比べて激しいものだと聞いていた。多くの戦死者が出たことは、山を降りてきた喜助たちの耳にも入っていた。那覇や南部の村々は壊滅状態で、多くの住民が犠牲となり、鉄血勤皇隊を組織して戦った県立師範学校の生徒たちも、ほぼ全員が戦死したとの噂が流れていた。

喜助は、戦死公報を持って来た区長の前で暫く呆然としていた。区長は、村役場での説明会に参加し、その際に配布された戦死者名簿の一覧を示しながら、喜一と喜淳の戦死公報を喜助に手渡した。妻の鶴子は、区長の言葉にこらえきれずに、縁側でがっくりと膝をついて泣き出した。区長は、泣き崩れる鶴子を気の毒そうに見つめながら、声を絞り出すようにして言った。

「私も嫌な役回りなんだよ。戦死公報を配達に各家を回るんだからな。たまらないよ……。喜助、鶴子、気をしっかり持って、シィー（精魂）までは捨てるなよ」

老いた区長は、背中を丸めてため息をつき、うつむきながら門を出ていった。

喜助は、その後ろ姿を見送った後、やはりくず折れるように鶴子の傍らで膝をついた。初めて大きな悔いに襲われた。学問をさせようと首里へ送り出したのが仇となってしまったのだ。何も期待せずに、何も望まずに村に留めておけばよかったのかと……。

「アイエナー（ああ）、お父、どうしよう。どうしたらいいのかねえ……」

鶴子が、放心したように泣き続ける。喜助は何も答えられない。

二人の息子の死を知った村人たちが、ぽつりぽつりと弔問に訪れた。しかし、取り乱した鶴子は、まともに応対することが出来なかった。喜助が慌てて茶を淹れ、礼を述べた。

村の区長が戦死公報を届けた家は、喜助の家の他に数軒余もあった。どの家でも、泣き崩れた家族が目を腫《は》らし、肩を寄せ合って悲しみに耐えた。村は、その日、一日中深い悲しみに襲われた。

鶴子は、夜になっても荒れ狂う心を手なづけることが出来なかった。こみ上げてくる悲しみを抑えきれずに、手に触れる家具や日用品を、狂ったように辺りに投げつけた。何かに怒りをぶつけずにはおられなかったのだ。だが、何にぶつければよかったのだろう。分からないままで、いつまでも泣き続けた。

喜助は、取り乱した鶴子の姿を見て、気が狂うのではないかと思った。その不安の大きさ故に、自らの生涯を襲い続ける悲しみの大きさには、いまだ目を向ける余裕がなかったと言っていい。

もちろん、喜助も、大きな悲運を呪い、息子たちの死を嘆いた。少年のころ、右脚を怪我した後遺症で兵役を免れた自分こそが、息子たちに代わって死ぬべきではなかったか。そう思うと、複雑な後悔にも苛《さいな》まれた。

父の喜蔵も、すでに戦時中に亡くなっていた。喜助は、父に次いで、最愛の二人の息子を喪《うしな》ったのだ……。戦争は、息子たちの夢を奪い、喜助と鶴子の大切なものを一瞬にして奪っていったのだ。

鶴子は、日を重ねるにつれて、徐々に落ち着きを取り戻していった。しかし、微笑の絶えなかった明るい笑顔は、もう二度と戻ることはなかった。放心したような表情でため息をつき、そして思い出したように声を上げて泣いた。

喜助もまた、鶴子を励ましながら、同時に無念の思いを、いつまでも払拭することが出来なかった。それは、父の喜蔵の死にまつわる不満や無念の思いとも繋がった。諦めようと思っていた父の死の記憶が、激しい怒りへと変わって何度も浮かび上がってきた。父の喜蔵は、庭先のでいごの樹の傍らで死んだ。俯《うつぶ》せに倒れているのを村人たちに発見されたのだ。

その日、喜蔵は、避難していた山を降りて自宅に戻り、床下に隠していた米や塩漬けにした肉を取りに戻ったのだった。鶴子が、慣れない山中生活での疲労と、降り続いた雨の中での生活が続いたせいか、風邪を引き高熱を出した。それを見かねた喜蔵が、いよいよという時まで絶対に手を付けないでおこうと誓い合った食糧を取りに、村に戻ったのだ。

「粥を炊き、精をつけさせんといかんよ、喜助……。今が、いよいよというその時なのだ」

喜蔵は、苦しんでいる嫁の鶴子を見て喜助に言った。

鶴子は、日頃から身体が弱かった。村の女たちと違い、町で育ったせいか、鶴子は、よく風邪を引いて寝込んだ。しかし、鶴子は、喜助に向かい、息絶え絶えに言った。

「私は大丈夫だから、食糧には絶対に手を付けないでよ。喜一と喜淳が、いつ帰ってきてもいいように取っておこうねって、おじいと三人で約束したんだからね……」

喜助は、そんな鶴子を見て、逆に父の言葉に従った方がよいと決断した。喜一と喜淳が帰って来たら、それはまたそのときでなんとかなると思った。

村へ降りる役は、いつも喜助だったが、鶴子の傍らを離れるなと言う父の言葉に従ったのが、父の死をもたらしたのかと思うと、今でも悔やまれる。床下の土の中に隠していた食糧は掘り起こされていたが、死んだ喜蔵の傍らにはなかった。

村人は、喜蔵の死を、高血圧か何かで突然、倒れたのだろうと哀れんだ。死を悼み、慌ただしく村の共同墓地に埋葬してくれた。

喜蔵の死は、あるいは、村人たちの言うとおりかも知れない。しかし、そう思うには、あまりにも不自然なことが多すぎた。たとえば、掘り起こされた食糧が行方不明になっていること、背中や腹部に赤黒い痣《あざ》が出来ていること、また、血を吐いて倒れていることも不思議だった。血圧が高いということも、聞いたことがなかった。

しかし、戦時中の山中では、これらの疑問を解消することは出来なかった。また、隠し置いていた米や肉のことを公にするのは、喜助にも気が引けた。戦争下を生き延びるために、米や肉は、家々から持ち寄って村で共同管理する約束が取り決められていたからだ。皆で協力して飢えを凌ぐ方法にしたのだが、長引く山中の生活で、共有の食糧は底をついていた。

喜助には、やはり喜蔵は何者かに殺されて食糧を奪われたのだという疑いを払拭することが出来なかった。あるいは、犯人は村人ではないかも知れない。なるほど、山中には、那覇、南部から砲火を逃れてやって来た多くの人々が潜んでいた。そのような人々が、飢えを凌ぐために、村の畑を荒らし始めてもいた。また、敗走した日本軍の兵士たちの姿も目撃され、不穏な空気が流れ始めていた。おそらく喜蔵は、食糧を巡って何者かと争いになり、殺されたのではないか。喜助は、そう思っていた。しかし、それが村人なのか、兵士なのか、那覇、南部から逃れて来た人々なのか、確かめる術も、また犯人を捕まえる術もなかった。

喜蔵は、どちらかと言うと、人付き合いが上手な方ではなかった。だから、村人から恨みを買うことがあったかもしれない。首里から移り住んで来たよそ者であるとの遠慮もあったかもしれない。村に住み着いてから三代目になっていたが、親しい友人も少なかった。

喜蔵は、四〇歳を過ぎたばかりの若さで、妻に先立たれた。妻を亡くしてからは、後妻を娶《めと》ることもなく、男手一つで、よねと喜助を育てた。よねと喜助の二人もまた、喜蔵に甘えて育ったのだ。

やがて、成長したよねが隣村に嫁ぎ、数年後には喜助の許に鶴子が嫁にやって来た。孫の喜一と喜淳が生まれ、幸せな生活が始まったと思ったのに、戦争でその思いも、その日々も一瞬にして奪われた。

喜助にとっての悲劇は、それればかりでは終わらなかった。鶴子もまた、二人の息子の死を知った後は、体調を崩して床に伏す日が多くなった。

「あんた……、もうだめだよ。もう、シィー（精魂）が抜けたみたいだ……。本当に、世話になったねえ。一足先に逝くよ。有り難うだったね。有り難うよ……」

鶴子は、笑顔を見せながら、二人の息子の元に逝くことを待ち望んでいたかのように死んでしまったのだ……。

4

喜助の元に、鶴子が嫁に来たのは不思議な縁だった。しばらくは、村人の間で語り草になったほどだ。喜助にとっては、最も幸せな日々の一つに数えることが出来るだろう。神様が幸せと不幸の量を等しく与えるとすれば、きっとその日々が幸せであり過ぎたのだ。

鶴子の父親は貞秀《ていしゅう》という名で、村に定期的にやって来る薬の行商人だった。いつも大きな木箱を背負ってやって来たが、妻を亡くし、町では一人娘が留守を預かっていると噂されていた。その娘が鶴子だった。

貞秀は、村にやって来ると、数日間滞在し、家々を訪問して頭痛薬や腹痛薬などを並べ、その効果を丁寧に説明して商売をしていた。

喜蔵は、貞秀が村にやって来た時には、いつも親切に家に招き入れ、宿代わりに自宅を提供していた。夜になると、二人して楽しそうに酒を酌《く》み交わし、まるで旧知の友人にでも会ったかのように懐かしそうに夜更けまで語り合っていた。

数年間、そんな関係が続いただろうか。ある日、貞秀は自分の娘だといって鶴子を連れてやって来た。そして、喜助の嫁にして欲しいと頼んだのだ。鶴子は、父親の背後に立ち、恥ずかしそうに喜助を見つめていた。

もちろん、喜助も、喜蔵や貞秀からそのような話を持ちかけられ、勧められてもいた。しかし、いつも曖昧に返事をして笑ってやり過ごしていた。まさか、突然、嫁になる娘を連れて来るとは思わなかった。

喜助は、喜蔵や鶴子の父親に勧められて、鶴子と二人で村の近くの川辺まで散歩をした。父親たちにとっては、何もかもが計算ずくのことであったのだろうか。少なくとも、父の喜蔵にとっては、突然であっても、望ましいことであったはずだ。

しかし、喜助にとっては、若い女と二人で散歩をするどころか、話をすることさえ初めてのことだった。緊張で、心臓の鼓動が聞こえるようだった。川原に着くと、大きな石に腰掛けてはみたものの、何の話をすればよいか分からなかった。ただ、黙って川の流れを見続けた。

やがて、鶴子が、自分の生い立ちを、照れくさそうに話し始めた。それが口火になって、二人は、顔を見合わせ、時には笑みを交わしながら、ぽつりぽつりと話し出した。

鶴子が十歳を過ぎたころに母親を亡くし、それ以後は父と一緒に励まし合いながら頑張ってきたこと。父は、首里士族の末裔で、そのことを誇りに生きていること。父に再婚話が持ち上がり、父の幸せのためにも父の言に従った方がよいと思い、自分も結婚する気になったこと。そんなことを、時折、明るい笑みを浮かべながら話した。

「父さんが、選んだ人だったら、私も、きっと幸せになれると思う……」

喜助は、鶴子の結婚の決意が眩《まぶ》しかった。鶴子の白い手を見ながら、あるいは自分にとっても、身に余るほどの縁かもしれないと思った。

喜助は、高ぶる気持ちを抑えながら、鶴子との将来を思い描いた。鶴子は、喜助と同じ年齢だということも分かった。

「しかし、どうして、あんたの父さんは、こんな片田舎の俺のところへ、あんたを嫁にやろうとしたのだろう」

「そうねえ……、父さんは、同じ脱清人《だっしんにん》同士の家系だから、これ以上信頼出来る家はないって言っていたわ」

「ダッシンニン?」

喜助は、初めて聞く言葉だった。

「そう、脱清人よ。清に脱《ぬ》け出した人、と書くらしいわよ。でも……、脱清人は、今でも多くの人々には嫌われているみたいだから、あまり大きな声では言えないけどね」

喜助は、首を傾《かし》げた。やはり初めて聞く言葉だった。喜助は、言い渋る鶴子に無理を言って、さらに説明を乞うた。

「私も、よくは知らないんだけど、父さんに教えて貰ったことがあるの。なんでも、明治の初めごろ、琉球王府が日本国に統合されるのを嫌って、清国に脱出して琉球王府の維持や存続を訴えた人々のことを指すようよ。明治政府は、そんな人々を取り締まったようだから、一種の反逆者かもね……」

そう言われてみれば、父たちは、時々声を潜めて話し合っていた。そのときが、脱清人の話題を口にするときであったのだろうか。まさか、この時代に、清国との統合を願うような人々はいないだろうが……。

それにしても、二人してまだ先祖の夢を語り合っていたのかと思うと、なんだか切なかった。

「父は、あなたの父さんに会うことを、とても楽しみにしていたの。この村に出掛けるときには、まるで魚釣りにでも出掛けるみたいに、うきうきして、落ち着かなかったわ」

「そうなのか……。俺は、まったく知らなかったよ」

喜助は、自分の先祖が脱清人の一人であったことは本当に知らなかった。首里士族の末裔であることは知っていたが、そのような歴史を背負って、この村まで流れついていたとは知らなかった。

「俺たちの先祖は、結局、時代の移り変わりを読めなかったというわけか……」

「そうなのよね……。私もそう思うわ。先祖だけでなく、父さんもそれこそ頑固者なのよ。こうと決めたら、もうだれがなんと言おうと聞かないわ。そのせいで、母さんもだいぶ苦労をしたみたいだから……」

喜助は、思わず笑い出した。父とよく似ていると思った。

「俺のところもそうなんだよ。そして、俺も父さんと一緒かもしれない……」

「私もね」

鶴子もうなずき、小さく声を上げて笑った。

喜助は、士族の末裔だという父たちの滑稽なこだわりを、鶴子と一緒に笑いながら、一気に、緊張が解けていくのを感じた。同時に、そんな父親でも、鶴子と同じように、自分もまた父を愛し、父に孝行したいと思った。

父たちがそうであったように、喜助と鶴子もまた、脱清人が縁で結ばれそうな予感がした。二人にも、同じ反逆者の血が流れているのだろうか。喜助は、なんだか運命のようなものを感じた。脱清人のことは、後で詳しく父に尋ねてみようと思った。

「俺は、少し脚も悪いんだが……」

「そんなこと、気にならないわ」

鶴子が、喜助の言葉を遮るように立ち上がった。

「父さんから、このことも聞いていたわ。でも、どうってことないわ。歩けないわけではないんだし……」

鶴子は、そう言って、川の流れをじっと見続けた。それから、喜助の顔を見て、秘密を打ち明けるように声を潜めて言った。

「実はね、私も少し身体が弱いのよ。小さいころから、父さんに心配ばかり掛けてきたの。父さんはね、それで薬の行商をするようになったって、私に打ち明けたことがあるのよ。私こそ、あんたに迷惑を掛けるかもしれないわ……」

鶴子は、そう言うと、水辺に向かって歩き出した。それから、意を決したように手や足を水の中に入れ、笑顔を浮かべて喜助を振り返りながら子どものように水と戯れた。

「川の水がとってもきれい……。こんなに美しい川の水なんて、見たことがないわ。きっと村の人々の心も、この水みたいにきれいなんでしょうね」

鶴子が、手で水を掬い、弾《はじ》きながら喜助を見た。恥じらいと同時にしっかりと思いを述べる強さも持っている。鶴子の掌からこぼれていく水が、きらきらと光っている。喜助は、幸せになれると思った。

鶴子は、その日から喜助の家に泊まるようになった。結納も、婚礼の儀式も何もない嫁入りだった。しかし、喜助が予想したとおり、鶴子は優しくて気立てのよい女房になった。身体が少し弱いのは心配だったが、あれこれと気を配ってくれた。父の喜蔵にも、すぐに気に入られた。間もなく、二人の間に男の子が次々と生まれた。二人の男の子は、喜一と喜淳と名付けられた。

鶴子の父親は、結婚後も、定期的に村にやって来ては、幼い喜一と喜淳のために絵本やノート、鉛筆や駄菓子などを持って来て手渡した。どれも山間の村では手に入りにくいものばかりだった。父たちは、相変わらず肩を抱き合うようにして酒を酌み交わしていた。孫が生まれてからは、なおさら話が尽きないようだった。夜更けまで楽しそうに語らいながら、時には喜助を呼び寄せ、首里士族としての誇りを説いた。喜助は、黙って二人の話を聞いた。

村人は、鶴子のことをまるで鶴の化身のようだと噂しあった。村人にとって、天から飛んで来たかのように、突然、喜助の嫁になった鶴子が不思議でならなかった。鶴でなければ蛇の化身だ。騙されて、今にひどい目に遭うぞと、喜助に忠告する者もいた。そんな話を聞く度に、喜助は笑って言い返した。

「鶴の化身でも、蛇の化身でも、俺はいっこうに構わないよ。俺には、もったいないほどに、いい女房だよ」

喜助は、笑いながら村人たちの忠告を楽しんだ。実際どんな噂も気にならなかった。半分は、鶴子の器量の良さに嫉妬した噂であり、残りの半分は、器量のいい鶴子を嫁にした喜助への嫉妬であった。

「喜助は、おなごをたぶらかすのがうまいのう。一晩で、あの美人の鶴子を手込めにしてしまったからな。サーダカマーリ（精霊《セジ》高い生まれ）をして、お母の幻に誘われて崖から落ちたと言うが、あっちのほうもサーダカマーリしているんじゃないかな」

喜助は、そんな下卑た噂も気にならなかった。むしろ嬉しかった。それほどに、幸せだったのだ……。

5

でいご村の南側には、大きな河口を持った兼久《かねく》川が川幅を広げながら海に流れていた。村の家々は、その兼久川の西側に、広い砂浜を隔てて護岸を築き、肩を寄せ合うようにひとかたまりになって建てられていた。

遅れて村にやって来た喜助の家は、集落からやや離れ、山裾の斜面を切り開いて建てられていた。そのような家が数軒、ぽつりぽつりとあったが、そこからは足元に兼久川の流れが見渡せた。木々の梢では季節を問わず小鳥たちが囀り、草花が咲き競い自生した果樹の匂いは庭先まで漂った。

「きぃおじ、そんなに子供たちを怒らんでもいいよ……」

門前で、五、六名の子供たちを地べたに座らせて怒っている喜助の背後で沙代の声がした。いつの間にか、沙代がやって来ていた。肩から掛けた籠を降ろし、被っていた手拭いを取った。沙代の長い髪が、ぱらりと前方へ垂れ、風が沙代の胸の前で踊った。

「ほら、もういいから、立って」

沙代が、ほつれた髪をもう一度結びながら、喜助を制して子供たちに声をかける。

「待て、待て。こいつらは、家に向かって石を投げておったんだぞ」

「違うよ……。ぼくたち、石なんか投げてないよ」

「ほら、投げてないって言っているでしょう。はい、もういいから、みんな立って」

沙代が、子供たちの手を引いて立ち上がらせる。

「みんな、おばさんの家で、サツマイモでも食べて帰るかね？」

「いらん」

「いらん？　どうして？　おばさんの家のサツマイモはおいしいんだよ」

「いらん……」

子供たちは、べそをかいている。沙代がなだめながら、子供たちを誘っているのだが、今にも泣き出しそうな子もいる。下の子は、五、六歳で、上の子は十二、三歳だろうか。

喜助が、傍らから大声を出す。

「ほら、さっさと帰れ！　今度、石なんか投げたら、ただでは済まんぞ。分かったか！」

「うん……」

子供たちが、喜助に威嚇されて、うつむきながら歩き去っていく。その背中を見ていると、喜助は、少し怒り過ぎたかなとも思う。

「きぃおじ、まだ分別のつかない子供たちのしたことだよ。そんなに怒らんでも……。きぃおじだって、子供のころはガキ大将だったんでしょうが。うちのお母が言っていたよ。きぃおじは、頑固なワラバー（子供）だったって」

沙代が、喜助の後悔を見透かしたように、傍らで楽しそうに笑う。母親を幼くして亡くした喜助だったが、そう言えば、腕白だけは仲間のだれにも負けなかった。逃げ出した相手でも、脚を引きずり、追いかけて殴りつけた。

「どれ、その籠、持ってやろうか」

「あれ、きぃおじは、やっぱり優しいんだね。本当は子供たちにも優しくしたいんだよね」

喜助は沙代の冷やかしに返事をせずに、黙って沙代の足元を見る。足元には大根や菜っぱの詰まった籠が置かれている。沙代が、野菜畑から収穫してきたんだろう。沙代は野菜作りの名人だ。

「有り難うね、きぃおじ。でもいいよ。これは私が持つから」

「いいから、寄こせって」

「いいよって。もうすぐそこだから……」

「だから、そう言ってるんだ」

二人で、笑いながら小さな籠を奪い合った。その時、突然石つぶてが足元に転がってきた。その先を見ると、しょげ帰った子供たちが元気を取り戻し、こちらを振り返り、遠くから石を投げながら、二人の姿を見て大声で囃し立てている。籠を奪い合うようにしている姿が、あるいは戯《たわむ》れ合っている姿に映ったのだろうか。

「やあーい、やあーい、喜助のスケベー。幽霊屋敷の喜助のスケベー。幽霊出ても、おなごが、かわいいよってかぁ……」

子供たちは、大声を張り上げ、手を口の周りに当てて喜助の方に向かって囃子立てている。やがて、両手を叩いて拍子を取りながら歌い始めた。踊るように足を上げて撥《は》ねている子もいる。

喜助の姿にゃ気をつけろ。魚を見たら、網を振る。

喜助の姿にゃ気をつけろ。子供を見たら、鎌を振る。

喜助の姿にゃ気をつけろ。おなごを見たら、腰を振る。

喜助は、腰から鎌を抜いて手を高く上げて威嚇した。「わーっ」と驚いた子供たちが逃げ出す。喜助は、今度こそ追いかけて懲らしめてやろうと、二、三歩走り出したが、姿が見えなくなったのを確かめると立ち止まった。子供たちは、当然、喜助の脚が悪くて、追いつけないのを見越してからかっている。

沙代は、もう籠を持って庭の中へ入っている。喜助も山から切り出してきた丸太木を再び肩に担ぎ、庭の隅で葉を繁らせているでいごの樹の傍らに積み重ねる。

「幽霊屋敷、幽霊屋敷って言いよるが、本当に幽霊が出るものなら見たいもんだ……」

喜助は、独り言のようにつぶやいて、積み上げた薪に座り、汗をぬぐう。

「ターリーサイ（父さんよ）。言いたいことがあったら、俺の所にも出てこいよ。村の者たちは、ターリーの幽霊を、このでいごの樹の傍らで、何度も見たと言いよるが、俺にも見せてくれよ」

喜助は、そうつぶやくと、じーっと、でいごの樹を見上げた……。

私は、喜助の独り言とよく戯れる。喜助だけではない。喜一や喜淳や、鶴子や喜蔵の独り言とも戯れてきた。時には、葉を落とし、時には花びらを散らして悲しみを共有し、季節を告げてきた。

私は、初夏になると、暑い日差しを浴びて、枝先に真っ赤な花を咲かせる。一つ一つの花びらが、次々と傘を広げるように先端に向かって放射状に広がり、幾層にも重なって、何日も何日も咲き続ける。小鳥たちが、私と戯れて蜜を吸う。

私は、また、たくさんの陰を作ることも出来る。喜助の姿を覆い隠すことも出来る。真実を隠蔽することも出来る。たぶん、私の鮮やかな赤は、たくさんの過去を覆い隠してきたはずだ。私は、喜助の身体の上に掌のような形をした一枚の葉を落とす……。

喜助は、やがて立ち上がると深く息を吸い込んで、切り揃えた丸太木を目前の台座に据え、力一杯斧を振り下ろした。木は、黄銅色の肌を見せて次々と割れた。辺り一面に樹液の匂いが立ちこめる。樹の皮に隠れていた色と匂いだ。

喜助は、その色を見て匂いを嗅ぎながら、なぜか無性に悲しくなっていた。そして、なんだか腹立たしい。いつしか、憎しみを込めたような荒い息遣いをして斧を振り下ろしていた。父も母も、息子も妻も奪われてしまった自分が情けなかった。そして今、村の子供たちに卑猥な歌で囃し立てられる。なぜ、自分がこのような運命に見舞われなければならないのか……。

父の喜蔵は、喜助が少年のころに負った怪我が原因で兵役を免れたと知ったとき、その悲運を、母の贈り物だと、そっと喜助の耳元でささやいたことがあった。あるいは、喜一や喜淳にも、父としての贈り物をあげるべきだったのか……。

またもや二人の姿が浮かんできた。逃げ帰る村の子供たちの姿と重なって涙が溢れそうになる。

それを必死でこらえる。その悲しみを振り払うために、逃げていった子供たちの無邪気で慌てた表情を思い出す。

　喜助は斧を振り下ろしながら、頰を伝わる汗とも涙ともつかない滴《しずく》を、何度も何度も振り払った。

6

　沙代が一人暮らしの喜助の元にやって来たのは、思いがけないことだった。あるいは、このことも、鶴子のときと同じように運命としか名付けようのないことだった。

　台風の前兆だと言われる夏の夕焼けが、西の空を真っ赤に染めた夜だった。喜助が、喉の渇きを潤すために瓶《かめ》の水を飲みに土間に降り立ったときである。片隅にうずくまっている人の気配に気づいた。

「だれだ？」

　返事がない。もう一度、語気を強めて尋ねる。

「だれだ？　何をしている？」

「……」

　やはり返事がない。意を決して一歩近寄ると、今にも泣き出しそうな女の声が聞こえてきた。

「助けてちょうだい、きぃおじ……、沙代だよ、かくまってちょうだい……」

　喜助が驚いて目を凝らすと、沙代が竈《かまど》の脇に身を竦《すく》めて震えていた。薄暗い中でも、何かにひひどく怯《おび》えている様子が手に取るように分かる。髪を乱し、裸足のままである。どのくらいの時間、この闇にうずくまっていたのだろうか。身に纏《まと》った夜着が、ところどころ破れている。

「沙代か……、どうしたんだ、こんな夜中に……」

喜助にも沙代の異常さがすぐに分かった。沙代は隣村に嫁いだ姉よねの娘で、よねとは逆に、沙代はこの村の梅吉《うめきち》のところに嫁いできた。よねには、沙代に何かがあったときには力を貸して欲しいと結婚式の席上で頼まれていた。沙代にとって、この村で血縁関係にある者と言えば、喜助だけだ。

「きぃおじ、助けてちょうだい。もう駄目、我慢できないんだよ。嫌なんだよ、あの人の所が……。もう行く所がないの」

「分かった、分かったから、そんな所にしゃがんでないで、さあ上がれ、上がれ」

喜助は、沙代の傍らに歩み寄り、沙代の足を洗ってやった。土間の入り口に敷いた踏み石の上に立つ沙代の足は、透き通るように白かった。足が土に触れないようにと、思わず沙代を背負ったが、幼いころの沙代とは違って、膨らんだ乳房を背中に感じて、一瞬ためらわれた。

沙代も戸惑いを覚えているようだったが、もう後には引けなかった。喜助は沙代を背負うと、一気に座敷に駆け上がった。お茶を淹れるために竈に火を点けようとした喜助を、沙代は、慌てて押しとどめた。

「駄目。きぃおじ、明かりが漏れるから止《や》めて……」

沙代は、そう言ったきり、顔に両手を当て、声を押し殺して泣き出した。

「どうしたんだ？　沙代。何かあったのか？」

「……」

「泣いてばかりいては、分からないよ……」

それでも沙代は答えなかった。喜助は、たぶん、沙代は梅吉との間で争いごとを起こして飛び出してきたのだろうと思った。気持ちが鎮《しず》まれば、また戻っていくだろうと考えた。

しかし、沙代は一時間経っても、なかなか戻る様子は見せなかった。そればかりか、怯え方も尋常ではなかった。

「もう、何も話さなくてもいい……。沙代、今日は、泊まっていくか？」

喜助が小声で尋ねると、沙代も小さくうなずいた。喜助は、慌てて寝床を用意した。破れた夜着が再び目に付いた。箪笥《たんす》の奥にしまっていた鶴子の着物を取り出し沙代に手渡した。

「鶴子の着物だ。よければ、これに着替えて、ぐっすり休むといい」

そう言って、喜助もまた寝床に横になった。横になりながら、沙代の身に何があったのだろうかと考えると、なかなか寝つけなかった。

沙代が梅吉のところへ嫁いだのは、戦争が終わってから二年程が経っていた。喜助が、鶴子を亡くしてからも一年余が過ぎていた。沙代は、両親の勧めで、南洋フィリピンの戦線から生還した梅吉のところへ、慌ただしく嫁いだのだ。喜助は、その際に十分に面倒を見ることが出来なかったことを悔やんでいた。

喜助は、喜一や喜淳が小さいころ、何度かせがまれて隣村まで出掛け、沙代たち姉弟と一緒に遊ばせたことを思い出した。沙代たちは、喜一や喜淳にとっては唯一の従兄妹《いとこ》である。沙代は、五人姉弟の一番上だ。

「きぃおじ……、恐いから、傍に寝かせて……」

すでに寝ついたものと思っていた沙代の声が、闇の中から喜助に向かって投げかけられる。

「……きぃおじ、近くへ寄ってもいい？」

喜助は黙っていた。どう、返事したらいいか分からなかった。

沙代は、喜助の返事を待たずに少し寝床を擦り寄せると、安心したように、やっと静かな寝息を立て始めた。

翌朝、喜助が起き出す前に沙代は、もう起きていた。沙代の姿を見て、思わず鶴子が現れたのかと驚いたが、すぐに昨晩のことを思い出した。

「叔母さんの着物、私に似合うでしょう」

沙代は、茶を淹れながら、少しおどけて笑い顔で言った。

沙代は、もう二十六、七歳になっているだろうか。喜助は、自分の歳を数えながら、鶴子の服の似合う沙代の年齢を確かめた。

小さなちゃぶ台の上には、炊き立てのサツマイモが湯気を上げている。傍らには、味噌汁も添えられている。喜助は、沙代に礼を言って箸を持った。外は、風が少し強まっている。やはり、台風が来るかもしれない。

「沙代は、味噌がどこにあるのか、知っていたのか？」

「女の勘よ。ついでに菜っぱも裏の畑から採ってきたからね」

「そうか……、それはいいけれど……」

喜助は、一緒に味噌汁を啜っている沙代の顔を見て再び驚いた。目の周りに痣が出来ている。

明らかに殴られた痕《あと》だ。夜には気づかなかったが、ぽっちゃりとふくよかな顔をしていた沙代の面影はまるで無かった。痩せ細った顔からは艶が失われ、手首は赤黒くむくんでいる。

沙代は、じっと手首を見ている喜助の視線に気づいて、慌てて袖を引っ張り、その痕跡を隠した。

喜助は、沙代を勇気づける言葉を、何か掛けてあげたいと思ったが、適当な言葉が浮かばない。黙ってサツマイモの皮を剝いて沙代に差し出した。沙代は、それを受け取り、うつむいたまましばらく押し黙った。

「沙代は、しばらく見ない間に痩せてしまったなあ。母《かあ》さんを、あまり心配させるなよ」

喜助の口を衝《つ》いて出たのは、そんな何でもない言葉だった。沙代は、それでも、喜助の言葉に、こらえていた思いを一気に爆発させて泣き出した。やがて肩を震わせ、鼻を啜りながら言った。

「きぃおじ……、私、絶対にあの家には、戻らないから。絶対に戻らないからね。あの人の所に嫁いでから五年間、私は、ずーっと我慢のしっぱなしだったのよ……」

沙代は、息を整えながら　その五年間の辛さを吐き出すように語り始めた。梅吉は、結婚するとすぐに暴力を振るい始めたこと。まだ子供の出来ない沙代に、姑や舅までも皮肉や悪口を浴びせ、今では召使いのようにこき使われていること。逃げ出して何度もお母に相談に行ったのに、お母は、我慢しろとばかり言い続け、結局は迎えに来る梅吉に連れ戻されていること。疲れが溜まり、梅吉の夜の求めを断ると、顔を叩かれ、手を縛られ、口の中に手拭いを突っ込まれたままで下半身をいたぶられること。暴力は、ますます激しくなり、何度も死のうと思って一人海辺の崖の上に立ったこと。沙代は、そんなことを涙で声を震わせながら話し続けた。

喜助は、そのいずれもが、にわかには信じられなかった。

「昨日も暴力を振るわれて、手首を縛られて、口の中へ手拭いを突っ込まれて、窒息しそうになったの……。もう耐えられずに逃げ出してきたの。ほら、この手首を見たら分かるでしょう……」

沙代は、手首を喜助の前に差し出した。それでも信じ難いと頭を振る喜助の前で、沙代はゆっくりと立ち上がり、着物をずらして肌を見せた。胸や背中には信じられないほどの赤い血筋が、帯状の痕跡を作っていた。

「分かった、分かった」

喜助は、慌てて目を逸らした。

「分かったから、服を着けろ……。もし、ここでいいのなら、お前が居たいだけ、居るといいさ」

喜助は、思わず言い継いでいた。

沙代は、喜助の言葉を聞いて、やっと笑みをこぼした。それから、仏間に飾っている喜一や喜淳、そして鶴子や喜蔵の遺影を見て、立ち上がった。

「喜一さんや……、鶴子叔母さんたちに……、お焼香するね」

沙代が感慨深げに香を点け、膝をついて合掌する。それから両目ににじんだ涙をぬぐって小さくつぶやいた。

「喜一さん……、帰って来て。生きて帰って来るって約束したじゃない。逃げて帰って来るって約束したじゃない……。死んでなんかいないわよね、死んでなんか……」

喜助は、微かに聞こえた沙代の言葉に驚いた。空耳ではないかと疑った。が、言葉は返せない。どう言えばいいのか……。

どのぐらいの時間が過ぎたのだろう。やがて、沙代が何事もなかったかのように喜助の方を振り返り、笑みを浮かべて言った。

「ねえ、きぃおじ……。喜一さん、みんなをびっくりさせるのが大好きだったから、写真を見ていると、なんだか、ただいまって、今にも帰って来そうな気がするわ」

「うん、そうだな……」

「喜一さんのお骨はまだ見つかっていないんだから、死んだっていうの、おかしいよね」

「えっ？」

喜助は、沙代の言葉に戸惑った。沙代は何を言おうとしているのだろう。やはりあのつぶやきは、聞き間違いでは、なかったのだろうか……。

沙代が、喜助の戸惑いに気づいて、慌てて顔を伏せて詫びた。

「ごめんね、きぃおじ、思い出させてしまったね……」

「いや、気にせんでいい」

喜助は、沙代を気遣うように声をかけた。

「沙代、外は風が強くなったようだ。台風が来るぞ。しばらくは荒れるぞ……」

喜助の言葉に沙代は顔を上げ、笑顔を作って答える。

「うん、そうだね……。そう言えば、きぃおじが、喜一さんたちと一緒に大きなウナギをお土産だと言って持って来たことがあったけれど、覚えている？」

「えーっ？　そんなことがあったかな」

「あったわよ。私は、あんな大きなウナギを見るのは初めてだったから、そりゃもう気持ち悪くって、気持ち悪くって」

「あれ、そうだったかな。お前はウナギが大好きだって、よね姉《ネ》ェから聞いたような気がするけどな」

「そうなのよ、あんなに気持ち悪そうなのに、食べたら、美味《おい》しくて美味しくて、涙が出るほどだった。きぃおじが、またウナギを持って来てくれないかなって、首を長くして待っていたんだよ」

「あれ、俺たちを待っていたんじゃなくて、ウナギを待っていたのか？」

「そんなことはないけどさ」

沙代が、声を出して笑う。

「よーし、いつか、また、腹一杯食わせてやるよ」

「有り難う……。きぃおじも、喜一さんも、いつも優しかったからね。怒っている顔なんか見たことがなかったもんね」

「そんなこともないけどな」

喜助も沙代と同じような返事を繰り返し、久しぶりに声を上げて笑った。

それから、数日間、激しい台風が村を襲った。強風で戸板が軋み、大粒の雨が音立てて板壁や土砂を叩いた。不気味な海鳴りが、威嚇するように村を襲った。村人は、息を潜めて台風が過ぎ去るのを待った。

喜助と沙代は、荒れ狂う台風のゆえに、思いがけずも出現した二人だけの世界で、互いの運命を振り返り、同時に相手の不運を思いやった。泣き、笑い、そして胸を熱くした。

台風が過ぎ去って数日間、だれもがその被害の大きさに茫然と立ち竦み、やっと気を取り直して後片づけを始めたころ、沙代が喜助の家に居ることを知った梅吉が、大声を出して怒鳴《どな》り込んで来た。

「沙代を寄こせ。沙代が居るのは分かっているんだ！」

「沙代！　出てこい！」

沙代は裏座に身を隠して梅吉の言葉を聞いた。喜助は強く断って梅吉を追い返した。

数日後、さらに姉のよね夫婦が隣村からやって来た。沙代を叱りつけ、梅吉の元に戻るようにと諭したが、沙代は頑として聞き入れなかった。

「戻らなければ、勘当してやるぞ！」

「戻すんだったら、死んでやるから」

沙代は、父親の言葉をも、きっぱりとはねつけた。

よねは、傍らで泣き崩れるばかりだった。喜助は、ただ黙って親子の言い争いを聞いた。

喜助の元に、幼なじみの忠治《ちゅうじ》がやって来て意見を言った。

「他人の嫁さんと、二人だけで一つ屋根に住むのは、具合が悪いぞ。どんな噂が立つか分からんぞ」

忠治は、半分脅迫めいたことを言ったが、しかし、喜助は笑って聞き流した。

それから数週間後、梅吉が、今度は包丁を持って押し掛けて来た。

「沙代を寄こせ！　沙代は俺の女房だぞ！」

梅吉が、目を血走らせながら威嚇するように喜助に言った。喜助は、それでも沙代を渡さなかった。喜助よりも先に、沙代がきっぱりと梅吉の申し出を断っていた。

「私は、あんたの所に帰る気持ちは、これっぽっちもないからね」

「何だと。ごちゃごちゃ言わないで、さあ、帰るんだ」

「嫌だね。手を放してよ。私は、ここから、どこへも行かないからね。あんたなんか、大嫌いだよ。あんたは戦争に行って、気が狂ってしまったんだよ」

「何だと……、馬鹿たれが！」

梅吉が、沙代の返事に逆上して頰を叩き、足で蹴り上げる。

喜助は、慌てて二人の中に入り込む。

「梅吉さん、やめろよ。沙代が嫌がっているよ。落ち着いて、少し話し合ってみたらどうかねえ」

「話し合うことなんか、何もない！　沙代、さあ、こっちへ来るんだ」

梅吉が、逃げ惑う沙代を、手に持った包丁を振りかざして追いかける。喜助は、沙代をかばいながら梅吉を押し戻す。何度目かに、二人の身体がぶつかった。梅吉が手にした包丁が喜助の脇腹を突き刺した。真っ赤な鮮血が、あっという間に喜助の脇腹を染めた。

沙代が、悲鳴を上げて、助けを求めて外に飛び出す。叫び声を聞きつけて、村の男たちが駆けつけてきた。梅吉は、なだめられ取り押さえられた。

沙代は、倒れている喜助に取り縋《すが》り、だれ憚《はばか》ることなく声を上げて泣きだした。

「きぃおじ、ごめんね、沙代のせいだね、ごめんね、死んじゃ、駄目だよ……」

喜助は、小さくうなずきながら沙代を見た。脇腹が悲鳴を上げているのが分かる。傷口を抑えた右手に、血がにじんでくる。

「きぃおじ……、死んじゃ駄目だよ、沙代を、独りぼっちにしないでよ……」

沙代の言葉に、喜助は再びうなずく。苦痛で顔が小刻みに震える。

突然、沙代が立ち上がり梅吉に飛びかかっていった。

「あんたって人は、あんたって人は。本当に、ひどいよ。気が狂っているよ」

「何、言ってるんだ。狂っているのは、お前らだよ」

沙代が、梅吉の胸を激しく叩く。それを村の男たちが引き離した。

沙代は、再び喜助に取り縋った。喜助の傷口に布を当て、止血をしている村の男の傍らで、悲鳴を上げ、喜助を抱きながら頰を寄せて泣き続けた。

梅吉は、その日を境に喜助と沙代の前に姿を現さなくなった。梅吉だけではない。村人たちも、いつの間にか喜助と沙代の暮らしを冷たい視線を送りながらも認めざるを得なかった。

喜助の傷は、幸いにも急所を外れ、隣村からやって来た医介輔《いかいほ》（代用医師）の治療を受けて快復した。喜助は一月《ひとつき》ほど沙代の看病を受け、家で養生した。

このことが、ますます二人の仲を接近させたのだろう。沙代は幼いころの話や、楽しかった家族の思い出を、喜助の前で笑い声を上げながら次々と話した。沙代にとっては久し振りに安らぎを覚える日々だった。

喜助もまた、沙代の話に声を上げて笑い、喜一や喜淳のことを話した。笑い過ぎて、脇腹の傷跡に痛みが走ることもあった。二人は、もうだれにも遠慮することなく笑顔を見せ合い、一緒の生活を続けた。

やがて、喜助が畑に出られるようになったころ、村人は、庭のでいごの樹の傍らに、今度は喜一の幽霊が立つと噂し合った。それも沙代と一緒に、二人で踊っていると言うのだ。なぜ、そのような噂が流れたかは分からない。だれが、その噂を流したかも分からなかった。

だが、その噂とともに、喜助と村人との付き合いは、徐々に希薄になっていった。あるいは、このことを意図して、噂は広まっていったのかもしれない。なぜなら、村人の多くは、喜助の元に沙代が住んでいることを、よからぬこととして白い目で見ていたのだ。

たとえ梅吉の側に非はあるにせよ、村人の同情は妻を奪われた梅吉に集まった。そして喜助の傷が癒えるのを待っていたかのように、喜助と沙代の関係を邪推して犬畜生と罵《のの》り、まるで村八分にでもするかのように二人を遠ざけ始めたのだった。

喜一や喜淳の出世を願った村人の姿は、もうどこにもなかった。むしろ、首里士族の末裔として生きてきた與儀家一族への劣等感を噴出させるかのように冷たい差別的な行為を取るようになっていた。どこから聞きつけてきたのか、「脱清人！」と罵りながら石を投げる者もいた。

「脱清人の末裔は、やはり変わり身が早いなあ」

「恥ヌ、アリバドゥ、人間ヤンドオ（恥があってこそ、人間だよ）」

大声で皮肉を言い放って門前を通り過ぎる村人たちもいた。沙代もまた、喜助と同じ血を有し、ヤマト政府へ謀反を企てた首里士族の末裔であった。

7

歳月は容赦はしない。私の身体にも、否応なく年輪という名の痕跡が刻まれる。どんなに身もだえても、その歳月から逃れることは出来ない。たとえ、悲しみや苦難に満ちたものであろうと、歳月は積み重ねられ過去へ追いやられる。そして過去から現在が刻まれ、未来がやって来る。

苦難に襲われた者は、だれもがその痛みに身を捩《よじ》る。私の身体は醜い。しかし、それが私の現在である。一年一年が、どのように刻まれようとも、一度刻まれたら、修正することも削除することも出来ない。ただ、忘れようと努力するだけだ。もちろん、忘れることは必ずしも正しいことではない。むしろ、私たちは、たくさんのことを忘れ過ぎるのだ。村人たちもまた、たくさんのことを忘れ始めている……。

沙代が、喜助のもとに身を寄せたのは、戦争が終わってから六、七年の歳月が流れたころだった。村人は、戦争で背負った傷を、それぞれの方法で鎮め、葬っていくことが出来るようにもなっていた。

一九五〇年代も半ばになると、山間の小さな村にも、徐々に平穏が訪れ、復興の槌音が響き渡っていた。四、五十戸にも満たないこのでいご村から、神童と呼ばれた二人の兄弟が県立師範学校に合格し、激励会を開いたことも遠い過去の出来事として記憶の彼方に押しやられていた。

しかし、喜助だけは、二人の息子を奪われた無念の思いを、消し去ることが出来なかった。たとえば、目前の風景に自然の雄大さを感じるとき、この風景を息子たちに見せてやりたいと思った。白い砂浜にウミガメの這った痕跡を見つけたとき、卵を掘り当てて歓声を上げていた喜一と喜淳の顔が浮かんできた。そんな記憶が立ち上ると、懐かしさ以上に無念さが増し、いつの間にか表情も険しくなった。

喜助の住む村と、海岸沿いに点在する両隣の村との間は、それぞれ等間隔に八キロほど離れていた。両隣の村までは、南北から自動車道路が伸びてきていたが、喜助の住むでいご村と隣村との間には、人がやっと通れる程の山道があるだけだった。それゆえに、村は僻地と呼ばれ、陸の孤島とも呼ばれていた。

僻地を解消するために、琉球政府や米軍政府は、本島一周道路の建設を計画していた。まず喜助の村と南側の村とを結ぶ道路工事が開始された。喜助の姉よねが嫁いだ村とは、反対側の村である。

村人は不便さが解消されると大いに期待したが、中には、米国の軍隊が村にやって来るための道路ではないかと、不安を募らせる者もいた。戦後、沖縄は日本政府から分断され、米軍政府の統治下に置かれていた。

村人の多くは、そんな不安を一蹴しながら、日雇い労務として道路工事に従事した。手っ取り早い現金収入が得られるからだ。しかし、喜助は昔のままの生活を変えなかった。現金を手に入れても、欲しいものは何もなかった。

戦後の復興は、もちろん道路の整備だけではなかった。たとえば中北部の街々では、戦勝国アメリカの軍隊が駐留する基地建設が次々と始まり、好景気で賑わっていた。それに伴って基地従業員の募集もあり、手軽で高価な現金が手に入る仕事として、多くの人々の関心を集めていた。また、基地の街で米兵相手の水商売を始めるとして、一攫千金を夢見て村を出ていく若者たちもいた。戦後の大きな波が、村人の生活をも変え始めていた。

しかし、やはり喜助は動かなかった。沙代もまた、嵐が過ぎ去った後の安らいだ生活を楽しんでいるかのようであった。

梅吉は、あの事件があってから、数か月後に村を離れた。都会に出て米兵相手の水商売を始めた。今では「基地成金」と呼ばれるほどの富を手中にしていると噂されていた。実際、梅吉は休日になると村に戻ってきて派手な服装をして歩きまわっていた。やがては梅吉の家族皆が、村を離れて基地の街へ移り住むだろうと噂されていた。

村は様々なうねりを有しながらも徐々に秩序を取り戻しつつあった。戦争で中断されていた節目節目の村行事も再び行われ始めていた。先祖を弔う墓の正月と呼ばれる一月のジュウロクニチ（十六日）、三月の浜下《ハマウ》り、五月のウマチー（豊作祈願）、七月のアブシバレー（悪虫払い）など、歳月を重ねるにつれて、数々の村行事が復活した。

「八月祭り」を復活させようと計画が進められたのも、このころだった。村の神アシャギ（神に祈りを唱える場所）前に舞台を作り、村人総出で五穀豊穣を祈願して歌や踊りを楽しむのである。村を離れた人々も、その日には村に戻り、村はいつもより活気づく。

村の区長には、数年前から喜助の幼なじみの忠治が選ばれていた。その忠治が中心になり、八月祭りの復興が計画されていた。忠治は、喜助の唯一の話し相手でもあり、理解者でもあった。喜助は、忠治を通して村の様子を窺い知ることが出来た。

その忠治が喜助の元にやって来た。忠治は復活する八月祭りの目玉として、「奥山の牡丹《ぼたん》」の劇を舞台に上げたいと言った。喜助にも懐かしかった。喜助は、かつてその劇の舞台脚本を、村人用に書き直し、演技指導をやったことがある。

奥山の牡丹は、立身出世した息子が、奥山に身を隠すようにして住んでいる母親を訪ねて首里からやって来るが、息子の出世の妨げになるのではないかと案じた母親は、頑《かたく》なに身の上を明かすことを拒み、涙して追い返す話である。母子の情愛の深さを描いた沖縄芝居三大悲劇の一つとなっている。原作を少し変え、喜一と喜淳が、母親を慕う二人の息子役を演じて、村人の涙を誘ったのだ。

「それでよ、喜助。ものは相談だが、お前に、もう一度、あの『奥山の牡丹』の脚本を書いてもらって、演技指導をやってもらいたいんだよ。お前の二人の息子が、あの奥山の牡丹に子役で出演したときには村中が泣いたものだ。覚えているか？　今でも語り草になっているぞ。息子役をだれにするかは、これから決めるんだが、お前の指導があれば、もう成功したも同然だ。村人皆が楽しみにしているんだ。そろそろ、お前も頑なな態度を捨てて村人と交わらんといかんだろう」

喜助は、忠治の言葉に気が滅入った。俺は、何も頑なな態度をとっている訳ではない。村人がただ俺を遠ざけているだけだ、俺と沙代の仲を邪推しているだけだ、と言おうとしたが、言うのは止めた。

「……断る」

「どうしてだ？　いい機会じゃないか、またみんなと一緒に、仲良くやっていくいい機会だと思うんだがなあ」

「……」

喜助は、答えなかった。喜助の脳裏に、めまぐるしく父の死の情景が浮かんできた。父は、殺されたのだ。だれに？　村人のだれかにだ。沙代と自分に対するここ数年の村人の理不尽な仕打ちを思うと、その疑惑は確信に変わりつつあった。もちろん、証拠はない。証拠はないが、忠治の申し出を、やはり素直には受け容れられない。

「もし、駄目なら、踊りを一つ踊ってくれるだけでもいいよ。昔みたいに、『加那ヨー天川《あまかわ》』の踊りでもいいんだ。俺は、お前のあの見事な踊りが忘れられない。是非、踊ってくれ」

「……断る」

「なぜなんだ。村の者には俺が頼めばなんとかなると、見得を切ってやって来たんだ。考え直してくれんか……」

喜助は、やはり難しいと思って首を横に振った。

「やはり、駄目か……。しようがないな。でも、また今度、何かの機会があったら手伝ってくれよ。村人たちの無礼な振る舞いは、俺からも謝っておく。よく言いきかせておくから許してくれ……。しかし、舞台は見に来てくれるんだろうな……」

喜助は、うなずいた。区長の忠治はそれを見て、泡盛の入った杯を飲み干すと、諦めて帰っていった。

喜助は、忠治を見送った後、村人とのことを気遣ってくれる感謝の思いと同時に、気持ちの分からぬ友だとも思った。父のことだけではない。二人の子役の指導をしたら、きっと息子の思い出が蘇り、耐えられなくなる。「加那ヨー天川」の踊りだって、脚の悪い自分が舞台に立てたのは妻の鶴子が踊りの相手だったから出来たのだ……。酷《ひど》いことを言う友だと、密かに反発した。

忠治が帰ってから数週間後、村では、賑やかに祭りの準備が始まった。村の中央の神アシャギ前に即席の舞台が作られ、蘇鉄の葉やシュロの葉で周りが飾られた。

祭りの当日には、那覇やコザの街から、予想以上の村人が里帰りをして賑わった。喜助は、祭りの夜、区長の忠治との約束を破って村を離れ、隣村のよねの所へ出掛けた。舞台で上演される奥山の牡丹を見たくないという思いもあったが、それ以上に、沙代の将来を思うと、いつまでも手元に置いておくわけにはいかないだろうと思ったからだ。よねに、そろそろ沙代を引き取ってもらいたいという相談だった。沙代が来てから、もう五年の歳月が過ぎていた。

隣村までの約二時間余の道のりを、八月の満月に照らされながら、喜助は、不自由な脚を引きずりながら歩いた。

よね夫婦は、喜助を歓迎してくれた。二人にとっても沙代のことはいつも気になっていることだった。街に働き口でもあれば、すぐにでも送り出したいと言った。その話をするために、何度か沙代を訪ねたとも言った。

「しかしなあ、喜助さんよ。沙代は、私らの頼みを聞き入れてくれないのだよ……。頑固に首を横に振り続け、今が一番幸せだと言うんだよ」

よねの夫の栄昇が、半ば諦めたような口振りで寂しそうに笑った。傍らのよねも、肩を落とし、ため息をついている。

喜助には、初耳だった。なぜ、沙代が自分との生活を選ぶのか、よく分からなかった。自分の所は、一時的な避難場所ではなかったか。

「沙代が、どう言っているか分からんが、やはり俺のところに長く置いておくわけにはいかないよ。村では良からぬ噂も、立ち始めているんだ。これ以上、置いておくと、沙代のためにもよくないよ」

喜助は、正直に、そのことをよね夫婦に告げた。よね夫婦は、顔を見合わせながら、喜助に言った。

「本当にすまないなあ、喜助さん。迷惑をかけるなあ……」

「沙代は、よっぽど、梅吉との生活が、辛かったんだろうね。私がもっと沙代の話を、ちゃんと聞いてあげれば、よかったんだけどね……」

よねが、夫の言葉の後から、涙をこらえながら、途切れ途切れに言い継いだ。

結局、沙代の翻意を待つ以外にはなかった。それが結論だった。

喜助は、勧められた酒を飲み、少し酔いの回った身体で、また帰りの道のりを二時間余りかけて歩いた。不自由な脚をいたわりながら長い道のりを歩くことは、決して楽ではなかった。

しかし、そんなことよりも、沙代はなぜ自分との生活を捨てないのか。そんな思いが頭の中を駆け巡った。かつて、仏壇の前でつぶやいていた沙代の言葉が蘇ってきたが、やはり、理解しづらかった。梅吉に脇腹を刺された時、朦朧としていく意識の中で、頰を強く押しつけられた感触も蘇ってきた。

村の者は、喜助と沙代の仲を邪推し、犬畜生のように噂している。しかし、実際には二人の間には何もなかった。だが、喜助だって男だ。いつまで耐えられるか分からない。そんな冗談を言って、よねの夫と笑い合ったが、よねは笑わなかった。そのときのよねの複雑な表情を思い出しながら、喜助は歩き続けた。

山中の道路を抜けると、一気に視界が広がって村の灯りが見えた。喜助は、その灯りの一つ一つに、それぞれの家族が身を寄せ合って生きているのだと思うと、不思議な感じがした。同時に無性に寂しかった。自分と沙代は五年間一つ屋根の下で暮らしたが、家族と呼べるだろうか。やはり、呼べる筈がなかった。

ふと、父の喜蔵は、どのような方法で、長い独り身の寂しさを紛らわせたのだろうかと気になった。そんなことを考えると、さらに一足ごとに酔いが回るような気分だった。

村に着くと、神アシャギ前の舞台広場には、人影はまったくなかった。すべての演目が終わり、広場の賑やかさは遠退《とおの》いていた。どこからか三線の音が静かに流れており、打ち寄せる波の音と重なって、まだ祭りの余韻が火照っているようでもあった。

家に着くと、裏座に来客があり、沙代が言い争っている気配がした。驚いて聞き耳を立てる。紛れもなく沙代の声だ。喜助は、急いで家の中へ駆け上がった。なぜだか、忍び足になり、声のする裏座へそっと回った。

すると、一人の男が、今にも沙代にのしかかろうとしていた。沙代は、必死に逃《のが》れようとしている。喜助は驚いて声を荒げ、男に飛びかかった。

「だれだ！　この馬鹿たれめが！」

喜助は、背後から男の襟首を捕まえて殴りつけた。殴る度に、酒の臭いが、その男の身体から振り払われた。いや、喜助からこそ、酒の臭いは放たれていたのかもしれない。

「きぃおじ！」

沙代が、うめくような声で叫ぶと、乱れた裾を直して立ち上がった。喜助の背後に回り、隠れるようにして土間に降りた。

喜助は、威嚇するように男を睨みつけた。男は、梅吉だった。

「梅吉、貴様か……。恥を知れ、恥を！」

喜助の傍らで、沙代が、いつの間にか包丁を握っている。その包丁を握ったまま進み出る。

「殺してやる！　殺してやる！」

「沙代、待て！」

喜助は、沙代を制しながら、梅吉の襟首を摑まえ、なおも渾身の力を振り絞って殴り続けた。

やがて、梅吉は転がりながら、庭に飛び出した。

喜助は、沙代から包丁を奪い取り、それを握って追いかけるように庭に飛び降りた。

「俺が、ぶっ殺してやろうか」

梅吉は、喜助と沙代の剣幕に押され、四つん這いになりながら逃げ回った。やっと荒い息を整えると、血の噴き出た唇を片手でぬぐい、脇腹を押さえ、喜助に向かって投げ捨てるように言った。

「ふん、犬畜生の家系が……、沙代とつるみやがって……。お前こそ恥を知れ、恥を！　沙代は、お前の姪だろう。お前のお父も娘とつるんだというが、やはり、血は争えんわい」

「何だと、訳の分からんことを言いやがって……」

「ふん、お前は知らんだろうがな、村の者は、皆知っているよ。お前のお父は、娘のよねに夜の相手をしてもらっていたってな。ついでに教えてやろうか。沙代はまだ俺の女房だよ。俺の前でよがり声上げるでよ。時々慰めに来てやっとったがな」

「失せろ！　これ以上言うと、本当にぶっ殺すぞ」

「ああ、失せるともよ。こんな幽霊屋敷、二度と来るもんか」

梅吉は、脇腹を押さえながら立ち上がると、でいごの樹の幹を足で蹴飛ばした。派手な色のシャツが、暗闇の中に不釣り合いな生き物のようにうごめいて消えた。

喜助は、足をふき、家の中へ入った。表戸を閉め、裏座敷で伏せたままで泣き続けている沙代の所へ行った。

沙代は、肩を震わせてうずくまっていたが、しばらくして顔を上げ、ちゃぶ台から転げ落ちた茶碗を無言で片づけ始めた。

遠くから聞こえていた三線の音は、いつの間にか鳴り止んでいた。今、ここで修羅場が展開されたとは思えぬほどの静けさだ。黙って座っている喜助の耳に、でいごの葉の、ざわざわと揺れる葉擦れの音が聞こえてきた。

喜助は、沙代が不憫に思えた。いつまでこのような不幸が続くのだろうか。そう思って土間でうずくまっている沙代を見た。

すると、沙代が包丁を握り、今にも喉元に突き刺そうとしている。喜助は、転げるように土間に飛び降りた。

「止《ゃ》めろ！　沙代、止めるんだ！」

「きぃおじ、死なせて、お願い、死なせてちょうだい」

「何を言ってるんだ、馬鹿たれ！　止めろ！」

喜助は、力ずくで沙代から包丁をもぎ取った。

沙代が、悲鳴を上げ、どっと泣き崩れた。

「私なんか、もう……。私なんか、死んだ方がいいんだ」

「馬鹿なことを言うな！」

「皆に、迷惑を、かけるばかりだし……」

「迷惑なんか、かかってない！」

喜助は、思わず怒鳴り声になっていた。沙代の前に仁王立ちになり沙代を睨みつけた。

沙代は、喜助を見上げた後、土間に両手を付き、上半身を折り、頭を振りながら身をよじるようにして泣き出した。黒い髪が顔の前に垂れ、地面に届いている。

喜助は、しばらくその姿を見つめていたが、掛ける言葉を探しあぐねた。手に持った包丁を片づけ、再び沙代の前にしゃがみ、沙代を見た。それから、声を絞り出すようにして言った。

「沙代……、死んではいかんぞ」

喜助の目からも、こらえていた涙が溢れてきた。後の言葉は続かない。沙代への思いは、自分自身への思いに繋がるような気がした。

「死んだら……、負けだぞ」

喜助は、絞り出すように、やっとこれだけ言うと沙代の肩に手を置いた。声がかすれていた。

沙代が、涙で濡れた顔を上げて、喜助の胸に飛び込んだ。

「きぃおじ！」

喜助は、思わず後ろに倒れそうになった。腕の中で沙代の嗚咽が一段と大きくなった。沙代の思いが、沙代の身体から直《じか》に伝わってくる。同時に、腕の中から沙代の髪の匂いがのぼってきた。沙代の柔らかい乳房が身体に触れる。梅吉から逃がれてきた沙代を背負って、座敷に駆け上がったあの日以来だ……。

喜助はためらった後、頬に触れる沙代の髪をゆっくりと撫でた。沙代の寂しさが伝わってくる。

熱い涙と共に温かい肌のぬくもりが伝わってくる。

喜助は、自分の身体を酔いが激しく音立てて駆け巡っているように感じた。二人の女を愛することになるのではないか。死んだ鶴子と、そして沙代と……。そんな予感に、思わずたじろいだ。

喜助は、慌てて沙代の肩に置いた指先の力を抜き、うんうんとうなずきながら沙代を見た。それから沙代の肩を小さく撫でながら、必死に風の音を聞き続けた。

8

戦争が終わって、十余年目のうりずんの季節を迎えた。歳月は、ゆるやかに、しかし確実に過ぎていく。戦没者を祀《まつ》った村の合同慰霊碑に、喜助の二人の息子と、父の喜蔵の名前を追加して刻みたいと、区長の忠治が喜助に伝えに来た。

喜助は合点がいかなかった。いまさらという感じがした。何かそのことで利益を得る者がいるのではないか。そう思うと、不愉快な気分さえ沸いた。忠治のせいではないが嫌な気分だ。

村に慰霊碑が建立された数年前、村人たちは、喜一と喜淳の名前を刻むことに反対した。それなのに、今度は父親の喜蔵の名前まで刻みたいという。なぜなんだ。

喜助は、村人が信用出来なかった。父の死を知ったときから、ずーっと抱いていた不信感が再び蘇ってきた。父は、村人のだれかに殺されたのではないかという疑念だ。そんな恨みのような鬱屈した思いが、どっと溢れてきた。

確かに、戦時中には、皆が餓死することに怯え、不安な日々を過ごしていた。しかし、何も父を殺してまで食糧を奪うことはなかったのではないか。あの日、山を降りた村人は、父の他にも数人いた。そのうちの一人は、忠治の父親だったはずだ。

忠治が持ってきた泡盛を飲みながら、久し振りに話が弾んだが、喜助の心は、晴れなかった。

「喜助よ、三人の名前を刻んで、今年からは、お前も村の慰霊祭に参加するといい。それが一番自然なことなんだ。俺はそう思うよ」

忠治が、杯を手に持ち、自らを納得させるように何度も頭を縦に振る。しかし、喜助は、やはりもう一つすっきりしない。思い切って、その疑念を忠治にぶっつける。

「確かに、お前が言うとおり、亡くなった人を祀ることは大切なことだ。戦争の悲惨さを忘れてはいけないと俺も思う。父の喜蔵も、息子の喜一や喜淳と同じように戦争の犠牲者だと俺は思っている。しかし、お前たちは、勝手過ぎはしないか。数年前には、喜一や喜淳を祀ることにさえ反対したのに、どうして、今度はお父も祀るんだ。戦死者が村からたくさん出ると、褒美でも貰えるのか？」

「そんなことはない……」

「村人の中には、俺のお父を戦死者として慰霊碑に刻むことで、得をする人がいるのではないか？　お父の死を慰霊碑に刻んで決着をつけたいと思っている者が、いるのではないか？　お父の死の原因を隠そうとしている者がいるのではないか？」

喜助は、身勝手な邪推かもしれないと思ったが、一度溢れた言葉はもう止まらなかった。案の定、忠治は顔を赤らめ、激しくそれを否定した。

「喜助、そんなことはないよ。それは、ちょっと言い過ぎだよ。戦時中の村の掟を破ったのは、お前ら親子が先だろうが」

「何を言うか。みんな食糧を出し惜しみして隠しておいたくせに。馬鹿正直に食糧を出したのは、俺たち家族だけだっただろうが」

沙代がやって来て、ゴーヤー（苦瓜）に小魚をあつらえた肴《さかな》をちゃぶ台に乗せる。その間、一瞬和やかな空気が流れるが、沙代が裏座に戻ると、また二人の間に険悪な空気が漂う。

「沙代さんも、痩せたなあ……。なあ、喜助、沙代さんは苦労しているのではないか？」

沙代の後ろ姿を見ながら、忠治が皮肉とも思えるような口振りで言う。喜助は返事をしない。

「なあ、喜助よ。いろいろとあるだろうが、昔のことは水に流して、これからのことを考えようよ。その方がお前のお父だって喜ぶだろうが」

「喜ぶ？　お父は絶対に喜ばないよ。喜ばないからこそ、お前らの言うとおり、幽霊になって現れているんだ」

喜助は、杯の酒を一気に飲み干すと、なおも続けた。

「お父はな、戦死者として慰霊碑に刻印されるよりもな、幽霊のままで、お前たちの記憶に取り憑いた方がましだよ」

喜助は、言ってはいけないことを言ったかなと思った。しかし、間違ってはいないような気もした。その思いが、喜助をためらわせなかった。

「喜一と喜淳のことだって、あんたらはつじつまの合わない理屈だけを並べて名前を刻むことを断ったではないか。何をいまさら……」

喜助の脳裏に、数年前の記憶が蘇る。村の常会の場面だ。二人の名前を刻むことは、村の常会で否決された。

村人が言うには、二人の息子は、すでに糸満摩文仁《まぶに》の慰霊碑に名前を刻印されて立派に祀られている、今さら村の慰霊碑に名前を刻まなくてもいいだろうということだった。二つの慰霊碑に名前を刻んだら、マブイ（魂）がどこへ行ったらいいか困るだろうというのだ。また、村で造る慰霊碑は小さな規模なので、すべての戦死者の名前など刻むことは到底出来ない。むしろ摩文仁の慰霊碑に刻まれることが名誉なのだ。刻銘には費用もかかることだし、ここは遠慮してもらいたい。村人は、そう言ったのだ。

喜助は、合点がいかなかった。皆同じ戦争の犠牲者なのだ、マブイが迷うはずはない。むしろ、慰霊碑は生者のためにこそあるはずだ。俺の拝む場所をも、皆と同じように村に造って欲しい。そんな意見を述べたが聞き入れられなかった。

喜助は、それから数日後、村人の拒む理由の一つに、脱清人《だつしんにん》ということがあるのではないかと思い至って苦笑した。村人にとって、脱清人の子孫の名前を刻むことは不名誉なことではないのかと。よもやと思われたが、そう思わなければ、つじつまが合わなかった。

「どうしても名前を刻みたいのなら、息子やお父の名前だけでなく、鶴子の名前も刻んでくれ。鶴子も戦争の犠牲者だ。鶴子の名前も刻んでくれるか？　そして、この俺もだ。俺が死んだら、俺の名前も刻んでくれるか？」

「それは……、出来ない相談だよ」

「出来なければ、駄目だ」

喜助は、少し強引かなと思ったが、戦争で運命を狂わされた人間は、やはり戦争の犠牲者なのだ。俺も、沙代も……。あるいはフィリピンから生還した梅吉も、どこかで人間としてのバランスを失ったのではないか。そう思いながら、喜助は自嘲気味な笑みを浮かべていた。

区長の忠治は、頑固に頭を横に振り続ける喜助の態度に、八月祭りの時とは違って、今度は、声を荒らげて立ち上がった。

「もういい！　お前とは、もう話をせん！」

忠治は、喜助を威嚇するように睨みつけた。

「お前は、昔から頑固だったが、今でもちっとも変わらないな。頑固だけでは生きていけないぞ。もうちょっと、賢く世の中を渡ったらどうだ。捨てるものは捨て、拾うものは拾う。お互い様だ。世の中、助け合って生きていくには、忘れなければならんこともたくさんあるだろうが。目をつぶらなければならんこともたくさんあるだろうが」

「俺は、目をつぶらん！　目をつぶってはいけないこともたくさんある。忘れてはならないことも、たくさんある。俺は、絶対忘れないぞ。喜一や喜淳やお父を奪った戦争のことをな」

「だから、忘れないために慰霊碑に名前を刻もう。そうお願いしているんじゃないか」

「だから、鶴子の名前も刻んでくれるか？　そう訊いているんだ」

「……」

「戦争で死んだ人の名前はな。慰霊碑に名前を刻むだけではなく、俺たちの心にこそしっかりと刻むべきなんだよ！　喜一や喜淳たち戦争の犠牲者をな、みんなの記憶に、しっかりと刻み込むべきなんだよ！」

「分かった。もう頼まん。何も頼まん！」

忠治は、席を蹴るようにして出ていった。喜助は忠治の剣幕を見て、もう村には自分の味方になってくれる者はだれも居なくなったと思った。そして、それもやむを得ないと思った。忠治の姿を庭先まで目で追った後、喜助は、闇の中に聳《そび》えるでいごの樹を見た……。

喜助の目は別人のように潤んでいた。村人がでいごの樹の傍らに幽霊を見るのとは違う目だ。私はそんな時、喜助が何を考えているかを知っている。何を思い出しているのかを知っている。私の身体を見て、私の身体を見ていない。私の匂いを嗅いで、私の匂いを忘れている。

喜助が見据えているのは、いつまでも消せない戦争の記憶だ。あるいは、自己の内部に刻まれた記憶の年輪を見据えていると言い換えてもいい。たとえば、二人の息子から送られてきた最後の手紙の文面を思い出している……。

拝啓。ご両親様。お変わりございませんか。ぼくたちは間もなく学徒隊としての名誉を担って戦場へ出発します。ぼくたちは、御国のために立派に死にたいと思います。ぼくたちが死んでも、決して悲しまないでください。ぼくたちは、生きている間、一番の幸せ者でした。父上様、母上様の子供に生まれたことを誇りに思います。

ぼくたちは、覚悟を決めています。父上様、母上様、そして敬愛する祖父上様、ぼくたちは沢山の人々の思い出を胸に、死んでいきます。もっと長生きをして親孝行が出来なかったことだけが、心残りです。少しの恩返しも出来なかったことが悔しいです。でも、ご両親様には、きっとご理解を願えると思っています。

ぼくたちは、たとえ英霊となっても、いつもご両親様のそばにいます。庭に聳えているでいごの樹の霊となって、ずっと、ずっと、父上様、母上様、そして祖父上様やでいご村の人々を見守っています。夏に真っ赤な花が咲いたら、どうかぼくたちが戻って来たと思ってください。ぼくたちの夢が、彼岸で花開いたのだと思ってください。

父上様、母上様、そして祖父上様。どうか、くれぐれもお身体を、お慈しみください。皆様のご健康と、この国の豊かな発展を祈っています。それでは、さようなら……。

喜一。喜淳。


喜助の脳裏に、途切れ途切れの記憶が浮かぶ。手紙は、鶴子と二人で、何度も何度も読み返したから、まだ覚えている。親より先に死んで親を見守るってことがあるか、何が、父上様だ、何が、それでは、さようならなんだ……と、歯ぎしりして二人の死を悔やんだものだ。

二人からの手紙は、埋葬した鶴子の手に握らせてあの世へ持たせてやった。もう確かめる術はない。それ故にか、記憶を蘇らせるたびに、一つ一つの文言が欠けていく。記憶が徐々に衰えていくのだ。あるいはいつの日か、手紙の内容を、すべて忘れ去る日がくるのだろうか。忘れることが、急に不安になってくる。

鶴子は、弱い身体のままで悲しみに耐えられずに、いち早く子供たちの元へ逝ってしまった。今ごろあの世で、喜一や喜淳たちと一緒に楽しく暮らしているだろうか。鶴子が好きだった兼久川の水は、あの世でも美しくきらめいているのだろうか。それに比べて、俺は、今何をしているのだろう。いつまで、こんなふうに生きていくのだろうか……。

喜助は、庭のでいごの樹が、父の喜蔵が生まれた時に、その記念として祖父の喜重《きじゅう》が植えたものだということを知っていた。たぶん、祖父にとって特別な思い入れがあったのだろう。

でいごの樹は、首里士族の屋敷内では数多く植えられていたという。それは、材質が柔らかく軽いので、漆器の素地に利用するためであった。さらに、下駄や玩具、祭祀に使う様々な道具や獅子頭などを作るのにも使われていたという。それだけに、首里では、屋敷内だけでなく、街路樹にも数多く植えられたという。高さ十メートル余にもなるでいごの並木が、初夏には深紅の花を付けて一斉に揺れるのだ。

その記憶が、祖父の脳裏に焼き付いていたのだろう。祖父は、屋敷内だけでなく、村人に諮り、村の道路沿いにも、たくさんのでいごの樹を植えたのだ……。

喜助の目から、熱い涙が糸を引いた。庭先に目をやると、父の喜蔵が、でいごの樹の傍らに立っている。幽霊を見たという村人の噂は本当だったのか。喜助は戸惑いながらも、喜蔵の姿を凝視した。喜蔵の傍らに、さらに息子の喜一と喜淳も立っている……。

喜助は、呆然とその姿を眺め続けた。喜一と喜淳が着ている制服は、県立師範学校のものだろうか。凛々しい学生服姿だ。と、思う間もなく、二人は幼い姿に戻り、ぎいーっ、ぎいーっと、ブランコに乗って遊び始めた。その傍らに、いつの間にか妻の鶴子も、笑顔を浮かべて寄り添っている。喜蔵が、ブランコに乗った喜一と喜淳の背中を押し、鶴子は笑ってそれを見ている。祖父の喜重もいる。母もいる……。

鶴子が喜助の方を見て、微笑みながら手招きした。皆の所へ行こう、早く行こう、喜助はそう思って身体を起こしかけた。

そのとき、喜助の肩を背後から摑み、押し止めて背中をさする熱い手に気づいた。いつの間にか沙代がやって来て、喜助の肩や背中をさすっている。香の煙が、辺り一面に薄く漂っている。沙代が、香を炷いたようだ。

やがて、でいごの樹の傍らから、みんなの姿が消えた。

喜助は、しばらくぼんやりと座ったままで、奇妙な浮遊感に取り憑かれていた。沙代の手は、喜助が見ていた幻を沙代も見ていたのではないかと思われるほど、優しく熱いぬくもりを伝えていた。

「きぃおじ……。喜一さんの絵の意味が分かったよ。あれは、きっとでいごの樹を描いたんだよ。でいごの樹の霊を描いたんだよ」

沙代が、喜助の背後でそっとつぶやいた。

「ほら、ここから見えるでいごの樹だよ……」

喜助は、じっとでいごの樹を眺めた。家族の姿は、二度と現れなかった。頰を寄せるようにつぶやく沙代の言葉に、何度も何度もうなずきながら、喜助は気づかれぬように涙をぬぐった。それから、ゆっくりと振り返って沙代の顔を見た。

もちろん、沙代は、喜助の涙に気づいていたはずだ。そしてゆっくりと話し出した。

「きぃおじ……、沙代はね、あの樹の下で、喜一さんと約束したのよ。結婚しようって」

「えっ？」

「あの樹の下でね、鶴子叔母さんに、『加那ヨー天川』の踊りも、喜一さんと一緒に教えて貰ったんだよ」

「ええっ？　そうなのか……、知らなかったよ」

「喜淳ちゃんが、師範学校に合格して、みんなでお祝いをした晩だった……。喜一さん、でいごの樹は、二人の約束の樹だよ、希望の樹だよって言ってくれたの……。戦争が始まって、もし徴兵されても、きっと生きて帰って来るって。逃げてでも帰ってくるって、喜一さん約束してくれたの。だから、だから……」

「沙代……」

喜助は、思わず沙代の手を取った。

「だからね、沙代は喜一さんの帰りを待つことにしたの。沙代はね、喜一さんの帰りを待つことが出来るから、全然、寂しくなんかないよ。辛いことなんかないよ。この樹の下で踊りだって練習しているんだから……。きぃおじも、一緒に、待とうね。喜一さんのこと、忘れなければ、きっと帰って来るよ」

「沙代……」

喜助は、沙代の肩に腕を廻し、強く傍らに抱き寄せた。そして一緒に並んで座り、いつまでもいつまでもでいごの樹を眺め続けた。

9

村の慰霊碑に二人の息子と父の名前が刻まれたのを喜助が知ったのは、忠治がやって来てから数週間後のことだ。裏切られたと思った。ぶっ壊してやると思った。喜助は、軒下から大きなツルハシを取り出して、慰霊碑に向かった。

喜助のただならぬ気配に気づいて、沙代が必死に喜助をなだめたが、喜助は、沙代を引きずるようにして門を出た。二人の姿を見た村人たちが、次々とやって来て、周りには、あっという間に人だかりが出来た。

沙代が、喜助の前にひれ伏して泣き出した。喜助は、そんな沙代を置き去りにし、今度はその人だかりを引きずって村の西外れの一角にある慰霊碑に向かった。

慰霊碑の前には、数年前の建立の時に植えられたクワディーサーの樹が、大きく成長していた。喜助は、その傍らの碑に、二人の息子と父の名前が新しく刻まれているのを確かめると、ツルハシを両手で握って振り上げた。その瞬間を、背後からいつの間にかやって来ていた村の男たちに羽交い締めにされた。組み倒されてツルハシを取り上げられた。

村人たちの目には、あるいはもう喜助の姿は気が狂ったように映っていたのかもしれない。喜助の脇腹や背中に、男たちの拳や膝頭が鋭く食い込んだ。男たちは声を荒らげ、息を弾ませて喜助を罵った。

「このフリムン（気狂い）が……。あまり馬鹿なことをするな！」

「喜助！　こんなことをすると、許さんぞ！　お前は、分かっているのか？　子供たちの名前を刻んだのは、お前のためを思って、みんなが決めたことなんだ」

「俺のため？」

喜助は息を整えてきっぱりと言った。

「俺は、断った」

「あれ、お前が断っても、村の者みんなが決めたんだ。村の者みんなが決めたことには従うのが筋だろう」

「みんなが決めたことに従う？　国の言うことに従って、喜一や喜淳は死んだんだ。お前たち、戦争で何を学んだんだ」

「アリ、クヌヒャーヤ（あり、この野郎は）、理屈ばかり並べてからに、タックルセ！（痛めつけろ）」

村人は、喜助を殴りながら、なおも威嚇し続けた。

沙代が息を弾ませながら中に割り込み喜助に抱きつき、皆に頭を下げて詫びる。

「ごめんなさい、みなさん。もう、大丈夫です。もう大丈夫ですから……、許してください」

周りを取り囲んだ村人からは、沙代に同情する声がささやかれ始めた。

「大丈夫です。もう落ち着きましたから。心配要りませんから……」

沙代が、涙声になる。

「本当だな。喜助、もう、こんな馬鹿な真似はしないだろうな」

「喜助、分かっているな。こんなことをしたら、村八分だぞ」

男たちの言葉に、喜助の代わりに沙代がうなずいた。それを合図に、周りの人だかりは、輪を解いて帰り始めた。

村の子供たちにも、喜助の行動は、気の狂った一人の男の行動として異様に映ったのだろう。大人たちが去った後も、しばらくは喜助と沙代を遠巻きにしながら、じっと盗み見ていたが、やがて、一斉に走り去った。

喜助は、しばらく座ったまま呆然としていた。どのくらいの時間が経過したのだろうか。傍らに座って身体を震わせている沙代を見て我に返り、怒濤の様な時間が過ぎたことを知った。身体中が痛む。頬が痛い。

沙代が、手拭いを出し、喜助の切れた頬から流れる血をふいた。

喜助は、慰霊碑に刻まれた子供たちと父の名前を見ながら、なぜか三人とも、もう自分から遠い存在になったような気がした。刻まれた文字をなぞっている新しい白塗りのペンキは、喜助を拒絶するように冷たく光っている。それを見ていると、先ほどまでの怒りは消え、刻銘のことなど、もうどうでもいいことのような気がした。クワディーサーの樹から大きな枯れ葉が落ち、喜助の傍らを転がりながら遠ざかっていった。

喜助は、戦争が終わってから十数年余、ずーっと怒濤のような歳月に襲われ続けてきたのだと思った。そして、優しく血をふいてくれている沙代を、この時間に引きずり込んできたのではないかと思った。やりきれなかった。どこへ、この悲しみを向け、怒りを向けていいのか分からなかった。もう、すべてのことを終わりにしたかった。

「沙代、済まないの……」

「ううん、いいのよ……」

「つい、かっとなってな……」

「いいのよ、きぃおじ……。本当は、きぃおじが正しいんだから。私なんかが止めてはいけないんだから……。分かっているけれど、そんなことをしたら、きぃおじが、悲しすぎるから……」

沙代は、声を詰まらせながら、喜助の服に付いた泥を払った。

風が、喜助の周りを流れ、樹々がさわさわと音立てている。すべての樹々が、戦争で死んだ人々の霊を背負って泣いているような気がする。家族の死さえ、今、手元から奪われてしまったような気がする……。

喜助は、突然立ち上がった。怒りとも悲しみともつかない形相で虚空を睨みつけた。そして、うめくような声を発して拳を強く握りしめた。なんだか、そうしなければいけないような気がした。

喜助は、両脇を締め、気合いを入れながら、見えない何者かに向かって、鋭く拳を前へ突き出した。一突きごとに、息を吸い、獣《けもの》のような声を発して力の限り拳を前へ突き出す。樹々に向かい、山に向かい、海に向かい、四囲のすべてに向かって、息を弾ませながらコーサンクー（空手）の素振りを繰り返した。自らに乗り移ったたくさんの死者たちの怨念を乗せて、歯を食いしばり、渾身の力を振り絞って見えない魔物に対峙した。あるいは、これが鶴子の心情だったのかもしれない。二人の息子を奪われたときの鶴子の怒りだ……。

再び、沈黙の時間が流れた。否、喜助にとっては忘我の時間であったかもしれない。じっとりと汗をかいた後、吹き渡る潮風に気づいて、大きく肩で息をし、拳を降ろして海を眺めた。もうすぐ酷暑の夏を迎える。真昼の海は、魚の鱗が撥ねるようにきらきらと輝いている。

「沙代……。あの海の果てにはな、天空に繋がる道があるというんだ。聞いたことがあるか？」

「うん……」

沙代がうなずく。沙代は泣いている。

喜助は、なんだか自分が思いもつかないようなことを口走るような気がした。自分の心の中に、もう一人の自分がいる。その自分が話し出そうとしている。そんな不思議な気配を感じたが、そのまま言い継いだ。

「死んだ人間の魂はな、沙代。あの海の果てを天に昇って舞い上がり、皆を見守るというんだよ。タンメー（祖父）が、よくそんなことを話していたんだ」

「うん。きっとそうだよ。私も聞いたことがあるよ……」

喜助は、祖父の姿を思い出す。短く刈った白髪頭を撫で、杖をついて、幼い喜助の手を、よく引いてくれた。祖父の魂は、天に昇っただろうか。父や母、二人の息子、そして妻の鶴子の魂はどうなったのだろう……。

「きぃおじ、さあ、一緒に帰ろう……」

喜助は沙代の言葉に、ツルハシの柄を掴み、沙代の肩に手を置いて一緒に歩き出した。

「きぃおじ……、一緒にあの天の道を昇ろうね、沙代も連れていってよ」

沙代は、なおも涙を流している。喜助は、黙ってうなずいた。沙代の身体が小さくなって痩せたように思われた。同時に、自分の老いをも感じた。鶴子に恥じるようなことは何もない。だが、あるいはもう、沙代を手放すことが出来ないかも知れない……。

喜助は、振り返って、もう一度刻まれた碑名を眺め、慰霊碑を眺めた。

「喜一も喜淳も、お父も……、みんな遠くへ行ってしまったなあ」

「うん……、私も、そんな気がするよ」

沙代が、そう言った後、いきなり座り込んで泣きだした。

「きぃおじ……、喜一さん、やっぱり死んじゃったんだ。喜一さん、死んじゃったんだよ」

沙代が、咳き込みながら、喜助の足元でうずくまった。激しく両手で地面をたたき泣き崩れた。慰霊碑は、沙代の泣き声をも奪い、二人の視界を遮るように、山の斜面を隠して高く聳えていた。

10

夏が巡って来るたびに、私は赤い花を咲かせるわけではない。私は不安に陥り、命が枯れる気配を感じると、未来に夢を託するように一斉に赤い花を付けるのだ。

だが、私が鮮やかな花を付ければ付けるほど、村人は凶兆だと噂し合う。私が鮮やかに花開く年は、凶作や大きな台風が訪れると、言い伝えられているからだ。

私には、いつごろから、そのような言い伝えが広まったのか分からない。だが、その不吉な予兆は、いつも的中する。今回も見事に的中した。私が深紅の花びらを開かせるのを待っていたかのように沙代が死んだ。偶然にも鶴子と同じ歳だった。私は、私の凶兆を信じざるを得なかった……。

沙代は、死を迎えるその夏、突然高熱を出し、何日も寝込むようになった。喜助は、それこそ献身的に看病した。激しく咳き込む沙代の背中をさすり、額の汗をぬぐった。すぐに北の山を越え、隣村に住む医介輔《いかいほ》を呼んだ。しかし、医介輔は沙代を診た後、何度も首を横に振るだけだった。

喜助には信じがたかった。四六時中、沙代の傍らに付き添い、励ました。だが、沙代の容態は快復しなかった。喜助は覚悟を決め、今度は南の山を越え、よねを呼んだ。沙代の死を母親であるよねにも看取ってもらいたいと思ったのだ。それが、沙代にしてやれるたった一つの恩返しのような気がした。あるいは、一人で看取る寂しさに耐えられなかったのかもしれない。

「アイエナー（ああ）、沙代よ……」

よねは、死の床に臥した沙代の姿を見て、覆いかぶさるように抱きついた。そして、痩せ細った沙代の身体全部を両手で撫でながら、声を上げて泣き出した。

「ごめんね、沙代。こんなになって……、お母が悪かったね」

よねは、ひとしきり泣き続けた後、やがて、抱き起こすように沙代のやつれた頬に自分の頬を押し当てた。そして、ゆっくりと髪を梳《す》いた。

沙代は、透き通るような青白い顔に精一杯の笑顔を浮かべながら、よねに言った。

「お母……、謝らんでもいいよ。沙代は幸せだったんだよ……。大好きなきぃおじと一緒に、喜一さんの帰りを待つことが出来たんだから。沙代は幸せだったんだよ……」

「沙代……」

よねが、言葉を詰まらせる。

「きぃおじ……。きぃおじも、幸せだった？」

喜助は、黙ってうなずいた。それから、手を差し伸べる沙代の傍らに、にじり寄った。

「ごめんね、きぃおじ。沙代が、勝手に押しかけて来て……。迷惑ではなかった？」

「迷惑なことなんか、ないよ……」

「そう、よかった。沙代、安心したよ……。鶴子叔母さんにも、喜一さんにも、喜淳ちゃんにも、沙代は怒られんよね」

「何を言っているんだ。怒られることなんかないよ。むしろ、有り難うって感謝されるさ」

喜助は、これだけ言うと、言葉が詰まった。沙代は、ずーっとこのことを気にしていたのかと思うと、逆に哀れであった。喜助は、声を絞り出すように、精一杯の笑顔を浮かべながら、もう一度、沙代に言った。

「沙代、だれもお前のことを怒りはせんぞ。みんなが、きっと感謝している。俺のことを助けてくれたってな。みんな、沙代のことが、大好きだったからな」

喜助は、一人一人の顔を思い浮かべながら、本当にそうだという気がした。溢れそうになる涙を、必死でこらえた。

沙代は、喜助の言葉を聞くと、笑みを浮かべて小さくうなずいた。

「そう、よかった……。でも、沙代が死んだら、きぃおじは、一人で生きていけるかどうか、心配だよ。沙代は、お空の上から、見守っているけど……。きぃおじ、無茶をしないでよね……」

沙代はそう言いながら、笑顔を浮かべた。

「お父、お母……、親孝行もできずに、ごめんね」

「いいんだよ、沙代……」

よねと栄昇が、沙代に言い返す。沙代が、再び喜助の方へ腕を伸ばした。

「きぃおじ、もっとこっちへ来て。沙代の手を握って……」

喜助は、よねの腕から、沙代を奪い取るようにして抱き締めた。痩せ細った沙代の身体は、枯葉のように干からびている。

「ねえ、きぃおじ、お願いがあるの……」

沙代が、喜助の耳元で、小さくつぶやく。喜助は驚いて沙代の顔を見る。

「……沙代、それは、出来ないよ」

「お願い、きぃおじ。沙代はこのことを思って、ずっと頑張ってきたんだから」

「沙代はね、あの世で、喜一さんを幸せにしてあげたいの。ねえ、お願いだよ、きぃおじ……」

喜助は、涙をこらえながら、やがてうなずいた。

「……うん、分かった。分かった」

「有り難う、きぃおじ……。はい、約束だよ。指切り」

「うん……」

喜助は自分に言い聞かすように指切りをする。

「有り難う。これで安心したよ……」

沙代が、にっこりと微笑んだ。

「あれ……、喜一さんが見えるよ。喜一さんが沙代を迎えに来たんだ。喜一さん、やっぱり約束を守ってくれたんだ。お父、お母、ねえ、きぃおじ、喜一さんが沙代を迎えに来てくれたよ」

「沙代……」

「有り難う、有り難う、喜一さん……」

沙代が笑顔を浮かべ、安心したように身体の力を抜いていく。

喜助の目からこらえていた涙がどっと溢れる。腕の中で、沙代が小さく痙攣する。沙代を逝かせまいと必死に抱き締める。

「沙代！」

喜助の脳裏に沙代と暮らした歳月が、次々と蘇る。同時に、これでよかったのだろうかと、激しい後悔が怒濤のように押し寄せてきた。沙代には、もっと違う人生があったのではないか。なぜ、もっと強く沙代を叱りつけて追い出さなかったのか。追い出さねばならないと思い、追い出そうとして、わけもなく怒声を浴びせたこともあった。しかし、同時にそんな思いを激しく冷笑し、突き放す怒りのようなものもあった。母親なんかになるんじゃない。結婚なんかするんじゃない。子供こそが親を狂わせるのだ。ここを出て行くんじゃないぞと……。そんな極端な思いに引き裂かれながら、いつの間にか歳月が重なっていったのだ……。

「沙代……」

喜助は、沙代に向かって再び声をかけた。しかし、沙代はもう応えなかった。喜助の腕の中で、静かに息絶えていた。

喜助は涙をぬぐい、抱き締めていた沙代の身体をゆっくりと放し、目の前に横たえた。

傍らに座っていた医介輔が沙代の死を確認する。

よねが、沙代の傍らににじり寄り、唇に紅を引いて化粧をした。箪笥《たんす》を開けて旅立ちの衣装を選び、着替えさせた。もう、よねも涙を枯らしていた。

どのくらいの時間が流れたのだろう。沙代との思い出が、それぞれの脳裏に静かに蘇っていた。

そんな時間の後に、よねがゆっくりと自分に言い聞かせるように話し出した。

「喜助……、私たちは村に戻って、あれこれと準備をしてくるからね」

「うん……」

「沙代を入れる棺も、祭壇も造らにゃならんが……、喜助、私は残って手伝おうか?」

栄昇の申し出を、喜助は首を振って断った。

「そうか……、それじゃあ、明日、身支度を整えて戻って来るからなあ。よろしく頼むよ」

「うん……」

「私もそろそろ失礼するが、喜助さん、気を強く持ってな」

傍らから医介輔が喜助を励まし、沙代の死亡診断書を渡した後、静かに立ち上がった。

11

翌日、沙代の遺体がないことに最初に気づいたのは、よねだった。よねは、日が暮れると、ひとまず嫁ぎ先の隣村に帰り、朝早く夫の栄昇や家族と一緒に出直して来たのだった。沙代の遺体だけでなく、喜助の姿も忽然と消えていた。

よねは、胸騒ぎを覚え、慌てて区長に連絡した。喜助を探してもらいたいと願い出た。このことがあっという間に村中に知れ渡り、大騒ぎになった。皆で手配をして、喜助を捜しに出発しようとしたその矢先に、喜助は沙代の骨壺を抱いて帰ってきた。

村人は、事態を理解すると、薄く笑みをこぼしている喜助を見て、思わず後ずさった。慌てて、よねが祭壇を整え、骨壺の入った木箱を受け取り、その前に香炉を置いた。木箱からは、木の焦げる臭いがした。

喜助は、沙代の遺体を一人で運び出し、荼毘《だび》に付したのだ。あるいは村人が言うとおり、喜助はもう狂っていたのかもしれない。

村では死者が出ると、慰霊塔の西側の共同墓地に棺に入れたままで遺体を晒し、風葬にする習慣になっていた。肉体が朽ちるまで崖下の岩の割れ目に置き、数年後、洗骨をして新たに納骨し直すのである。しかし、喜助は沙代を火葬にしたのだった。それが沙代との約束だった。朽ちていく沙代の遺体を想像することは、喜助にとっても耐え難かった。

喜助は、火葬のことは聞き知っていた。近くの大きな村では、火葬が始まっていることも知っていた。遺灰をでいごの樹の根元に埋めて欲しいという沙代の願いを叶えるためには、火葬にしなければならなかった。さらに遺骨を拾い、骨壺に入れて身近に置いておくことは、喜助にとっても望ましいことだった。

沙代から頼まれたこのことを、よねに話そうかと迷ったが、やはりだれにも言わずに荼毘に付した方がいいと思った。夜中に薪を集め、村はずれの海岸沿いの浜辺で枕木を組んだ。沙代の遺体を入れた棺を背負い、枕木の上に寝かせ、夜明けと同時に、火を点けた。沙代の遺体が朝日に照らされて赤く燃え出した。喜助は一人で、じーっとその炎を眺めた。沙代の遺体を焼く煙は、真っ直ぐに天に昇った。

やがて、炎が収まり、灰の中から白く輝く沙代の遺骨が浮かび上がった。喜助は、一つ一つ丁寧に拾い集め、壺に入れた。骨はまだ熱かったが、喜助の目から涙が流れることはなかった。むしろ爽やかな笑みがこぼれた。額からは、大粒の汗が時々骨の上に落ちた。それに応えるように、骨の上から、じゅわあっと小さな音を立てて白い煙が舞い上がった。

喜助の家へ、ぽつりぽつりと弔問客がやって来た。しかし、骨壺の傍らに笑みを浮かべて座っている喜助の姿を見て、だれもが気味悪がって、焼香を済ませるとすぐに帰っていった。長い一日が、ゆっくりと暮れていった。

よねは、とにかくも葬儀を無事に済ませたことでホッとしていた。村人たちが帰った後、喜助ににじり寄って言った。

「喜助、いったい、どうして、こんなことをしたんだよ……」

よねは、顔をゆがめ声を絞り出すようにして尋ねた。

喜助は、やはり答えなかった。静かに笑みを浮かべて黙っていた。

そんな沈黙の中で、よねにも、やがて喜助の気持ちが、だんだんと分かるような気がしてきた。喜一のこと喜淳のこと、鶴子のこと父さんのこと、そして沙代のこと……、みんな喜助の前から消えてしまったのだ。よねは、問いただすことを諦めた。村は、しーんと静まりかえっていた。

喜助は、沙代を失った後、一人で暮らすこれからの歳月を想像していた。

「この骨と一緒に生きていける、これで生きていける……」

喜助は、骨壺を見ながら、何度もそんな思いを喉の奥でつぶやいては微笑んでいたのだ。

翌朝、よねは、改めて沙代の遺骨に手を合わせると、喜助に別れを告げた。それからふと思い出したように壁の絵を見つめて言った。

「あれ、喜一ちゃんの絵だったわよね……。今朝、庭に降り立って気づいたんだけど、あれは、きっとでいごの樹を描いたんだと思うわ」

喜助は、驚いて振り返り、よねを見た。

「ほら、絵の真ん中を走っている大きな道……、あれは道ではなくてでいごの幹だったのよ。でいごは、緑の葉を全部落として花を付けるでしょう。だから、幹だと気づかずに、道に見間違えてしまったんだね。ほれ、枝先に付いているのは、赤いでいごの花なのよ」

そうなんだ。沙代も、そのように言って、喜助を驚かせたのだ。

「ここから、あの絵と同じように、庭のでいごの樹が見えるわ。あのころと、何も変わっていないのよ……」

よねが感慨深そうに言った。喜助も、もう一度、庭のでいごの樹を眺めた。よねが言うように、自分たちが今座っているこの場所から、喜一はあの絵を描いたに違いない。あの晩、喜助と沙代も、そのように確信したのだ。

「喜助、あんたは、沙代の遺灰を、あのでいごの樹の根元に埋めるつもりなんだろう？」

よねがつぶやくように言う。

「そうなんだね……」

よねが、今にも泣き出しそうな表情を見せながら再び問いかけた。それでも、喜助は返事をしなかった。

「沙代の考えそうなことだよ……」

そう言うと、よねは涙をこらえて荷づくろいを始めた。それから意を決したように、別れを告げ、手を振って門を出て行った。喜助は、骨壺を抱き、笑みを浮かべながら座ったままで、よねの後ろ姿を見送った。

喜助は、沙代が死んでから、さらに息を潜めてひっそりと暮らした。一人で沙代の遺体を運び出し、荼毘に付したという噂は、しばらく、村人の間から消えることはなかった。村人は、いよいよ喜助を変人扱いした。もう、喜助の家に近寄る者は、だれもいなかった。沙代の死も、何かの祟《たた》りであったに違いないと、盛んに噂し合った。沙代の死から数年後、喜助の唯一の肉親であるよねも、隣村で死んだ。

村人が喜助の存在を忘れたころ、喜助はふいに宴席などに現れて、拳を握り、酔った目で虚空を凝視し、三線の音に合わせてコーサンクー（空手）の仕種をして踊った。喜助が、慰霊碑の前で、沙代に見せた仕種である。

そんな姿を見て、村人は、喜助の二人の息子のことや、沙代のことを一瞬思い出したが、またすぐに忘れた。喜助が海を眺め、亡霊のように立っている姿を、時々見かけることもあったが、もうだれも気にする者はいなかった……。

喜助が、自宅で座ったままで骨壺を抱いて死んでいる姿が発見されたのは、沙代の死から十年ほどの歳月が流れていた。しかし、もうだれも喜助の歳を数える者はいなかった。新しい区長は、喜助の遺体を隣村に出来た火葬場で荼毘に付し、村の共同墓に納骨した。沙代の遺骨も一緒だった。

でいご村は、再び歳月を重ね、何事もなかったかのように、人々の暮らしを刻み続けている……。

エピローグ

私が見た喜助の物語は、このようにして終わる。

村に聳えていた私の仲間たちも、時代の流れの中で次々と切り倒され、徐々に姿を消していった。それと同時に、でいご村という呼称もいつしか消えた。

私が血の色をした真っ赤な花を咲かせると、今でも村人たちは凶兆だと噂する。しかし、もうだれも喜助や沙代のことを思い出すことはない。生命あるものは、いつの日か必ず朽ちるのだ。私が朽ちれば、喜助と沙代の物語は、永遠に語られることはない。

私は、今では県花にも選ばれ、観光のシンボルにもなっている。年間百万人余もの人々が、この島に観光に訪れる。でいごの花が咲いても、戦争で死んだ人たちの物語を思い出すこともない。すでに私の華やかさに幻惑された新しい物語が、あけもどろの花の日差しを浴びて、次々と語られ始めている……。

解説　死者とともにある人々の文学

鈴木智之

生を肯《うべな》おうとすれば、死者に想いを馳《は》せざるをえない。もちろん、そんな言い方をしてしまえば、それはいつの時代にも、また誰にとっても同様のことかもしれない。いま私がここにあるということが、どのような者たちの、どのような死の贖《あがな》いの上にあるのかを思うことなくして、誰も本当の意味で生の現実を語ることはできないのだから。しかし、ここに編まれた大城貞俊の作品集を読み通してみて、これほどまでに死の影の濃いところにこの人々の暮らしはあるのかと、いささか胸につまるものをおぼえざるをえない。日々の生活の中心に死者たちの気配が漂っている。私はそんな印象を受けた。

それは、この作家が沖縄で生きるとはどういうことなのかを正面から問おうとしていることの証である、と言えるだろう。『G米軍野戦病院跡辺り』（二〇〇八年）のあとがきで、大城は、「沖縄の地で生まれ、沖縄の地で育ったことを、表現者としては僥倖のように思っている」と記している。だが、沖縄戦期に野戦病院が設置され、したがってまた多くの命が失われた場所（G村）の記憶を主題化したこの小説集がそうであったように、彼の言う「僥倖」とは、この地で死んでいった者たちとの果てしない対話を続けることの内にある。沖縄の地に生きる人の姿を書こうとすれば、おのずから死の記憶に向き合い、死者の声を呼び起こすことになる。今回上梓された二巻の作品集は、あらためてそれを教えるものになっている。

この事実に私がある種の感慨をおぼえざるをえないのは、大城貞俊にとって、「小説」を書くということは、生きることの承認の営み、あるいは生活者であることを肯定していく営みに他ならないように思えるからでもある。一九七〇年代に、詩人として表現者への道を歩み始めた大城は、一九九〇年代以降、小説家としての活動にその軸足を移して執筆を続けている（その最初の長編『椎の川』で具志川市文学賞を受賞したのは、一九九二年のことであった）。詩から小説へ。ジャンルの移動は、単に表現の形式の変化だけを意味するものではない。そこには、書くという行為そのもののモチーフの変化がともなっているように見える。いささか図式的な対照を試みるとすれば、詩を書くという行為は、自分自身が投げ込まれている世界に対する違和の感覚に始まり、そこに生じている齟齬を増幅させ、現実への批判的な距離を打ち立てようとするものとしてある。生活者として、慣習としがらみにとらわれている自分自身を相対化し、現実を別様のまなざしのもとに読み換える作業。いわば、生活世界の秩序に対する「不適応」を源として湧き上がる「異化」の言葉が詩語となる。少なくとも、大城の初期の詩篇には、そうした「現実への不適応感」を生きる者の自意識の苦しみが色濃く表れている。最初の詩集（一九八〇年）の表題『秩序への不安』がそれを物語っている。この詩集から、「太陽の沈まない日」と題された一編を引用しておこう。

たとえば　僕等の眠りが
光と闇の変動によって一つの周期を形づくっ
ているのだとすれば
太陽の沈まない日を一日持つことで
この国を怒りで充満させることはできないだ
ろうか
完全に明るい季節の中でこそ
僕等は己の歌を口ずさむべきなのだから
闇の拘束が
生活のリズムを秩序だて
秩序が意識のベクトルを繋縛するのならば
太陽の沈まない日を一日持つことで
僕等は頑固に意志を持続することができる筈
である
ああ　歌は昼にこそ！
太陽の沈まない日をたった一日持つことで
僕等は満たされぬ夢を
眠りの中で幾日もみつづけることもなく
いつも覚醒することができるのではないか

（「太陽の沈まない日」『秩序への不安』より）

「生活のリズム」に抗い、「頑固に意志を持続」

しながら、いつの日か訪れるであろう「覚醒」を待望するこの若き詩人の自意識は、日々の暮らしの中にある自分自身を容易に受け入れるものではない。詩的言語が創出する批判的距離とともに生きるということは、日が昇りまた日が暮れていくことの反復の中で培われるような「秩序」を、「拘束」や「繋縛《けいばく》」と見なすことにもつながる。

大城貞俊は、今日に至るまで詩人としての批判的精神を保持しながらも（それは、二〇〇四年に刊行された詩集『或いは取るに足らない小さな物語』が証明している）、一方で、生活の場の中にある自分自身や、自分の身の回りにある人々をそのままの姿で受け入れていく道を探し続けてきたように見える。詩集『夢・夢夢街道』（一九八九年）に収められた娘への呼びかけの「手紙」に、それは鮮明に表れている。

> 明子よ。お父さんには、お前を得てから難しいことは何もなくなった。お前が保育園で過ごしている時間を想像することが出来るようになってから、お母さんや世界中の人々のことをも想像することが出来るようになった。そればかりではない。お父さんには、自分のことが見えてくるようになった。生活の中で自分を考えることは、とても爽やかなことだったんだね――。（「手紙」『夢・夢夢街道』より）

生活の中にある自分自身を考えること、それぞれの世界を生きている人々の時間を想像すること。それを表現として昇華させようとする時、大城にとっては「小説」という形式こそがふさわしいものとして浮上してきた。かなりラフな把握をすれば、そのような道筋が描けるはずである。『椎の川』（一九九二年）から、『山のサバニ』（一九九八年）、『アトムたちの空』（二〇〇五年）などを経て、『ウマーク日記』（二〇一一年）に至るまで、大城貞俊の小説世界のベースには、沖縄の地に暮らす人々の姿を無条件に慈しむような包容力と、この地に生まれ、育ち、死んでいくことへの圧倒的な肯定感がある。生を肯う言葉。それが作品の基調をなしている。

だからこそ、余計に死の影の濃さが際立つのである。生者と死者との親密さは、一面において沖縄の伝統的文化の賜物である。上巻『島影』の解説で萩野敦子が指摘するように、沖縄という地では「あの世」は「この世」に連続しているという「死生観・世界観」は「現在でもあたりまえのこととして先祖を供養する行事などに継承されている」。しかし、それは同時に、沖縄社会が強いられてきた過酷な歴史の反映でもある。生活のただなかに戦場の記憶が埋め込まれ、時に生々しい痛みをともなって露出する。いまもなお、自分自身の生き方を思う時にはどうしても戦場における死者を想起せざるをえない。大城貞俊の諸作品、とりわけ『記憶から記憶へ』(二〇〇五年)、『G米軍野戦病院跡辺り』、そしてこの二巻の作品集に収められた小説群は、その現実を語っている。ただしそれは、狭義の政治社会的言説としての沖縄戦の語りではない。ある意味では非常にローカルな生活文脈において「生きられた記憶」である(物語の舞台は、しばしば、沖縄本島の北部の村や離島、あるいはその出身者たちの家族空間である)。個々人の暮らしの場から遊離した形で戦争が想起されることはない。人々はその日常の中で、死者に出会い、語らい、対峙する。文字通り、死者とともに生きている人々の物語がここにある。

ただし、そこにおいて結ばれる「死者」と「生者」との関係は、単純に、いまある人々の生活が故人たちの恩恵の上にあるというような穏やかなつながりにおいて現れるものではない。戦時下における死の記憶は、その出来事を過去のものとすることができない人々の暮らしの中に、澱《おり》のように溜まり、時にはその前面に浮上し、「生きていく」ことの意味を簡単には語らせまいとするかのようである。「始まろうとしない戦後」を生き延びながら、人々はいまだ、その「死」を目の当りにしている。そのようにして、生活のただなかに「死」があり、「死者」の声が聞こえている。

その影響力を示している一つの徴《しるし》が、作品群のいたるところに現れる「自殺者」たちではないだろうか。作品集上巻『島影』に収載されている「慶良間や見いゆしが」の清治郎、「パラオの青い空」のあんた、そして本巻『樹響』の収載作品「鎮魂 別れてぃどいちゅる」の一夫兄ィ、そして「加世子の村」の涼子。それぞれの人物の置かれている境遇はもちろん異なっている。しかし、彼等は皆、せっかく戦争を生き延びながら、あるいは戦後に生を受けながら、ある日ふと、みずからの命を絶っていなくなってしまう。残された者たちは、その訳を問いながら、じっと死者たちが立ち去った後の空間を凝視している。「なぜ」という問いに、必ずしも明確な答えは与えられない。しかし、そうであればこそ、私たちはそこに、人々の自死をうながす「歴史的な条件」の介在を考えなければならない。その時、彼らの死の背景に浮かび上がってくるのが、沖縄戦下における住民たちの集団自決の記憶である。

　個別の作品の枠をひとまず取り払ってみると、一連の物語の随所に、慶良間諸島の「N島」における戦時下の出来事の痕跡が顔をのぞかせている。「慶良間や見いゆしが」の清治郎、「鎮魂　別れてぃどいちゅる」の一夫兄ィ、「加世子の村」に登場する繁盛という男の妻はいずれも「集団自決」を生き残った者として設定されている。作品集上巻収載の「彼岸からの声」で「マブイ」となって語りかける奥間キヨは、その本人が軍人とともに自決した遊女である。本巻収載の「ハンバーガーボブ」のミキは、自決との関わりこそ語られないものの、やはり「N島」の出身とされている。

　あらためて解説するまでもなく、慶良間諸島は、太平洋戦争の末期に米軍の沖縄上陸に備えて、これを迎え撃つための軍が（特攻艇とともに）配備された場所である。しかし、一九四五年三月、その島々に襲いかかってきたアメリカ軍の攻撃に日本軍はあっけなく崩壊し、兵士たちは司令官ともども山中に逃げ込み、洞窟に身を隠す事態となった。それと同時に、「あえて虜囚《りょしゅう》の辱《はずかし》めを受けず」と教育された渡嘉敷島・座間味島の住民たちは、夫が妻の命を奪い、親が子の首を切って、みずからも後を追うような、凄惨な自決行動を強いられることになる（この時、個別具体的な「自決命令」があったかなかったかが論争の的にされてきたが、事の本質はそこにはない。日本軍の支配のもとで島の住民が自決を強いられたという事実は歪めようがない）。「N島」はおそらく、この渡嘉敷・座間味両島を形象化したものとして構成されている

　この島で起こったことをいかに受け止めるのか。それは、日本に生まれ育った私たちに突きつけられる問いであるが、同時に沖縄の人々にとっても、容易に抜き取ることのできない棘として、その思想や心情の内に突き刺さっている。沖縄において「戦後」を生きるということの意味を問う時には、直接の関わりがあるか否かにかかわらず、その思

考の起点にこの事件の記憶が避けがたく浮上する。その意味で、大城貞俊の作品群に登場する人々は、皆それぞれの仕方において「集団自決」の生き残りなのである。家族や親しき者たちがたがいの命を奪い、みずからの命を絶っていくという出来事を生き延びてしまった者が、みずからの日々の暮らしをいかに肯うことができるのか。この作品集で語られたさまざまな物語の起点には、明示的にせよ、潜在的にせよ、そうした問いが投げかけられているように私には思える。

　そして大城貞俊の言葉は、まぎれもなく、この「戦後」の生を前向きに受け止め、痛みや苦しみを抱えて生きる人々の姿を慈しむ思いに貫かれている。時には、戦時下の暴力の記憶にとらわれたままみずから死んでいく人の最後の行為までも、その人の「意志」の発露として肯定していこうとする。その言葉の強さと優しさが、すべての作品に通底する基調《トーン》を形作っている。しかし、それでも私には、その現実を語ろうとする言葉と語られている物語のあいだには、なお埋め切れない溝が広がっているように思えてならない。言葉と生のあいだにある亀裂。そこに発せられる「軋《きし》み」を聴き取ることもまた、このテクストを読む私たちの務めなのかもしれない。

（すずき・ともゆき　法政大学教授）

鈴木智之　一九六二年生。法政大学社会学部教授。社会学理論・文化社会学。著書に『眼の奥に突き立てられた言葉の銛—目取真俊の〈文学〉と沖縄戦の記憶』（晶文社）ほか。訳書にアーサー・W・フランク著『傷ついた物語の語り手—身体・病い・倫理』（ゆみる出版）ほか。評論に「記憶の場所／死者の土地—大城貞俊『G米軍野戦病院跡辺り』再読」『戦後沖縄文学と沖縄表象』（沖縄文学研究会）ほか。

あとがき

文学作品を創出することは、希望を断じて捨てないということの決意かもしれない。儚《はかな》い言葉の糸に託した無数の思いを解放し、読者が自由に織りなす世界を甘受する潔さをも含めてだ。文学の可能性について今一度考えるためには、これまで書き溜めてきた作品に形を与え客観視する痛苦を経なければならないような気がして、上下巻の作品集を出版することに思い至った。

上巻『島影』には四作品を収載した。「慶良間《けらま》や見いゆしが」「彼岸からの声」「パラオの青い空」「ペットの葬儀屋」である。下巻『樹響』にも四作品を収載した。作品の一つの「別れてぃどいちゅる」は第21回やまなし文学賞佳作を受賞した作品である（本巻に収載するにあたり、表題を「鎮魂 別れてぃどいちゅる」に改めた）。本巻への収載を快諾してくれた関係諸氏へ深く感謝したい。また「でいご村から」は、劇団「創造」が今年四月に予定している舞台の原作となった作品である。小説と舞台の違いを楽しんでもらいたい。

下巻の四作品は、すべて沖縄を舞台にした作品である。翻って考えてみると、私の小説作品の出版は、具志川市文学賞を受賞した『椎の川』（一九九〇年、朝日新聞社）を嚆矢とする。以来、『山のサバニ』『記憶から記憶へ』『アトムたちの空』『運転代行人』『G米軍野戦病院跡辺り』『ウマーク日記』、そして今回の上下巻『島影』『樹響』である。そのいずれもが沖縄を舞台にした作品だ。

小説を書き出したころは、必ずしも沖縄を舞台にした作品の創出に拘《こだわ》った訳ではなかった。むしろ、普遍的な世界を創出したいと思い、そのことが沖縄を題材とした作品から離れることに繋がるように思った時期もあった。しかし、今はそのようには思わない。沖縄を描くことで普遍的な世界に到達する可能性を信じている。沖縄の歩んできた共同体の歴史、悲喜こもごもの人生を担った人々の物語は、世界の人々が共有することの出来る歴史であり物語である。沖縄が有する風土や文化の特異性は、世界の人々へ発信するに足る有益な経験であり文化的遺産である。感動の拠点は、国が変わっても、時代が変わっても揺らぐことはない。

もちろん、表現するための課題は枚挙に暇がない。惹起される課題の多くが個人的な力量に還元されようとも今はそれを担うしかない。努力の結果を手に入れる喜びと同じように、そのプロセスで手に入れる喜びもある。言葉を届ける喜びは、同時に小さな島で生きる無名の人々の物語を紡ぐ喜びでもある。己を不甲斐なく思い、虚《むな》しさに苛まれることもあるが、希望を持ち続けることを矜持としたい。本巻のタイトル「樹響」は、沖縄の島で生き、そして死んだ人々の声を聴き取る決意を示したものである。ここが今、私の到達した地点だ。

下巻の解説は畏友の鈴木智之氏に依頼した。鈴木氏は社会学者であるが、「沖縄の文学」の研究も長年続けており造詣も深い。私の表現者としての軌跡をも見守ってきてくれた。今回の解説も長い射程で論じてくれたものだ。感謝したい。また、人文書館の道川文夫氏には、今回も編集出版の労をとってもらった。併せて感謝を申し上げたい。

二〇一四年三月

大城貞俊

カバー写真提供　てぃだぬすま宮古島
地　図　ありよしきなこ

編　集　多賀谷典子／道川龍太郎
田中美穂

大城貞俊（おおしろ・さだとし）
1949年　沖縄県大宜味村生まれ。
1973年　琉球大学法文学部国語国文学科卒業。
県立高校教諭、県教育庁県立学校教育課指導主事等を経て、
現在、琉球大学教授。詩人・作家。
沖縄タイムス芸術選賞文学部門（小説）大賞受賞、
沖縄タイムス教育賞受賞。

主な著書
詩集『夢・夢夢（ぼうぼう）街道』、評論『沖縄・戦後詩人論』、『沖縄・戦後詩史』、小説『椎の川』（具志川市文学賞）、『山のサバニ』（戯曲「山のサバニ〜ヤンバル・パルチザン伝」第１回沖縄市戯曲大賞）、詩集『或いは取るに足りない小さな物語』（第28回山之口貘賞）、小説『記憶から記憶へ』、『アトムたちの空』（第２回文の京文芸賞）、『G米軍野戦病院跡辺り』『大城貞俊作品集【上】島影―慶良間や見いゆしが』（ともに人文書館）ほか。

大城貞俊作品集（下）
樹響　でいご村から

発行　二〇一四年四月一〇日　初版第一刷発行
著者　大城貞俊
発行者　道川文夫
発行所　人文書館
〒一五一-〇〇六四
東京都渋谷区上原一丁目四七番五号
電話　〇三-五四五三-二〇〇一（編集）
〇三-五四五三-二〇一一（営業）
電送　〇三-五四五三-二〇〇四
http://www.zinbun-shokan.co.jp
ブックデザイン　仁川範子
印刷・製本　信毎書籍印刷株式会社

ISBN 978-4-903174-29-7
Printed in Japan

*島が見えるか！　古い記憶を忘れてはいけない。

大城貞俊作品集【上】島影―慶良間や見いゆしが

大城貞俊　著

神々は水平線の向こうからやって来る。海は魂が往還する道なのか。沖縄には独特の土着文化がある。例えば、土地の神々への信仰であり、死生観であり、平和に対する思い。これらは、長い歳月の中で人々の生活に寄り添って育まれてきただけに、現代の状況を相対化する力を持っている。戦後六十年余を経ても、沖縄の苦悩は今なお深い。この島の人々の深奥に潜んでいる哀しみの「かたち」と「こころ」を、生と死のあわいを、いとおしくひたすらな愛を物語りする。

四六判上製三〇四頁　定価二八〇八円

*樹の声を聞こう！　希望を見据えながら。

大城貞俊作品集【下】樹響―でいご村から

大城貞俊　著

―喜助が見据えているのは、いつまでも消せない戦争の記憶だ。戦争で運命を狂わされた人間は、やはり戦争の犠牲者なのだ。沖縄の歩んできた共同体の歴史、悲喜こもごもの人生を担った人々の物語は、世界の人々が共有することの出来る歴史であり物語である。沖縄文学を先導する詩人であり、作家・大城貞俊が、悲しみと悔しさを滲ませながら生きることの意味を、真摯に、そして叙情ゆたかに描く！

四六判上製二九六頁　定価二八六二円

*青く白い波は、だれが動かしているの？

G米軍野戦病院跡辺り

大城貞俊　著

戦後を生きてきたのは、なんのためだったのか。移ろい行く沖縄の季節と自然を織り成しながら、島人（しまんちゅ）の人生の苦い真実を切々と描き出す。沖縄の戦後は終わっていない！　戦後六〇余年、あの戦争は、どのように人々に刻まれているのだろうか。G米軍野戦病院跡辺りを背景に、今なお戦争に翻弄されて生きる島人の姿を描く。虚空の国に旅立って行った、あの人たちに捧げる静かな叙情詩的（リリカル）四篇。

四六判上製二五二頁　定価二〇五二円

*恩納岳の向こう。平和の島への祈り。

島惑ひ―琉球沖縄のこと

伊波敏男　著

沖縄が本土に復帰して四十年を経た。いったい、日本及び日本人にとって、沖縄とは何なのか。そして、沖縄及び沖縄人にとって、「日本」とは何だったのか。今日の沖縄の現状を指して、第二次大戦後の沖縄切り捨てに続く、第三の琉球処分と評する人もいる。明治初期の琉球処分に翻弄され、時代の荒波の中で不器用に生きてきた琉球士族の末裔たちの生き様を描き出す。琉球という抜け殻が、どのような意味を持っているのか。いま沖縄と沖縄人の主体性と矜持を、小さき者の声を伝えながら、静かに問い直す！

四六判上製二四八頁　定価二七〇〇円